エルフさんの魔法料理店

妖精女王として転生したけれど、まずはのんびりお料理作りまくります！

3

夜塊織夢 Illustration 沖史慈宴

目次

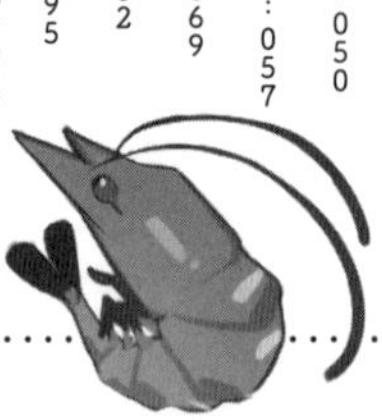

あらすじ

精霊際が無事に終わり、メジエール村には日常が戻って来た。
メルは焼き芋屋さんを開いたり、カレーうどんを作ったり、
カマクラの中でお餅を焼いたりと料理や食を楽しんで暮らしていた。

そんなある日、ウスベルク帝国からアーロンと名乗るエルフがやって来る。
どうやら「屍呪之王」と呼ばれる怪物を封印する巫女姫・ラヴィニアの力が弱まり、
メルの浄化能力でその巫女を永らえさせてほしいらしい。
大人たちはまだ幼いメルに大きな責任を負わせる事に引き目を感じるが、
当の本人はこれを承諾し早速ウスベルク帝国に向かった。

メルはアーロンと森の魔女クリスタに導かれ、
木乃伊《ミイラ》状態のラヴィニアの浄化に成功する。
そして数日後、浄化され生まれ変わったラヴィニアは目を覚ますのだが、
愛犬のハンテンが側にいない事を憂い涙を流すのだった――。

— **メル** —

前世は森川樹生という病弱な高校生。
転生してエルフの女の子となった。
前世の知識を生かしながら、健康体を満喫すべくお料理に邁進中！

— **アビー** —

メジエール村で『酔いどれ亭』を
夫フレッドと切り盛りする女性。
メルの養い親。

— **フレッド** —

アビーと『酔いどれ亭』を
経営している。
メルの第一発見者でもある。

— **タリサ** —

メルのお友達第1号。気が強く、
妹を欲しがっていたため
メルをロックオン。

— **ティナ** —

タリサのお友達、
メルのお友達第2号。
大人っぽい性格。

— **ダヴィ** —

メルのお友達集団
『幼児ーズ』
唯一の男児。甘えん坊。

— **ミケ** —

ただの猫にしか見えないが、
こう見えて
妖精猫族《ケットシー》の王子様。

— **ラヴィニア** —

ウスベルク帝国で
「屍呪之王」と呼ばれる怪物を
封印していた巫女姫。

— **アーロン** —

ウスベルク帝国から
メジエール村を訪れた
エルフの使者。

— **クリスタ** —

メジエール村で
最も精霊や妖精に詳しい
森の魔女。

メルには難しい

お城のベッドは、フカフカで寝心地が良い。

エーベルヴァイン城の客用寝室にて、柔らかな布団に包まれ、スヤスヤと眠る天使が一人。

オネショ防止用のナイトキャップを目深《まぶか》に被り、ご馳走《ちそう》の夢でも見ているのだろうか、ツゥーッとヨダレを垂らす。

ミケ王子は豪華なベッドによじ登り、メルのプニプニほっぺを冷たい肉球で叩《たた》いた。

ペシペシ……。

〈メル。起きてよメル。事件だよ！〉

「……っ。ウウーッ。うゆさい。わらし、起きまシェン」

払暁。

世間の幼児は、まだまだオネムの時間である。

布団が心地良いし疲れているので、事件だと言われても起きる気にはなれないメルだった。

〈もう朝になるよ〉

「ミィーケの、うそつき。まだ、暗い。おひさま、出とらんヨ……。ムニムニ」

だが妖精猫族《ケットシー》にとって、夜間パトロールはルーティンワークだ。

しかも、ここは人族のお城で、ケットシーたちが気安く立ち寄れる場所ではなかった。

人族を模倣したがる妖精猫族にとって、帝都やお城と言えば誰もが一度は訪れてみたい憧れの名所である。

なので多くのケットシーたちが、ミケ王子の冒険譚《ぼうけんたん》に強い関心を示すことになるだろう。

そう考えてみると、ミケ王子が夜間パトロールに精を出すのも頷《うなず》ける話だった。

〈大変なんだってば……。起きろぉー!!〉

「いやデス……」

耳を押さえようが、布団に潜《もぐ》り込もうが、ミケ王子の念話《テレパシー》を遮ることなどできない。

それでも起きようとしないメルに、ミケ王子は最後の手段を取った。

メルの顔に乗る。

「ブホッ……。くっ、苦《くゆ》しぃー。やめんか、ボケェー!」

メルは呼吸困難に陥り、仕方なくベッドに起き上がった。

〈シーッ。皆が起きちゃう〉

「そんなん、知ゆかぁー!　ムカシかや、寝た子を起こすなゆうやろ!!　眼ぇー覚ました幼児が喧《かまびす》しいんは、トォーゼンじゃ!!!」

メルの怒鳴り声に反応を示す者は居ない。

調停者クリスタやアーロンとは、寝室が別だった。

夜更かしする魔法オタクと同じ部屋では、安眠できない。

そうメルが訴えた結果である。

少しくらいメルとミケ王子が騒がしくしても、苦情は出ない。

何と言っても、お城の寝室は広いのだ。

〈メル。こっちこっち〉

「クツはくで……。ちょっと待ってんか」

外出するなら身支度は大事だ。

ハンカチやティッシュも忘れてはならない。

「ポシェットをつけて……。上着、上着と……。あっ、ソファーのひじ掛けジャ！」

いくら無病息災と言えども、夜気は冷たいので外套《がいとう》を羽織る。

〈メルー。早く、早くぅー〉

「そう、せかすなや」

コッソリと寝室から抜け出す幼児を見咎《みとが》める大人は、存在しなかった。

「ミィーケさん。どこまで行くんヨ？」

〈封印の塔。小間使いたちがオバケの噂をしてたから調べに行ったら、大変なことになってた〉

「たいへんって、どんなぁー？」

〈見ればわかるさ〉

メルはミケ王子に連れられて、暗い城の敷地内をテクテクと歩く。

歩きながら滅ぼしてしまった屍呪之王《しじゅのおう》について、益体《やくたい》もない残念を噛みしめた。

「ハンテン……」

ラヴィニア姫が大切にしていた犬は、屍呪之王《しじゅのおう》だった。

その犬にとどめを刺してしまった事実が、メルの心に重く伸《の》し掛かる。

「ラビーさんは、きっと怒るでしょう」

それを考えると辛い。

『何か他に方法があったのでは……？』と、後悔ばかりしてしまう。

精霊の子として妖精たちの導きに従い行動しました！　と言い訳しても、ラヴィニア姫には通じまい。

「なんなら、ハンテンの仇《かたき》ですから……」

エーベルヴァイン城は広いので、目的地に到着するころには東の空が白んでいた。

朝霧に霞《かす》む景色の中、くよくよと悩みながら歩いていたメルの前に、変わり果てた封印の塔が姿を現した。

「はぁーっ!?」

〈ねっ。驚いたでしょ?〉

「なんですか、あれは……」

メルはポカンと口を開け、先日までラヴィニア姫が軟禁されていた封印の塔を見上げた。

封印の塔は、その根元から天辺《てっぺん》まで大樹に貫かれ、完璧に破壊されていた。

一晩の変化とするなら、到底受け入れがたい状況だった。

「ウハァー！　えかい木ぃー、生えよった」

〈ねっ、ねっ……。ビックリだよね。大事件でしょ!?〉

ミケ王子が得意そうに、封印の塔を示した。

何しろ怪異の第一発見者なのだから、少しくらい威張っても良いだろうと思うミケ王子だった。

封印の塔を貫く大樹は、姿形こそメジエール村に生えたメルの樹と些《いささ》か異なるが、明らかに精霊樹である。

お化けどころの話ではなかった。

「こえって、二本目かぁー」

メルは屍呪之王《しじゅのおう》に突き立てた精霊樹の枝を思い出し、複雑な気持ちになった。

「婆《ばば》さまは大喜びすゆやろが、わらしの心は晴れん」

〈その憂いをなくすために、暗い内から動いてもらったんだよ〉

「ナニ、そえ!?」

〈メルに会わせたい方たちが居るんだ。と言いますか……。ボクねぇ。その方たちに頼まれたの……〉

ミケ王子が話し終えるより早く、門扉の外れた入口付近に弱々しい光が集束した。

柔らかな緑色の光だ。

光は三つの人影となり、ゆっくりと跪《ひざまず》いた。

〈妖精女王陛下。お目もじ賜《たまわ》り、ありがたく存じます〉

〈わたくしどもは、封印の巫女《みこ》でございます。この度、精霊樹の加護を得まして、樹木の精霊となりました〉

〈惨めな幽鬼の身から掬《すく》い上げ、ドリアードとして頂いたこと、感謝に堪えませぬ〉

「ムムッ……。げに、あやしきヤツら」

古式ゆかしい巫女服を纏《まと》った娘たちの姿を目にして、メルの腰が引けた。

半透明で背後の景色が透けて見える様は、樹人《ドリアード》と言うより死霊である。

〈わたくしどもは現世に生まれ落ちたばかり故、未だ自分の名も思い出せぬありさま。妖精女王陛下に御足労願った御無礼も、親木を離れられぬからでございます〉

「いちいち、言い回しがむつかしわぁー。ようすゆに……。あーたらは、こっから動けんちゅーことやね」

〈姿形は生前のものを模しておりますが、この手足、物の役に立ちませぬ。同じように、この耳、妖精女王陛下のお声を聞くことが叶いませせぬ。どうか念話をお使いくださいまし〉

〈わたくしどもの御無礼、どうか平にご容赦を……〉

どうやら巫女姫たちは、幽鬼からドリアードへ変わろうとする過程にあった。

得心したメルは、念話で話しかけることにした。

〈それで……。巫女姫さまたちは、わたしに何の用事でしょうか?〉

〈はわわわ……。巫女姫さまなどと、畏れ多い。わたくし共のことは、オマエと呼び捨てて下さいませ〉

〈身分差やらの行儀作法は、学んでおりません。わたしが偉いのであれば、わたしの好きにします〉

〈ははっ……〉

〈それで……？　先《ま》ずは、わたしを呼びつけた理由について、お聞かせください〉

〈承知いたしました〉

巫女姫たちは固有名詞を思い出すのに時間が掛かるようで、その説明を理解するには忍耐力が必要だった。

それでも辛抱強く話を聞いていると、屍呪之王《しじゅのおう》に関することだと見当がついた。

〈四の姫が殊のほか愛《め》でていた主《あるじ》でありますから、弑《しい》してしまったことを妖精女王陛下が嘆いておいでと、そこなケモノから聞きました〉

主がハンテンを指していると気づくまでが、もうメルにとって苦痛だった。

因《ちな》みに四の姫とは、ラヴィニア姫を指し示す名称だ。

〈そこなケモノって……。メルとボクの扱いが、雲泥の差だね〉

〈ミケさん、黙って。ただでさえ、分かりづらい言葉で説明されているのに、横から口を挟まれるとまったく分からなくなるから……〉

〈メルは赤ちゃんだから、改まった話し方とか難しいんだよね〉

「ムッ！」
ミケ王子には、ピンポイントでメルを苛立たせる才能があった。
これが無自覚なので始末に負えない。
聞きなれない古風で丁寧な言葉に集中しながら、固有名詞の欠落まで補うのは困難だ。
そうなれば、ミケ王子の戯言《ざれごと》に付き合う余裕などない。
メルはミケ王子を無視することに決めた。
〈こうなれば、直接ご覧いただいた方が早いかと……〉
〈わたくし共の領域に、おいでくださいませ〉
〈ご案内いたします〉
〈よしなに〉
三人の姫に案内されて、メルは封印の塔の出入口から異界へと滑り込んだ。
無明の空間に、ポツリポツリと灯《あか》りが点されていく。
「うは。そこいらじゅう、樹ぃーの根っこじゃ！」
地中の空間は、精霊樹の根に周囲を支えられていた。
勿論《もちろん》、通常の空間ではない。
精霊祭の折、クリスタが招いてくれた妖精郷の雰囲気に近い。
〈ほれ。あそこに、見えまするか……？〉
「ムッ!?」

巫女姫が指で示した場所に、ピンク色のお尻がぶらさがっていた。

「あえは、ハンテンのぶりケツ！」

時おり、痙攣《けいれん》したように後ろ足が跳ねる。

「ふわぁー。生きておゆんか……」

木の根に、犬の下半身が生《な》っている。

吃驚《びっくり》だった。

自分も同じように精霊樹から生まれたのかと思えば、複雑な気分になる。

〈充分に実が熟したなら、精霊樹の根より生まれ落ちることでしょう〉

〈あれはもう、わたくし共の主ではございません〉

〈わたくし共は親木に仕える樹木の精となりましたので、四の姫が望むのであればお連れくださ い〉

〈承知しました〉


三人の巫女姫と出会い、希望が繋《つな》がった。

いつ熟すのかは知らないが、ハンテンを回収する目途《めど》が立った。

具体的な方策は後々考えるとして、今はハンテンが再生されるのを待つとしよう。

メルはそう結論付けた。

マグロのような魚を食す

粗方の用事を終えたメルは、クリスタに連れられて帝都観光と洒落込《しやれこ》んだ。

しかし、往々にして楽天的な妄想と現実の間には、失望を禁じ得ない懸隔《けんかく》がある。

帝都ウルリッヒの観光名所は人で溢《あふ》れかえり、ネコを抱いた幼児が楽しめるような場所ではなかった。

アーロンが紹介してくれた高級料理店では、ネコの同伴を嫌がられ、散々もめた後で特別室に押し込められた。

食事を終えてから記念のメダルを貰《もら》ったけれど、貴族向け料理の方向性とサービスに些かの問題があり、仕舞にはフォローに駆けつけたアーロンを罵る始末。

気分は最悪だった。

問題の大半は、メルの非力さとミケ王子にあった。

「ちくせう（畜生）」

人込みで揉《も》みくちゃにされた幼児の口から、悪態が零《こぼ》れる。

「フニャァー」

ミケ王子も、うんざり顔だ。

せめてネコを置いて出かければ良いのだが、さすがのメルも無理やり連れてきたミケ王子に留守番をさせるほど、薄情者にはなれなかった。

それならダウンタウンの市場《バザール》で立ち食いをと思ったのだが、クリスタは良い顔をしない。

「下町の裏通りには、質《たち》の悪い人攫《ひとさら》いが潜んでいます。揉め事を避けなければ、フレッドたちの仕事にも支障をきたします。帝都の掃除が終わるまでは、無暗《むやみ》と出歩かぬ方が良いでしょう」

「まじかぁー」

帝都ウルリッヒの掃除に駆り出されたフレッドたちは、当分の間、メジエール村に帰れないと言う。

下町に潜伏する悪党どもを退治せんと、忙しく走り回っているらしい。

「おとぉーも、大変じゃ」

メルは鎧《よろい》騎士の像を両手で掲げた。

緑青《ろくしょう》が浮いた古色蒼然《こしょくそうぜん》たる、青銅製の置物だ。

フレッドが下町に構えた事務所を訪れたときに、貰ってきたオモチャである。

フレッドと傭兵《ようへい》隊の面々は、すっかりヤクザ者の扮装《ふんそう》に馴染んでいて、悪党にしか見えなかった。

帝都ウルリッヒの裏社会を内偵してから、反皇帝派の組織を一網打尽にするらしい。

異世界では万事、物事がゆったりと進んで行くように思えた。

どうにも気の長い話だった。

「クィスタ……。わらし、村に帰りたい」

「そうだね。そうした方がいいかも知れないね」

クリスタはメルを見つめて、力なく頷いた。

「やはり、子供の相手は難しい」

クリスタはクリスタなりにメルを喜ばせようとしたのだが、まったく上手くいかなかった。

その事実がクリスタを弱気にさせたのだ。


「けっきょく、テートで手に入えたセンリヒンは、こえだけかぁー」

メルは魚の切り身をデンとまな板の上に載せた。

エーベルヴァイン城の厨房《ちゆうぼう》から黙って失敬してきた、魚の切り身である。

マグロ味の魚なので、マグロと呼んでいる。

新鮮な大トロだ。

氷冷魔法と鑑定魔法があるので、寄生虫の心配はない。

「ユーシャの剣は、失敗でちた」

土産物店の親父に騙《だま》されて購入した、子供用の魔法剣はガラクタだった。

鞘《さや》から抜くと音がして、振りまわせばピカピカと光る。

だが、野菜を切ることさえできない。

子供騙しのオモチャだ。

「グヌヌヌッ……。一万五千ペグが、ガラクタに化けよった」

もっとも、勇者の剣は玩具《オモチャ》コーナーに飾られていたので、当然の話である。

『いったい何を期待していたのか……?』と言う話だ。

世間知らずの幼児に、失敗はつきものなのだ。

失望に失望を重ね、たったの二日で帝都観光を断念したメルは、おとなしく城の客室で料理を始めた。

メルの横では、ミケ王子がジッとその様子を眺めている。

クリスタとアーロンは、ウィルヘルム皇帝陛下に呼ばれて会議中だ。

ラヴィニア姫の部屋は今朝方も訊《たず》ねたけれど、まだ目を覚ます気配がないとユリアーネに言われた。

霊気の巡りはよく、身体も順調に再生されているらしい。

「ラビーさんは、楽しい夢を見ているかな……?」

メルはラヴィニア姫のことを考え、ぽつりと呟《つぶや》いた。

その間も、メルの手は休むことなく動く。

マジカル七輪でご飯を炊き、これを飯台に移してから、スシ酢を撒《ま》いて切り混ぜる。

スシ酢は、米酢、砂糖、塩を混ぜ合わせ、作り置きしてあったものを使用した。

本来であれば、ウチワで手早く扇《あお》ぎながら、飯台から立ち昇る余分な蒸気を飛ばす。

メルはちゃっちゃと杓文字《しゃもじ》でご飯を切り混ぜるが、ウチワを使わなかった。

ウチワで扇ぐ代わりに、風の妖精が湯気を飛ばしてくれる。
〈フーフー♪〉
〈いちいち、フーフー念話で伝えなくても良いよ〉
〈…………。フーフー？〉
〈それしないと、気が済まないのね……。分かった〉
〈フーフー♪〉
妖精には妖精の都合があった。
どうやら、フーフー言うのが楽しいらしい。
ツヤツヤの酢飯が完成したら、すり鉢で軽く当たった白ゴマを振って味見する。
「んっ？　あるれぇー。塩気が足りん」
ちょこっとだけ塩味を加えた。
この二日間、雑踏で失われた塩分を身体が要求していたのだ。
ご飯の上に乗せる大葉を細く刻む。
お吸い物は鰹《かつお》ダシで、香りのよい謎の茸《キノコ》とお豆腐が具材だ。
横で見ていたミケ王子が、舌なめずりをしてから訊ねた。
〈メルー。それ、なに……？〉
「ひるのゴハン」
〈すごく赤いんだけど、生ですか……？〉

「こえは、生で食べゅ」

〈ボクは妖精猫族の王子だから、生はちょっと……〉

ミケ王子が困ったような顔で抗議をした。

どう見ても美味しそうなのだが、生魚を食べるのは野蛮なケモノだけ。

ケットシーの常識が邪魔をして、折角の直感を信じ切れない。

「まぐろのトロは、ぜっぴんヨ！」

メルが安心安全な包丁で切り分けているのは、マグロらしき魚の大トロ部分だった。

コチラの世界に転生してから刺身を見たことがないので、基本的に生食はあり得ないのだろう。

食あたりや寄生虫の危険性を考えたら、須《すべか》らく食材には火を通すべきであった。

だが、一度でも凍らせてしまえば話は別だ。

調理スキルの鑑定も、この切り身は安全だと太鼓判を押している。

「文句あゆなら、食わんでエエよ」

メルにとって、いつ如何《いか》なるときであろうと、一番のお客さまは自分自身だった。

『食いたくない奴は食うな！』

そう言う話である。

それが頑固エルフの料理なのだ。

「でけた！」

大トロの切り身が、丼からはみ出している。

ワサビと醤油《しょうゆ》の小皿を添えて、超豪華、大トロ丼の完成である。
因みにマグロ初心者であるミケ王子の皿には、赤身が盛られていた。
ルビーのように赤く輝く、新鮮な魚の切り身だ。
ミケ王子は自分用のお膳に載せられた皿をじっと睨《にら》みつける。
（生のサカナ……。生なんだよなぁー）
テーブルの方を見れば、メルがモグモグと大トロ丼を掻《か》き込んでいた。
「おぅ。うまぁー！」
そう言いながら丼を置くと、お吸い物を啜《すす》る。
実際に美味しそうだった。
そんな光景を横目に見ながら……。
ミケ王子は爪の先に、マグロの切り身をちょいと引っ掻けた。
それは美しい魅惑の赤である。
濃厚な赤だ。
キラキラと輝き、角がピンと立っている。
川魚の頼りない切り身とは、その姿からして違う。
（滅茶クチャ、美味しそうなんですけど……）
勇気を奮い起こすなら、今しかなかった。
メルは食べなかった子に、慈悲を垂れない。

後から好きになったと言っても、二度と出してくれない。
そう言う、意地悪とも取れる頑固さを持っていた。
もし……。
もし仮に生魚の切り身が美味しかったら、また良かった探しをする羽目になる。
『あのとき、食べておけば良かった……！』
それはイヤだ。
でも生魚なんて、これまでに一度も食べた覚えがない。
妖精猫族の国では生魚なんて食べたらダメだと、教えられて育ったのだ。
お腹を壊して、死んでしまうと……。
（メルは平気そうな顔で食べてる。てか、すごく美味しそうだよ！）
赤身にお醤油とワサビをつける。
前足に引っかけた赤身が、プルプルと震えた。
（ええーい。度胸一発ぅー！）
ミケ王子は目をつぶり、自分もパクッと行ってみた。
過去の自分とは、お別れするのだ。
（…………ん!?）
モグモグすると、頭がポーッとした。
これは幸せの味である。

「ウミャァー！！！」

美味しい感動が、どーっと押し寄せてきた。

（こ、こ、こ、これはぁー。メザシより、サンマより、美味しいじゃないですかぁー！）

ここにミケ王子は、マグロ信者となる決意を固めた。

（次からのご褒美は、もうマグロに決定だよ。こぉーんな美味しいのを隠していたなんて……。メルー。許せん！）

まだミケ王子は、ヒラメのエンガワや、タイの昆布締めを知らなかった。

鱒《ます》ずしだって、食べたことがない。

マグロの頬肉をステーキにすると美味しいことも、知らない。

メルはミケ王子のキラキラと輝く瞳を盗み見て、ほくそ笑んだ。

これぞ料理人の悦《よろこ》びである。

さよなら、帝都ウルリッヒ

フレッドたち傭兵部隊の活躍により、幾つかの闇組織が壊滅した。

悪党たちが備蓄していた違法な魔法道具が接収され、魔法庁に勤める魔法使いたちに預けられた。

ヴァイクス魔法庁長官から依頼を受けたクリスタとメルは、魔法道具に封印された妖精たちをせっせと解放した。

妖精たちの救出任務を終えると、メルの妖精打撃群は七万に増加していた。

増えたのは主に火の妖精、ついで風の妖精だ。

地の妖精と水の妖精は少ない。

特に癒しを司る水の妖精は、皆無だった。

火力強化に重点が置かれた魔法道具に封印された妖精たちを解放したので、この結果となったのだろう。

数が圧倒的なのは火の妖精で、帝都ウルリッヒを灰にしてやるとの意気込みが透けて見えた。

魔法道具をばら撒いた悪党どもは、かなりの人でなしだった。

「しょーもなし！」

大人の喧嘩《けんか》は大仰で物騒だ。

メルの価値観からすれば、戦争はノーグッドである。

色々な物を壊したり、兵糧攻めで耕作地に火を放ったり、意味もなく家畜を殺したりで、庶民のゴハンが貧乏っちくなる。

それに余裕のない殺伐とした大人は、とても危険で不愉快だった。

（互いに殺したり殺されたりして、何が楽しいの……？）

『ビデオゲームじゃあるまいし……！』と、メルは呆れかえる。

前世では病弱であったが故に、男のロマンを理解できない少年だった。

そして今世のメルは女の子なので、『俺ツエェェーッ！』な喜びが分からなくても問題なかった。

だから……。

「センソー、ハンタイ！」

絶対にノーと叫びたい。

海上に特設リングを作って、闘いたい大人だけで天下一を競わせればよい。

こっち来んなヨ……！

他人に迷惑をかけるのは、やめてもらいたい。

そんな幼児らしい思い付きを弄《もてあそ》んでみたりもするのだけれど、人が築き上げた社会システムは戦争の可能性を排除できない。

特に覇権主義は厄介だ。

覇権国家は、国境線を越えたがるから……。

(お菓子を狙う、ガジガジ虫なみに凶悪だよ!)

メルが何を提案したところで、大人の事情は変わらない。

美味しい教団の食いしん坊教祖としては、なんとも腹立たしい限りであった。


メルはミケ王子を連れ、クリスタに手を繋がれて微風《そよかぜ》の乙女号に乗船した。

ラヴィニア姫との別れは、ちゃんと済ませてきた。

ラヴィニア姫は、スヤスヤと眠っていたけれど……。

なお、フレッドは留守にしていたので、ヨルグに伝言を託した。

『テートはつまらんで、先に帰ります』と。

「ムーッ。たぶれっと、おかしい……」

メルのタブレットPCは、屍呪之王《しじゅのおう》を解呪してから操作を受けつけなくなった。

ステータス画面を表示したままで、幾らタップしてもウインドウが開かない。

イラッとしながら弄《いじ》っていると、やがて『アップデートが必要です』との文字を表示して固まる。

(……………ッ。これって精霊樹だよね。タブレットを精霊樹に挿し込めってか?)

アップデートの手順は、イラストで説明されていた。

メルを模した少女が、繰り返し大きな樹に板を差し込んでいる。

(なんてことだ……。メジエール村に戻るまで、ご褒美が貰えないじゃないか！)

強制イベントの完了で、森川家にメールが送れると喜んでいたメルは、猛烈に腹を立てた。

メジエール村は遠い。

帰りつくまでに、まだ何日も待たなければいけない。

大抵の幼児は、待つのが苦手だった。

それは幼児退行のバッドステータスを患うメルも、同じであった。

余命を意識して生きた前世の記憶がある分、幼児より我慢が利かないかも知れない。

イライラが止まらない。

ちらりとステータス画面を見れば、花丸ポイントが二億を超えていた。

しかし……。

ペタペタとアイコンをタップしても、花丸ショップが開かない。

「ふっ……。しょーもなし！」

メルはタブレットPCをデイパックに放り込み、甲板に寝転がった。

微風の乙女号はタルブ川を遡航して、メジエール村へと向かう。

船尾に佇む風使いの依頼を受けて、風の妖精たちが楽しそうに大きな帆と戯れている。

天気は快晴。

することもなし。

「わらし、つかえたわぁー」

メルの帝都観光は、完全に失敗だった。
ゴイスーな魔法のオモチャは、買えなかった。
屋台の食べ歩きもナシ。
ラヴィニア姫の王子さまにもなれず。
遊び相手が恋しくなって、エーベルヴァイン城から逃げだしてきた。
気分はもう、敗残兵である。
幼児ーズの皆に、早く会いたい。
「はんてん……！」
あの不細工な犬は、いつごろ復活するのだろうか……？
ちゃんとラヴィニア姫のことを覚えているだろうか……？
覚えているのだとすれば、霊魂とは如何なるものであろう……？
「むつかしーて、考えても分からん」
生贄《いけにえ》に捧げられた人々の霊魂よ、安らかなれ。
善人であれ、悪党であれ、安らかなれ。
可能であるなら、より良き来世を迎えたまえ。
（みーんな、生まれ変わるのか……。それって、どぉーなの？）
メルのルーツだって、不確かだ。
確かなのは、皮肉にも移ろいゆく現前だけである。

今を懸命に生きるのが、正解だった。

それでもメルは、恨みを忘れることができず、この世に留まり続ける怨霊たちの苦悩に思いを馳《は》せた。


メルとミケ王子、それにクリスタが帰路へついて、二日後の事。

昏々《こんこん》と眠り続けていたラヴィニア姫が、遂に目を覚ました。

ベッドで啜り泣くラヴィニア姫に気づいたのは、部屋を掃除していたユリアーネだった。

ユリアーネは万感の思いを胸に、小さなラヴィニア姫を抱きしめた。

「あらあら……。何も心配は要りませんよ、ラビー。貴女は立派にやり遂げたのです。これからは、どこへ行こうと何をしようと、自由です」

感謝の涙が、ユリアーネの頬を熱く濡《ぬ》らした。


「ラヴィニア姫さまの受け入れ先が無いと……？」

ウィルヘルム皇帝陛下の御前で、アーロンが吐き捨てるように言った。

「ああっ……。万策尽きたのでウチで引き取りたいと言ったら、激しく皇后に拒絶された！」

「封印の巫女姫を何だと思っておいでなのか……？」

「事情を知る貴族どもにとっては……。自分らの罪悪感を刺激する、目障《めざわ》りな存在でしかなかろう。三百年は、それだけで重すぎるのだよ！」

「許しがたい！」

アーロンはウィルヘルム皇帝陛下の言葉に、柄にもなく憤《いきどお》った。

ラヴィニア姫の生家は、とうの昔に没落して消え失せていた。

息を吹き返したラヴィニア姫には、頼るべき養育者が居なかった。

ラヴィニア姫に相応《ふさわ》しい家格を持つ貴族たちが、悉《ことごと》く受け入れを拒絶したからだ。

「ラヴィニア姫の存在は……。素性を知る貴族どもから、不名誉な過去の象徴と見なされておるわ。精霊宮の祭司長でさえ、子育てはできぬと抜かしよった」

「ぬぬぬっ……。けしからん！」

アーロンが奥歯を軋《きし》らせた。

ウスベルク帝国の貴族たちは、三百年の長きに亘《わた》って平和を守り続けたラヴィニア姫に、感謝の気持ちを示そうとしなかった。

それだけでなく、まるでラヴィニア姫が忌《い》まわしい呪物であるかのように遠ざけようとした。

若葉色に変色したラヴィニア姫の髪も、疎まれる原因とされた。

そんな髪色の娘が、人である筈《はず》はないと……。

「誰ひとりとして、ラヴィニア姫さまの受け入れを名誉とは思わないのですか？」

「そのように殊勝《しゅしょう》な連中であれば、ラヴィニア姫がミイラになろうとも、見舞いに訪れているだろう。少なくとも、目覚めたと聞きつけたときに、挨拶ぐらいしに来るはずだ」

「挨拶って……。ラヴィニア姫の部屋を訪れたのは、陛下とフーベルト宰相だけじゃありませんか！」

　それにメルのことを忘れてはいけない。

　メルは毎日のようにラヴィニア姫のもとを訪れ、慈しむように頭を撫《な》でてから立ち去った。

「くっ。メルさんだけか……」

「これが現実だ。因みに、フーベルトを当てにするなよ。あやつの家は、家庭と呼べぬ……。職場と何も変わらん修羅場だ。子育ては無理であろう！」

　そう言い終えたウィルヘルム皇帝陛下は、力なく天を仰いだ。

「回りくどい事を口にしても、何ひとつ解決せぬ！　この際だから、恥を覚悟して頼む。金なら出す。ワシの財布が空になろうと構わん。ラヴィニア姫を幸せにしてやって欲しいのだ」

「感謝や愛情ではなく、金貨ですか？」

「おまえには蔑《さげす》まれても構わんぞ。ワシが褒美を与えて、家臣どもに命令したとしよう。『ラヴィニア姫を養女に迎えよ！』となら……。だが、それでラヴィニア姫が幸せになれるとは、どうしても思えぬのだよ」

「たしかに……。表面上は陛下に従おうとも、見えぬところでラヴィニア姫を粗略に扱うやも知れませんね」

「随分と、はっきり言うな。だが、おまえの指摘した通りだ。ワシには、家臣どもを信奉させるほどの力がない。皇后でさえ、ワシに楯突《たてつ》きよる始末なのだ。どうせ金を渡して頼るなら、おまえが良かろう……？」

ウィルヘルム皇帝陛下の口もとに、小狡《こずる》そうな笑みが貼り付いていた。

ウィルヘルムは、腐っても皇帝陛下だった。

「力の限りを尽くしましょう」

アーロンにすれば、ラヴィニア姫の後継人となるのは願ってもないことである。

むしろ頼りない貴族どもにラヴィニア姫を託すなど、もっての外だった。

重責を引き受けたアーロンは、ラヴィニア姫の笑顔を想像した。

何としてもラヴィニア姫に、生きる喜びを知って欲しい。

（そうだ……。わたしには夢があった。姫さまには、是非とも『かりーうろん』を食べて頂かなければ……！）

ラヴィニア姫を幸せに出来る場所。

その候補地は、一つしか思い浮かばなかった。

地上の楽園

帝都ウルリッヒを離れる際。

城壁の向こうに見える封印の塔を眺めながら、ラヴィニア姫がポツリと呟いた。

「これが都落ちね……」

舷梯《タラップ》を上がるラヴィニア姫は、ユリアーネに手を引かれながら子供らしからぬ笑みを浮かべた。

ウスベルク帝国が誇る帆船は、ミッティア魔法王国の魔動船のように速度をだせないけれど、とても優美な姿をしていた。

（美しい帆船……）

ラヴィニア姫が生きた時代には、存在しなかったデザインだ。

妖精たちとの共存が文明に組み込まれてから、魔法技術者たちは幾度となく試行錯誤を繰り返してきた。

ラヴィニア姫とユリアーネ、そしてアーロンが乗船した追風《おいて》の水鳥号は、その成果である。

風の妖精と水の妖精は、ウスベルク帝国の帆船を気に入っていた。

甲板に立ったラヴィニア姫は宙を舞うオーブに目をやりながら、世界の破滅を望まなかった屍呪《しじゅ》之王《のおう》に感謝の祈りを捧げた。

（ハンテン……）

楽しそうに宙を舞う妖精たちは、ハンテンの同胞だ。

陽気な妖精たちの追いかけっこを眺めていると、封印の巫女姫や生贄にされた人々の苦痛も、決して無駄ではなかったと思えてくる。

其《そ》れに引き比べ、人間どもの非礼なコトときたら……。

「ウスベルク帝国のために、三百年もの長きに亘り封印の巫女姫を務めたけれど……。お役目が終わってみれば、擦《す》り切れたボロ雑巾のように捨てられる。帝都の城壁に守られて、のうのうと人生を満喫している連中は、詰まるところ負債感情を持ちたくないので、わたくしを視界から排除しているのでしょう!?」

「そのような事を仰ってはなりません。わたしども帝国民は、ラヴィニア姫に心から感謝しております」

アーロンは腰を折り、ラヴィニア姫に深々と頭を下げた。

「やめなさい、アーロン。薄っぺらい嘘には、飽きあきしてるのよ。もし仮に、貴方の言葉が真実であるなら、どぉーして誰も見送りに来ないのかしら……？」

「それは……」

若草色の髪をした小さな姫が、感情のない緑の瞳でアーロンを見つめた。

「わたくし、知っていますの……。エーベルヴァイン城の庭を散歩しているときに、召使たちが噂しているのを聞きました」

「…………なんと？」

「わたくしに関わると、祟《たた》られるそうです」

「誰が、そのような世迷言《よまよいごと》を……!?」

「あらっ、アーロン。皆でしょ……？　誰もが、そう信じているのですわ」

見かけは幼女でも、中身は屍呪之王《しじゅのおう》を封じてきた巫女姫だ。

ラヴィニア姫の思考や言葉に、不明瞭な部分など見当たらなかった。

これが箱入りで育てられた貴族令嬢であれば、耳に心地良い台詞を欲しがるものだが、ラヴィニア姫は嫌というほど孤独を経験しているので楽観論を善《よ》しとしない。

アーロンがラヴィニア姫を子供扱いしようとしたのは、悪手だった。

「アーロン……。わたくしは、三百年も生きてきたのですよ。自分が置かれた状況くらい、理解できています」

「…………」

アーロンには返す言葉がなかった。

「姫さま……。これから行くのは、とても居心地の良い場所です」

ユリアーネは、楽しげな口調でラヴィニア姫に話しかけた。

「ユリアーネ。貴女まで、わたくしを謀《たばか》るつもりですか？」

「とんでもないことでございます」

「そこには、大きな劇場があるのかしら……？　立派なお屋敷で、季節ごとに舞踏会が催されるのかしら……？　美しいドレスを纏って、お茶会に招待されたりするのかしら……？」

「どれもございません」

「だったら、どこが良いのよ！」

「貴族がおりません。更に言うなら、ひとりも帝国民が住んでおりません！」

ユリアーネが、肩をそびやかして言い放った。

「そうなの……？」

「はい。間違いなく！」

「それは、嬉しい知らせだわ」

「アーロンが、姫さまのために選んだ場所です」

「アーロン、でかしたじゃない。何故、それを先に教えないの……？　貴方って、気の利かない男ね！」

ラヴィニア姫が、愉快そうにクスクスと笑った。

「……はっ。申し訳ございません」

アーロンはラヴィニア姫を喜ばせるツボが分からずに、ひたすら畏《かしこ》まるばかりだった。

人々と妖精が共に慈しみ合って生きる、地上の楽園。

世界で唯一、精霊樹の加護に守られた村。

愛しのメジエール村。

「ヒャッハァー。わらし、帰ってきたどぉー！」

クルト少年が操る荷馬車から飛び降りたメルは、声を限りに叫んだ。

「おやおや……。すっかり元気になってしまって、やはりメルはメジエール村の子だね」

荷馬車に同乗していたクリスタが、しみじみとした様子で独りごちた。

「森の魔女さま。メルは帝都よりメジエール村が好きなのですか？」

「ああ、そうだね。メルには帝都がお気に召さなかったようだ」

既に森の魔女へと姿を変えたクリスタが、クルト少年の質問に答えた。

「そうか。そうだよね。メルはメジエール村に居るべきだよ。この村は最高だもん」

嬉しそうなクルト少年を眺め、クリスタは複雑な気持ちになった。

メジエール村を霊的にデザインしたのは、クリスタだ。

それを褒められたのは、嬉しい。

だけど旅の引率者としてメルを満足させられなかったことが、心残りだった。

「あり……？」

メジエール村の中央広場。

見慣れたはずの場所なのに、どうにもメルの記憶と違った。

「あーっ。樹ぃー、でっかくナットォー！」

メルの樹が、何倍にも成長していたのだ。

「ウハァー。こりゃまた、大きく育ったもんだね」

クリスタもメルの樹を見上げて、驚きの声を上げた。

「あっという間に、ここまで育った。村中、大騒ぎだったぜ。おいらも驚いたけど、最初が最初だからね。村の連中も、直《す》ぐに納得したみたいだ。『メルの樹だからなぁー!』って……」

馬車から降りたクルトは、メルの頭をポンポン叩きながら、『アハハ……!』と笑った。

「樹ぃー、バカにしゅゆなぁー。キセキとおもって、おがみましょう」

「おいおい、メルちゃん。そうやって、ムリ言うなよ!」

「ムリなの……?」

村人たちが精霊樹を拝むのは、精霊祭の間だけである。

普段は親愛の情で精霊樹に触れ、他人に相談できない心配事などを打ち明けている。

精霊樹は村人たちにとって、神聖であるより身近で、静かに見守ってくれるような存在なのだ。

「ほら……。アビーが、お待ちかねだよ!」

クルトはメルを抱き上げると、『酔いどれ亭』に向かって走った。

「お帰りぃー。メルー!」

「たらいま、まぁま! わらし、もどったヨー」

店のまえに姿を見せたアビーが、クルトからメルを受け取って確《しっか》りと抱きしめた。

「パパは……。元気にしてたかしら?」

「おとぉー? おとぉーは、おとなのジョージで帰れん」

「ハッ……。大人の情事……？」

「うむっ。ジョージで忙しい。ぬかしとったわ！」

メルはフレッドの発言を間違って記憶していたのだが、幼児なので仕方ない。

「やほぉー。トンキー。ごぶさたブリで、ございます」

「ぷぎぃー♪」

メルとトンキーは、無事に再会できた喜びを追いかけっこで表した。

「こらっ、メルー。情事の話を……。きちんと説明しなさい！」

「まぁま……。わらし、アイサツ行くわ！」

メルはアビーの腕を振りほどくと、トンキーを連れて走りだした。

「待て、こらぁー！」

待てと言われて立ち止まるヨイ子は、幼児ーズのメンバーに居ない。

「アビー。フレッドは、浮気なんぞしとらんよ」

「でも、メルが情事だって……！」

「あの子は、まだ喋《しゃべ》りだして一年だろう。よぉー口が回るようになったけど、言ってることは滅茶クチャじゃないか……。あんたは嫁なんだから、帝都で頑張っているフレッドを信じておやり」

クリスタは森の魔女として、威厳と知性に満ちた穏やかな態度でアビーの不安を退けた。

『調停者』の姿で居るときより、ずっと頼りがいがありそうに見えた。

「そうね……。魔女さまの、仰る通りだわ！」

アビーは納得した様子で、頷いた。

「ふん……。帝都で女遊びをしとるのは、行商人のハンスじゃ！」

見ていないような振りをして、ハンスの行動まで把握しているクリスタだった。

『調停者』の情報網は、半端なかった。


鍛冶屋《かじ》のゲラルトは、突然やって来たメルとトンキーの勢いに圧倒されて固まった。

ゲラルトの手には、金槌《かなづち》とメルから渡された酒瓶が握られていた。

「そえ、テートのおみやじゃ！」

「お土産って、『火竜の息吹』じゃねぇか……。目ん玉が飛び出るほど、高かっただろ！」

「わらし、知らんわ。アーロンに、用意させました。とぉーぜんの、ホウシュウ！」

「報酬……？　なんの報酬だよ。帝都には観光しに行ったんだろ!?」

「まあ、エエ。わらし、アイサツすゆ……。たらいも、帰る……、いました……？」

「タライも、カエルいました？　うんにゃ……。それを言うなら、ただいま、帰りましただろ！」

「走って、来たぁーけ。ちくっと、息切れしたんじゃ……。オヤカタ、またねェー！」

呆然《ぼうぜん》とするゲラルトを作業場に残し、メルとトンキーは風のように走り去った。

「メルのやつ……。随分と、走るのが早くなったじゃねぇか……」

ゲラルトは大切そうに酒瓶を抱えて、居間に向かった。

もう仕事をする気は、消え失せていた。

今日はメルが戻ったお祝いだ。


その後メルは、雑貨屋と仕立屋に顔をだしたが、タリサたちと会えなかった。

仕方がなく中央広場に戻ってみると、幼児ーズの面々はミケ王子を放り投げて遊んでいた。

「ウォー。おまぁーら、元気しとった……？」

メルが幼児ーズに駆け寄った。

「お帰りメルー！」

「お帰りなさい、メルちゃん」

「メル姉、会いたかったゾォー！」

タリサとティナ、ダヴィ坊やに囲まれて、メルは漸《ようや》くメジエール村に戻って来たことを実感した。

「みんなぁー。ただいまぁー！」

ここがメルの居場所だった。

尽くし系のミケ王子

少しだけ時間を遡行する。

メジエール村へと向かう荷馬車に同行していながら、メルに忘れられてしまったミケ王子の動向である。

ミケ王子はメジエール村の中央広場に荷馬車が到着したとき、勢いよく飛び出したメルに反応できず、荷台に寝転んだ状態で取り残された。

そのまんまメルはトンキーを連れて、あれよあれよと言う間に中央広場から駆け去って行った。

普通に妖精パワーを使用していた。

移動中の微睡《まどろみ》から目覚めたばかりのミケ王子は、メルに声をかける暇さえ与えて貰えなかった。

どんだけ、皆と会いたいのか……？

（メルって、落ち着きが無いよね。と言うかさぁー。時々、すごい馬鹿じゃないかと思うんだ……？）

興奮したメルが急いでいたのは、親しい村人たちに帰ってきたことを早く知らせたいからだろう。

『たらいもー！』と叫ぶメルの声が、遠ざかっていく。

両手に酒瓶を抱えていたので、最初の訪問先はゲラルト親方の工房に違いなかった。

ゲラルト親方の工房は、かなり中央広場から離れていた。

（ついで勢いに乗り、幼児ーズの面々を訪れる計画と見た……。でもさぁー）

よく晴れた昼下がりに、幼児ーズが家でおとなしくしている筈もなかった。

それにタリサは、『あんたが帰るまで、何度でも見に来るからね！』と、別れるときに半泣き顔で宣言していた。

何度でも見に来るとは、『酔いどれ亭』を調べに来るとの意味だ。

（ここで待っていれば、タリサたちの方から顔を見せる筈なのに……）

そもそもダヴィ坊やが飛びだしてこない時点で、そこに気づけと言う話だった。

ただいま幼児ーズは、三人そろって楽しそうに遊んでいる筈。

ネコにだって、その程度の事は分かる。

それなのに、メルには分からないようだった。

まことに以《もっ》て、残念な幼児である。

あの銀髪を被せた頭には、オガクズでも詰まっているに違いなかった。

（きっと……。メルの頭を開けたら、『ハズレ！』と書いた紙が出てくるよ！）

そんなふうに思いながらも、メルのために頑張ってしまうのがミケ王子だった。

さてさて、それでは幼児ーズが何処で遊んでいるか……？　について、考えなければいけない。

（たぶん……。溜池だな……。メルの真似をして、水鉄砲してたからね！）

中央広場の近くには用水路が造られていて、然《さ》して遠くない場所に小さな溜池があった。

そこには沢山の妖精たちがいる。

水の妖精たちだ。

メル式なんちゃって魔法の初心者でも、溜池なら水の妖精たちに遊んで貰えるだろう。

（タリサたちは、メルに水鉄砲を教わってたもんね。裏庭の用具棚に木の的が無ければ、もう間違いなく溜池だよ！）

ここでミケ王子が水鉄砲と表現しているのは、メルの開発した一風変わった洗浄魔法のことである。

呪文を『ピュ！』に短縮した、非常に危険なアレのことだ。

ミケ王子はスタスタと『酔いどれ亭』の食堂を通り抜け、裏庭に設置された用具棚を調べた。

（やっぱり無いよ！）

遊び道具の少ないメジエール村で射的を楽しめるのだから、やらないで我慢するような子供はいない。

特にタリサなどは、大工の兄さんに頼み込んで新しい的を作って貰っていた。

それらも全部、この棚に置いてあったのだ。

男の子たちは石投げが好きだけれど、ちょっと出来るようになれば水鉄砲《ピュリファイ》の方が遥かに面白かった。

腕力のない女子や幼児であれば、絶対に石投げより水鉄砲《ピュリファイ》を選ぶ。

幼児ーズが水の妖精たちと水鉄砲で遊んでいるのは、ほぼ確定した。

(はぁー。それじゃ、溜池に出かけるとしましょうか……)

ミケ王子は裏庭から田舎道に進みでて、鬱蒼《うっそう》と樹が生い茂る林を目指した。

そこに幼児ーズの屯《たむろ》する、溜池があるのだ。


溜池の傍で、最初にミケ王子を見つけたのは、集中力が途切れて休んでいたダヴィ坊やだった。

「あれ、ミケじゃないか?」

「えーっ。メルちゃんが、帰って来たのかしら?」

「待ちなさい、アナタたち。また違ってたら、がっかりするでしょ!」

タリサはティナとダヴィ坊やを窘《たしな》めた。

これまでにも何度か、野良ネコをミケ王子と誤認して苦い思いを噛みしめていたからだ。

期待に胸を膨らませて突っ走る幼児は、思った通りでないと心に大ダメージを負ってしまうのだ。

気持ちの切り替えが利かずに、一日中塞《ふさ》ぎ込んでしまうことさえあった。

「いや、でも……。今度は、絶対にミケだよ。あんな模様は、ミケしか居ない」

ダヴィ坊やが期待に瞳を輝かせながら、力強く断言した。

鼻息も、フンス! と荒い。

「まずは、間違いないか確かめてみましょう。期待するのは、それからでも良いんじゃない?」

「たしかに……。メルちゃんが帰ってきたと思ったのに、アビーさんにまだ戻ってないよって言われるショックは、二度と味わいたくないです」

「まあ、それはサンセーする」

そんな相談があって、三人はミケ王子に近づいた。

「ここで逃げだすようなら、ハズレれだからあきらめようね！」

ミケ王子は、幼児に脅されたくらいで逃げだしたりしない。

タリサたちが誤認した野良ネコは、ちゃんと確認できる距離に近づくより早く、逃げ去っていた。

「分かっています。ミケちゃんは、逃げたりしませんもの……」

「だったらさぁー。こうやって、こっそりと近づくのは、おかしくないか？」

「なるほどぉー。言われてみると、そうだよねぇー。ミケなら、駆け寄っても逃げないもんね」

そっとミケ王子に近づこうとする幼児ーズは、自分たちの振る舞いが奇妙であるコトに気づいた。

「はぁー。ダヴィの言う通りです。メルちゃんに帰ってきて欲しいからと言って、ネコに近づくと き逃げられないようにするのは、おかしいと思います」

ティナが悲しそうに言った。

幼児ーズは、四、五才児のくせに、高い知能を有しているようだった。

普段から大人たちに囲まれて過ごしている、店屋の子に特有の早熟さだった。

理屈っぽい割に心の成熟さが伴わないところも、三人の共通点である。

斯《か》くして緊張しながら接近した幼児ーズの三人は、ミケ王子に手を伸ばすと、首の後ろを摘まみ上げた。

そうしてから、持ち上げたネコの模様を指でなぞり、ほぼミケ王子であろうと結論を下した。

「でも……。まだ安心するのは、早いと思うの……！」

「そうなのかぁー？」

「タリサってば、ちょっとしつこいです」

「ナニ言ってんのよ。ミケ王子なら、猫ダンスが出来るはずよ！」

猫ダンスとは、タリサが無理やりミケ王子に振りつけた創作ダンスだ。

（やりたくない！）

ミケ王子は痛切に思った。

だが、ここで踊って見せなければ、タリサは納得しないだろう。

仕方なくミケ王子は二本脚で立ち上がり、ノリの悪い猫ダンスを披露した。

「ミケだ！」

「もう、間違いありませんね」

「だから、最初からミケだって言ってるじゃん！」

ミケ王子を抱き上げたタリサが村の中央広場を目指して走りだすと、残るふたりも後に続いた。

「あらっ、アナタたち。メルなら、皆のところに挨拶するって出かけたわよ！」

『酔いどれ亭』に突入してきた幼児ーズの面々を残念そうに眺めながら、アビーはメルの不在を告げた。

「えーっ?!」

「まじ?　マジなのかぁー?」

「なんで、じっとしていられないのよ!」

タリサがヒステリーを起こしかけていた。

「こうなったら、ウチに帰る!」

「タリサのところで、メルちゃんに会えるの……?」

「分かんない。分かんないけど、早く会いたいでしょ!」

「オマエ、おかしいぞぉー!」

ダヴィ坊やの言う通りだ。

タリサはメル並みにバカだった。

と言うか、明らかに忍耐力が足りなかった。

ミケ王子は考えた。

乗り掛かった舟である。

ここで投げだしたら、わざわざ幼児ーズを中央広場に誘導した意味がない。

(やむなし。毒を喰《く》らわば皿までと言うし……。こうなったら、キャッチネコでもさせるか……)

こうしてミケ王子はメルが戻って来るまで、幼児ーズのボールになって遊んで上げたのだ。

帝都に生えた精霊樹

メルと森の魔女が、メジエール村に帰ってきた。

近隣の村人たちが集まって相談し、中央広場でお祝いをしようと言うことになった。

皆が自慢料理を持ち寄っての、野外パーティーである。

遠くに住んでいる村人は来られないので、要はご近所さんの宴会だ。

それでも結構な人数が集まって、ワイワイと楽しんだ。

森の魔女は村人たちに宴会のお礼を言って、帝都ウルリッヒまで出向いた理由を説明した。

恵みの森で発見された魔鉱石が、うんたらかんたらと……。

嘘八百である。

ファブリス村長は宴席のホスト役として、森の魔女に傅《かしず》いていた。

それ故に間近で語られる作り話が、嫌でも耳に入ってくる。

（…………っ。平然とした顔で、よくもまあ次から次へと出鱈目《でたらめ》を並べられるものだ）

この機会に帝王学の一端でも学べたらとクリスタを観察するファブリス村長は、小心者らしく目を白黒させた。

調停者クリスタと精霊の子が帝都ウルリッヒを訪れたのは、暗黒時代に世界を滅ぼしかけた大量殺戮《さつりく》兵呪、屍呪之王《しじゅのおう》を滅するためである。

その事実はクリスタの話術により、ウスベルク帝国がメジエール村で発見された魔鉱石の鉱脈を狙っているかも知れないと言う、どうでも良さそうな話で隠蔽された。

そして、これを調査しに行った結果、何も心配は要らなかったと言う調査結果を報告する。

そのうえで、近い将来、ウスベルク帝国との接触は避けられないであろうが、幸運にも我々には準備期間が与えられていると繋ぎ。

各自が持てる力を結集して、予測されうる大きな変化に備えようと、団結を促す言葉で結ばれる。

村人たちは森の魔女が語る作り話に納得して、ホッと胸を撫で下ろす。

斯くして人類滅亡の危機は、辺境にある村の自治権問題へとすり替えられた。

フレッドたち傭兵隊が村に戻っていないことも、ウスベルク帝国の動向を探るためと説明されたなら、誰も疑問に思わなかった。

見事な人心掌握術である。

是非とも見習いたい。

だが、ファブリス村長は屍呪之王《しじゅのおう》がどうなったのか、教えて欲しかった。

それを教えて貰えるまでは、枕を高くして眠れないのだ。

小心者だから。

こうした大人たちの事情とは関係なく……。

メルは村の女児たちと並んで、かぼちゃ姫のダンスを披露した。

村の仲間が、無事に旅から戻ったことを精霊樹や妖精たちに感謝する、喜びのダンスだ。

かぼちゃ姫のダンスは、スカートの裾をたくし上げてかぼちゃパンツを見せまくるので、幼児にしか踊れない『ウッフーン♪』なダンスである。

スカートの裾をたくし上げ、手拍子と伴奏に合わせて小さなお尻を振る。

ここで元気よくお尻を振る方が、精霊樹や妖精たちに感謝の気持ちが伝わるのだと、女児たちは教えられていた。

『ららら、裸ダァーンス♪』

『かぼちゃ姫の、ダァーンス♪』

樹木の枝に張られたロープを風の妖精が揺らすと、吊《つ》り下げられた無数の魔法ランプも光を踊らせた。

魔法ランプの光が踊ると、中央広場で酒杯を交わす村人たちの影も踊る。

妖精たちも楽しそうだ。

『お尻を振って、ジャーンプ♪』

『クルッと回って、ジャーンプ♪』

ほろ酔い気分の大人たちは、カワイイ踊り子さんを指さして大笑いだ。

特に母親が、自分の娘を指さして笑っている。

メジエール村の女性たちは、例外なく幼い頃にかぼちゃ姫のダンスを覚える。

かぼちゃ姫のダンスは曽祖母より昔の時代から共有されてきた、女性たちの黒歴史なのだ。

かぼちゃ姫のダンスが、村の豊作を祝って精霊に感謝を示すだけでなく、子沢山を祈願するための儀式だと教えられるのは、女児たちが成人してからのことである。

夜も更《ふ》けて子供の時間が終わると、幼児や少年少女は連れ立って自分たちの集落へ引き上げる。引率できる年長者が居ない場合は、近隣の者が連れ帰る。

これから大人たちは無礼講だ。

とは言っても、飲んで騒ぐだけだ。

「ほら……。お子さまたちは、とっとと寝なさい！」

ダヴィ坊やの親父さんが、大声で喚《わめ》いた。

「言われなくても、分かってるわよ」

「ぐぬぬっ……。酔っぱらいめ！」

「放っておきなさい」

「オッチャン、うっさいわぁー！」

メルとダヴィ坊やは直ぐそばに家があるので、ひとりで戻れば良かった。

メルには、ミケ王子とトンキーもついている。

「それじゃ、また明日ねぇー！」

「メルちゃん。お土産、楽しみにしてる」

「おやすみー。メル姉！」

「はぁーい。おまぁーら、気ぃーつけて帰りましょう！」

幼児ーズと別れて自室のベッドに潜り込んだメルは、わが家の有難さを噛みしめた。

（やっぱり……。おうちが、一番だよねぇー！）

ミケ王子とトンキーも、メルと一緒のベッドで眠った。

翌朝、目覚めたメルはデイパックを背負って、精霊樹の周囲を歩いた。

ぐるりと一周するまでもなく、タブレットＰＣに表示されていたスロットが見つかった。

実のところ、巧妙に隠されていたのだが、教えたがりの妖精たちが集まっていたのでバレバレだ。

「ここかぁー？」

アップデートの指示に従ってタブレットＰＣの向きを合わせ、スロットに差し込む。

タブレットＰＣは抵抗なくスロットに滑り込み、カチリと音を立て嵌《はま》った。

スロットの脇に数字が表示された。

（五……、五秒？　五分……？　五時間……？　単位が分からないでしょ！）

ステータスの数値表示も含め、タブレットＰＣに関係する数字は不明瞭なものが多い。

花丸ポイントやレベルとかはまだしも、体力や魔力の数値に意味があるのか非常に疑わしかった。

「ムキィーッ！」

怒ってみても仕方がない。

メルには、どうしようもないのだ。

又もや、ご褒美が先延ばしになってしまった。


時は調停者クリスタが帝都ウルリッヒを離れて、十日余りが過ぎ去った日に遡る。

その日、封印の塔を警備していた衛兵隊が、とんでもない異変を認知した。

封印の塔が、大樹に貫かれていた。

異変を認知したとの知らせには、それなりに意味があった。

発見したのではなく、正しく認知されたのだ。

衛兵隊の面々は、以前から大樹の存在を目にしていたと言うのだ。

『確かに見ていたのですが、何もおかしいとは思わなかったのであります！』

これを聞かされたフーベルト宰相は、頭を抱えた。

兎にも角にも、首脳会議を開くしかない。

ウィルヘルム皇帝陛下を筆頭に、フーベルト宰相、ヴァイクス魔法庁長官、ルーキエ祭祀長《さいしちょう》の四人が会議室に集まり、無い知恵を絞りながら何が起きたのかを推測することとなった。

「ふむ。間違いなく精霊樹でしょうな」

こともなげに、ルーキエ祭祀長が断言した。

理論的な根拠などありはしない。

「確証はあるのか？」

フーベルト宰相が訝《いぶか》しげに訊ねた。

「はい。この目で見てきましたから……。あの霊妙な気配は、間違いございません」

ルーキエ祭祀長は白い祭祀服の襟元を直してから、得意げに断定した。

「ルーキエ殿の発言に論拠を求めても無駄です。まったく、精霊、精霊と、何でも頭から信じれば良いというものではありますまい」

「ムッ……。そのように申されるからには、ヴァイクス殿は論拠ある意見をお持ちなのでしょうな？」

「ヴァイクスよ。その方の意見を述べよ」

ウィルヘルム皇帝陛下が、ヴァイクス魔法庁長官に発言を促した。

「なにぶんにも初めての事なので、私どもにも分かり兼ねます」

「はっ。ヴァイクス殿は何も分からん癖に、私の見解を貶《おとし》めるのかね」

瞑想《めいそう》による直知を重視する聖職者と、実験の積み重ねによる理論を重視する魔法原理探究者《オタク》は、こうした席でぶつかることが多かった。

口を一文字に引き結び、ルーキエ祭祀長を睨むヴァイクス魔法庁長官の瞳には、怒りの炎が燃えていた。

「ルーキエ殿。貴殿は少し黙りたまえ。私はヴァイクス殿に聞きたいことがある」

フーベルト宰相は、口論に突入しようとするルーキエ祭祀長を止めた。

「ヴァイクス殿。魔法庁の資料庫に、何か手掛かりとなるような文献は残されていないのか

「……？」

「ただいま古い文献を掘り起こさせておりますが、おそらくは何も見つかりますまい」

ヴァイクス魔法庁長官は、苦々しげに答えた。

「それなら、あの大樹を調べたら良いではないか？　調べるのは、貴殿のお得意だろうに……」

横合いからルーキエ祭祀長が口を挟む。

「ヴァイクスよ。あの樹を調べることは出来るか？」

一縷《いちる》の望みを託し、ウィルヘルム皇帝陛下がヴァイクス魔法庁長官に問うた。

「ぐぬぬっ……。私とて魔法研究者の端くれでありますから、枝の一本なりと持ち帰って調べたいのですが……。もし仮にですぞ。仮に、あの大樹が精霊樹であったとすれば、枝を折ったりして許されるのでしょうか……？　精霊さまの怒りに、触れませぬか……？」

ヴァイクス魔法庁長官は震える手で、頻《しき》りと白髭《しらひげ》をしごいていた。

畏れと探求心の板挟みに陥り、ヴァイクス魔法庁長官の脳は機能停止してしまったようだ。

「うーむ。屍呪之王《しじゅのおう》を封印していた場所に起きた、異変である。このまま、放置しておくわけにもいかん。そうではないかね……？」

「そのように申されましても、私には責任を負えませぬ。こんな……。こんな恐ろしいモノに、知識や下準備もなく触れるのはバカ者だけですぞ！」

「お前たち魔法博士が、そのバカ者ではないのか!?」

「皇帝陛下ともあろうお方が、皮肉ですか……？　私どもをニキアスやドミトリと同列に並べるのは、おやめください。あの愚劣で忌まわしい魔法災害より、私ども魔法研究に携わる者は、誓約の魔法術式で己を縛っています。精霊を弄ぶような者は、その場で命を落とすことになりましょう！」

「それは済まなかった」

ウィルヘルム皇帝陛下は役に立たないヴァイクス魔法庁長官から視線を外し、目頭を揉んだ。

召喚令状を持たせてモルゲンシュテルン侯爵《こうしゃく》領へ送りだした使者は未だ戻らず、屍呪之王《しじゅのおう》が片づいたと胸を撫でおろした途端に、この騒ぎだ。

（ワシは疲れた……。どうして今なんだ。どうせ生えて来るなら、クリスタ殿が居るときにすれば良いだろうに……。せめて、アーロンを送り出す前であれば……）

幾ら寝不足の目をこすっても、巨大な樹が消えるはずもなく。

が、そのとき、ウィルヘルム皇帝陛下の脳裏に、とある台詞が浮上してきた。

それはクリスタの台詞だった。

『そのうち分かるさ』

唐突で意味深な発言だった。

（確かあれは、屍呪之王《しじゅのおう》について話していたときであったか……。屍呪之王《しじゅのおう》はウスベルク帝国が抱える致死性の病だが、ミッティア魔法王国に侵略を思いとどまらせる抑止力でもあると話し……。屍呪之王《しじゅのおう》を失った我が帝国は、どうしたら良いのか？　と、為政者としての悩みを打ち明けた）

『ウスベルク帝国はユグドラシルの版図に加えられたようなので、心配ご無用！』

クリスタはウィルヘルム皇帝陛下の悩みに、そう答えた。

更なる質問に対しての返答が、『そのうち分かるさ』である。

「なるほど……」

ウィルヘルム皇帝陛下は得心した。

「陛下、どうなさいましたか？」

「余は大事に気付いた。そして、絶好のチャンスを逃してしまったことにも……」

精霊の子だ。

曲がりなりにもウスベルク帝国皇帝を名乗るのであれば、精霊の子を味方につけなければならなかったのだ。

それをクリスタに言われるまま謁見《えっけん》もせず、むざむざと辺境の村に返してしまった。

歓待の宴さえ催していない。

大失態である。

「アーロンの奴め。知っておきながら、ヘラヘラと笑っておったな。怪《け》しからん！」

「陛下。話が分かりませぬ」

「会議は仕舞だ。あの樹は精霊樹である。危険などない。だが、樹皮を剝がそうとしたり、枝を折り取ることは禁止する。丁重に扱い、守り抜け!!」

「ははっ！」

「仰せのままに……」

「畏まりました」

臣下たちはウィルヘルム皇帝陛下に、首《こうべ》を垂れた。

メルがエーベルヴァイン城に残していった精霊樹は、ウスベルク帝国を睥睨《へいげい》しているかのように見えた。

精霊樹の根元深く、もと封印の石室があった場所で、三人のドリアードが祈りを捧げていた。

世間では鬼籍に入ったと信じられている、歴代の巫女姫たちだ。

彼女たちは精霊樹の守り役だった。

古風な祭祀服を纏った巫女姫たちは、石室の天井からさがるピンク色の塊を見つめていた。

「殿……。いつまで、寝ているおつもりですか？」

「殿が、そうして寝ておられるから……。四の姫は、メジエール村に向かってしまいましたぞ」

「まったく、寝穢《いぎたな》い！」

「これっ、三の姫。殿を腐すでない」

「ですが姉さま。ひっぱたいて起こした方が、良いと思います」

三の姫がピンク色の塊を指先で突《つつ》きながら、一の姫に抗議した。

「そんなだからお前は、七十年しかお仕え出来なかったのですよ」

「七十年も仕えれば、充分だと思います」

「四の姫だって、あれほど殿を慕っていたというのに……。まったく、貴女ときたら……」

「あの子も、姉さまたちも……。三百年も、頑張りすぎだと思うわ！」

三の姫は残る姫たちの目を盗んで、ピンク色の塊を抓《つね》った。

石室の天井からさがるピンクの物体が、ピクリと跳ねた。

目覚めは、そう遠くなさそうだった。

お値段は秘密です

メルは悩んでいた。

昨夜、ティナにお土産を楽しみにしていると言われたときは、スルーしてごまかしたのだけれど、かなりヤバい状況だ。

事態は逼迫《ひっぱく》していた。

（あーっ。もう、どうしたら良いんだ……？）

なにしろメルは、タリサたちにお土産を用意していなかった。

ゲラルト親方のお酒は、何度もカレー事件の顛末《てんまつ》を愚痴られていたので、アーロンに頼むのを忘れなかった。

でも幼児ーズが喜びそうなお土産は、ちっとも思いつかなかった。

「こえ、アカンやろ……」

酔いどれ亭の子供部屋で、メルはデイパックから取り出した石の塊を眺めながら、深い溜息を吐《つ》いた。

その石ころは、屍呪《しじゅ》之《の》王《おう》が封印されていた石室の破片だった。

強制イベントをクリアした記念に、拾って来たのだ。

なんなら、歴史的な秘宝と言えよう。

ではあるのだが、高校球児が甲子園の土を持ち帰るようなもので、他人には単なる石ころでしかない。

(これをお土産と言い張るのは、ちと無理がある)

そもそも今回メルは、帝都ウルリッヒを見学してきたことになっている。

屍呪之王《しじゅのおう》に関する事情は、村人たちに知らされていなかった。

『精霊の子には、広く世間を見させなければならん!』

そう森の魔女さまが宣言して、メルをメジエール村から連れだしたのだ。

そこからして、タリサたちは気に入らなかった。

『メルだけズルい!』と言う話だ。

であるからして、『お土産を忘れました』では済まされない。

「わらし、困った」

時間は残されていない。

タリサたちが、いつ突入してくるか分からなかった。

更にデイパックをあさって、帝都で拾い集めたアレコレを床に並べてみる。

エーベルヴァイン城で料理に飾られていた、ウスベルク帝国の国旗。

グラナック市場の出店で買った、どうしようもない勇者の剣。

I.M

フレッドの事務所で見つけた、青銅の鎧騎士。
そしてグロテスクな、屍呪之王《しじゅのおう》の置物。
屍呪之王《しじゅのおう》をモデルにした木彫りの置物は、封印の塔に置いてあったものを頂いた。
モンスターフィギュアみたいで格好良かったから、ついつい欲しくなったのだ。
ちゃんとアーロンに断った。
メルが黙って、盗んだわけじゃない。
(青銅の鎧騎士と屍呪之王《しじゅのおう》は、渡せない。これは僕のだ!)
と言うか、たぶん誰も欲しがらないだろう。
古びた青銅の騎士像と、気色が悪い犬の像なんて……。
「こえしか、無いんかぁー?」
メルは顔を引きつらせて、デイパックの中身を調べた。
するとアーロンの店で総支配人に手渡された、粗品がでてきた。
小さな箱に入って、リボンまでかけられている。
「こえっ、良いんじゃん!」
中身が何かも調べていないが、お土産っぽい。
お土産っぽく体裁が整っているので、これはOKだった。
中身なんて、何が入っていようと構わなかった。
しかし、粗品ひとつを三人で分けろ、とは言えない。

「問題はぁー。タリサとティナの二人デス。どちゃか片方に、なんもなしでは……。わらし、殺《や》られゆわ」

ダヴィ坊やのことなど考慮する余裕はなかった。

せめて後ひとつくらいは何とかしなければ、話にならない。

「うごぉー！　どないも、こないも、ならんわぁー！」

メルは現実逃避したくなって、自分を他人事のように突き放してみた。

この状況は……。

まるで放置されていた夏休みの宿題と向き合う、小学生みたいだった。

（ウギャギャギャギャーッ。日記が、絵日記が埋まりません……。だれか、助けてぇー！）

助けなど、現れるはずもない。

どうしようもなくて途方に暮れるメルを見て、ミケ王子が話しかけた。

〈メル……。とっても困っているみたいだね？〉

〈そうなの……。わたし、すっごく困ってるの……。誰でも良いから、助けて欲しい！〉

〈ボク、知ってるよ。メルはお土産を買う機会が、無かったもんね……。仕方がないよ〉

〈でもさぁー。それを言っても、タリサたちは納得しないでしょ？〉

〈うん。ものすごぉーく、怒ると思う！〉

ミケ王子が、優雅に髭を撫でつけながら言った。

何やら、発言したそうな顔つきである。

〈なにか言いたいことでも……？〉
〈ボクさぁー。丁度よさそうな品を持っているんだぁー〉
〈マジですか、ミケさん。その話を詳しく！〉
メルはミケ王子の話に飛びついた。
〈でも……。只《ただ》じゃ嫌なのね〉
ミケ王子が勿体《もったい》ぶった。
メルと交渉がしたい様子だった。
〈ミケさんは、何をお望みでしょうか？〉
メルが前のめりになって訊ねた。
この際、多少の我儘《わがまま》であれば受け入れるつもりだった。
〈マグロ、美味しかったなぁー〉
〈…………ッ！〉
〈毎日、食べたいなぁー〉
〈やむなし……！〉
いとも簡単に、ミケ王子の要求が通された。
交渉が成立すると、ミケ王子は何もない空間から可愛らしいサシェを取りだした。
サシェとは、オシャレな生地で作られた小さな巾着だ。
その中に、ポプリを入れて匂い袋にする。

飾り紐《ひも》には、可愛らしい銀の鈴がついていた。

サシェの数は四つ。

キッチリと幼児ーズの人数分だけ、揃《そろ》っていた。

出来るネコは違うのだ。

〈ちゃんと帝都で売られていた、お土産だよ。妖精猫族のお店を見つけたから、買っておいたのさ！〉

ミケ王子も、メルのデイパックに似た収納スペースを所持している。

そして人族の真似をしたがるケットシーは、各地の名所でお店を出していた。

妖精猫族の国では、通貨だって発行しているのだ。

こっそりと……。

詰まるところ、そのサシェは妖精猫族が作った特別な小物である。

所有者に妖精の加護が与えられる、スペシャルなサシェだ。

メルは少し心配になって訊ねた。

〈それっ、変な匂いがしたりしない？　魚の干物とか、猫のお尻の臭いとか……？〉

〈失敬な……。ボクたちは猫じゃないから、お尻の臭いなんて嗅がないよ。ちゃんとしたポプリを使ってます。ポプリも買ってあるからね〉

そう言いながらミケ王子は、ポプリが詰まったビンを床に並べた。

メルが手に取って確かめてみると、どれもステキな香りを漂わせていた。

まさにお土産として、完璧と言えよう。

「ふぉーっ、ミケェー。おまぁー、でかしマシタ！」

メルは感動して、ミケ王子を抱きしめた。

「にゃぁー！」

こうしてメルは賢いペットの助けを借りて、難局を乗り越えたのだった。


「メルー。お土産を貰いに来たよぉー」

「ギャァー、来た！」

メルはタリサの声を聞いて飛び上がり、床に散らばったガラクタ（勇者の剣、ウスベルク帝国の国旗、高級料理店で貰った粗品）や宝物（記念の石、青銅像、木彫りの置物）を片づけようとしたが、間に合わなかった。

ドーン！　と子供部屋のドアが蹴り開けられ、幼児ーズの面々が雪崩《なだ》れ込んで来た。

「まかり通る」

「こんにちは、メルちゃん……」

「お土産、ちゃんと用意してあるでしょうね？」

ダヴィ坊や、ティナ、タリサの順で、メルが逃げられないように取り囲んだ。

「まって……。散らかってゆから、ちょっとまって……」

メルの部屋を襲撃したタリサたちは、床に散らばったガラクタを問答無用で物色し始めた。

「ちがっ……。その石は、カンケイなぁーヨ」

「なによ。この不細工な置物は……」

「ウヒャァー、メル姉。オレ、こわいの欲しくない」

「やめてぇー！　そのオキモノはぁー、おみやとちゃうでぇー。そこに、フクロあゆでしょ。四こ。フクロが、おみやれす！」

「でっ、メル……。この剣はナニ……？」

目ざとくオモチャの魔法剣を見つけたタリサが、興味津々の目つきでメルに訊ねた。

「うーむ。わらし、ロテンで買いました。まほぉーけん！」

「エエーッ。すごいじゃない。ちょっと貸しなさいよ」

「イヤ。それは、やめて……」

「ケチケチしないの……！」

タリサは魔法剣を拾い上げると、鞘から抜き放った。

『シャキーン！』

と、抜き放つ音がした。

「うわぁ！　いま、音したよ。鳴った。シャキーンって、言った」

ダヴィ坊やが目を丸くした。

「えいっ！」

タリサが剣を振ると、青い光が走った。

『ズバッ！』

と、何かを斬る音がした。

「すげぇー。マケンだ……」

ダヴィ坊やは、呆《ほう》けた顔で魔法剣を見つめていた。

「わらし、ハズカシイ……。ロテンでオヤジがジツエン、光でスイカをスパン！」

「ほほぉー。それで、買ってしまったのね」

「そそっ。わらし……。まんまと、だまさえマシタ！」

メルは雷光剣と名付けられた、勇者の剣。

インチキな魔法剣を実演販売に騙されて購入した。

意気揚々とエーベルヴァイン城に戻って試してみたら、雷光剣は効果音がして光るだけの魔法道具だった。

子供に売りつけているオモチャなのだから、光で何かが切れる筈もなかった。

そんな魔法道具、危ないから……。

だけどメルは、悪魔にでも取り憑《つ》かれたように、銀貨を支払ってしまったのだ。

小銀貨ではなく、銀貨だ。

（一万五千ペグは、ぼったくりだろ……！）

メルの眉毛が八の字になった。

「幾らしたの……？」

「そっ、そえだけは、ごかんべんを……。言えましぇぬ。墓まで持ってく、ヒミツでゴザユ！」

「うわぁー。聞きたいけど、聞いたらキレそう！」

おそらくタリサが想像している値段より、一桁ほど高い。

値段を知られたら、いつまで馬鹿にされるか分かったモノじゃなかった。

(高かったから、まさかインチキだとは思わなかったんだよ)

子供詐欺の勉強代は、一万五千ペグであった。

「メル。安心しなさい。このあたしが、あんたの黒歴史を引き取ってあげましょう」

「あーっ。ずりぃぞ、タリサ。オレもほしい！」

「うるさい。あたしが飽きたら、ダヴィに上げるわよ」

「あーたら……。そんなの、欲しいの……?」

「欲しくないけど、貰って上げるの……！」

そんなやり取りがあって、メルの魔法剣は取り敢えずタリサに引き取られるコトとなった。

「メルちゃん。このサシェ、とっても素敵……。ありがとう」

ティナは手に取ったサシェを見つめて、嬉しそうに笑った。

「そえ……。カゼのヨォーセーさん、集めゆでしょ。カゴ、あります」

メルはミケ王子から教わった通りに、説明した。

「マジか……。スゲェーじゃん。メル姉とお揃いだし。メッチャ嬉しいぜ！」

「ビンのポプリも、いい匂いだよね。生地もお洒落だし……」

ダヴィ坊やとタリサからも、高評価を得られたようだ。

「よろこんでもらえて、良かったデス！」

すべては、ミケ王子のお手柄だった。


その日の夕方、家に帰ったタリサは兄のトッドが見ているまえで、魔法剣を振り回して見せた。

「なっ、何だそれ……？」

「雷光剣。あたしの魔剣だよ。友だちが、帝都で買ってきてくれたの……。良いでしょ！」

『ズバッ！』と音がして、青い光のエフェクトが煌《きら》めく。

「どうせ、ちょっと貸してもらっただけだろ……。そんなもの、くれるヤツなんか居るもんか！」

「あたしには、居るんですぅー。とっても良い友だちが……！」

タリサがトッドに魔法剣を突き付けて、ニヤリと笑った。

その視線は、トッドが手にした木剣を見ていた。

「おれは信じないね。それに……。なんで女のオマエに、剣をくれるわけ……？　あり得ないだろ！」

トッドは自分で拵《こしら》えた不細工な木剣をチラ見して、悲しそうな顔になった。

貸して欲しいとタリサに強請《ねだ》られても、『ダメだ！』ときつく叱りつけて触らせなかった木剣である。

角材から削りだした木剣は、トッドの大切な宝物だった。

だけど音がして光を放つ魔法剣と比べてしまうと、自分が手にした木剣のなんと粗末な事か……。

なにしろタリサの魔法剣は、その造りからしてリアルで格好よかった。

そのうえ立派な装飾の施された、鞘までついているのだ。

「ちっ……。なんだよ、そんなの……。ちっとも欲しくないぜ！」

「へへーん、負け惜しみぃー。お兄ちゃんには、貸して上げないよぉー」

チャンバラごっこに明け暮れるトッドは、タリサの魔法剣を悔しそうに睨んだ。

(あーっ。トッドお兄ちゃんが、羨ましそうに見てる。なにコレ……？　このゾクゾクする感じ……？　これが噂の、ユーエツカンかしら……？　見せびらかすのって、サイコー！)

幾ら頼んでも木剣を貸してくれなかった兄に対する、妹なりの意趣返しであった。

アップデートです

アップデートが完了した。

タブレットＰＣを精霊樹のスロットに挿して、五日目のコトである。

五の単位は、日数だった。

（…………っ。アップデート長すぎ。五日って、待たせすぎだろ。だけど五年じゃなくて、本当に良かったよ。五年だったら、僕は切れてる自信があったね！）

以前は白だったタブレットＰＣの背面が、渋い金属光沢を放つ金色に変化した。

タブレットＰＣにプリントされていたマークも、誰かに齧《かじ》られたリンゴから精霊樹に置き換わっていた。

（何だか根本から、アップデートをはき違えてる気がするよ！）

ＯＳだけでなく本体の外観まで変更するのは、アップデートと言わない。

もっとも精霊樹に、まともなアップデートなど期待していなかった。

メルとミケ王子、トンキーは、タブレットＰＣを回収すると子供部屋のベッドで、まったりと塊を形成した。

もう直《じき》に、暑い夏がやってくる。

メルたちがモチャモチャと寄り添っていられるのも、今だけだった。

既にトンキーが、少しばかり暑苦しい。

いや、かなり。

「おまーら。ちょい、ハナえんか……！」

「ププッ、プギィーッ？」

メルがトンキーを足で押しのけた。

「おまー、鼻息がアッツいわぁー。こんくらい、ハナえとき……」

「ぶぅーっ！」

「ほいじゃ、きどぉーすゆでショ！」

メルは恐るおそる、タブレットＰＣのメインスイッチを入れた。

このタブレットＰＣが何を消費して作動するのか分からないけれど、取り敢えず画面が表示されたので胸を撫でおろす。

「おーっ。いきなり……」

モニター画面に、『トレーニングモード終了！』の文字がポップアップされた。

「………って。どぉー言うこと？」

つまり……。

ここまでは、チュートリアルだったのか……。

アップデート前であれば、トップに表示されていたステータスが消えている。
ステータスと言うタブに収納されたようだ。
（あの怪しげなパラメーターは、行動を促すためだけにあったのか?!）
妖精パワーを手に入れた今、体力やら素早さなんて意味がなかった。
たぶん防御力でさえ、通常状態から跳ね上がるだろう。
それに普段の能力値では、いざと言う場面《とき》に対応できる訳がない。
メルは不要と思いながらも、確認のためにステータス画面を呼びだしてみた。

【ステータス】
名前：メル
種族：ハイエルフ
年齢：五才
職業：掃除屋さん、料理人見習い、ちびっこダンサー、あにまるドクター、妖精母艦、妖精打撃群司令官。
レベル：20
花丸ポイント：2億8千万pt
以下略……。

各種能力値は、収容された妖精数によって変化します。
妖精の収容数に、上限はありません。
ただいま、73462の妖精を収容しています。
地の妖精さん（収容妖精比率：約1割）：防御力、頑強さを上昇させます。
水の妖精さん（収容妖精比率：約2割）：回復力、治癒力を上昇させます。
火の妖精さん（収容妖精比率：約4割）：運動能力、攻撃力を上昇させます。
風の妖精さん（収容妖精比率：約3割）：判断力、敏捷《びんしょう》性を上昇させます。

現状のアナタは攻撃力がやや高く、守備力の低い妖精母艦です。
地の妖精さんや水の妖精さんをもっと増やして、守備力を上げましょう。

（注意事項）
能力の上昇に伴い、霊力《オド》の消費が激しくなります。
精霊樹の実を摂取して、霊力《オド》の補給に努めましょう。

【バッドステータス】
幼児退行、すろー、甘ったれ、泣き虫、指しゃぶり、乗り物酔い、抱っこ、オネショ。

【残機】
(*^▽^*)×3……。

ステータスのウインドウに表示されたのは、以上の内容だった。

(見事に詳細項目が削除されてるじゃないか……！)

体力も知力も、魔力も無くなっていた。

数値が上がらなくて苛々した攻撃力や素早さ、防御力も消えている。

おそらくあらゆる能力値はメルが収容した妖精さんの数に依存するので、基礎数値に意味がないのだ。

トレーニングモードで表示されていたのは、メルにレベル上げを促すためであろう。

もう、そうとしか考えられなかった。

「だまさえたわー。ちくせう！」

ここで注目すべき点は、メルの年齢が五才に上がったところだ。

どうやら成長は、させてもらえるようだった。

(ずっと四才のままだったら、どうしようかと思ってたよ。未来永劫《えいごう》、幼児扱いとか無理すぎるでしょ。だけどなぁー。成長しても女の子だし……。そこんトコロ、かなり問題があると思う。将来……。アビーやクリスタみたいになったら、どうしよう!?)

もちろん、胸の話である。

憧れのボインは、自分の身に置き換えてみると些かヘビーだった。

正直に言って、欲しいのか欲しくないのか分からない。

なにしろメルの心は、未成熟な男子高校生に過ぎないのだから。

ＴＳ転生幼女であるメルは、女性としての発育を単純に喜ぶことなどできない。

もっとも、幾らたってもペッタンコな可能性だってあるから、今から悩むことではなかった。

そこは膨らんだり、膨らまなかったりするものなのだ。

「そえにしても、バッドが消えぬ」

五才児になっても、メルのバッドステータスは健在だった。

「ちっ……。オ・ネ・ショ！」

何としても卒業しておきたいオネショが、残っていた。

と言うか、消えたものがない。

（これって、呪いなのか？　年齢で外れないバッドステータスだとしたら、呪いの解き方を探さないとヤバイ！）

五才なら、まだギリギリセーフかも知れないけれど、今後十才とかになってもオネショをしているようだと冗談では済まされない。

嫁に行く気などサラサラないが、オネショが原因で嫁に行けないとか噂されたら恥ずかしくて死ねる。

世界中を旅してでも、解呪の方法を見つけなければいけない。

（いや……。幼児ボディーに引きずられて、精神が幼児退行するバッドステータスだ。絶対、そうに違いない。だから、放置しておいても治る！）

メルは旅をしたくないので、自分勝手な楽観論をでっち上げた。

異世界での旅は、帝都ウルリッヒへの移動で懲りた。

移動には時間が掛かり、体力、精神力ともにゴリゴリと削られる。

船は馬車よりマシだったけれど、何もできずに日々を過ごす辛さが耐えがたい。

好きでボーッとしているのと、ボーッとしているしかないのとでは、全然違うのだ。

動くのが好きではないメルであっても、船に乗ってジッとしていると発狂しそうになる。

それぐらい異世界での旅は辛かった。

(まあ……。相変わらず、色々と納得いかないけれど……。これっ。最後に表示されている、残機ってナンダヨ!)

【残機】の表示は、メルを模した顔のアイコンだった。

シューティングゲームのアレを思い起こさせる。

残機、三……。

「うわぁー。こんてぃにゅー?　わらし、死ぬん?　まじ……。ジョウダン、キツイわ」

1UPをゲットする必要がありそうだった。

ステータスのウインドウを閉じると、モニター画面の上部には獲得スキルや装備品などのタブが並んでいる。

最後の二つが、花丸ショップとストレージだった。

横一列に並んだタブのなかには、精霊召喚の枠があった。

タップしてみる。

【精霊召喚】

レベルＭＡＸ。

アナタは精霊召喚（上級）を獲得しています。


【既存の精霊】

魔法王（Ｓ級精霊）：魔法の概念を司る精霊。

老賢医（Ａ級精霊）：ケガ人や病人を治療してくれる精霊。解呪や損傷部位の再生はできません。

ゴレム（Ｂ級精霊）：泥や金属などを己の身体として使用できる、憑依《ひょうい》型の古代精霊です。ときに地の妖精さんが、気合いで召喚します。

屍呪之王《しじゅのおう》（Ｓ級邪霊）：世界を破滅に導きます。コントロール不能な邪霊。

死霊魔術師（Ａ級邪霊）：通常の攻撃では、永久に滅ぼせません。敵からヘイトを稼いでくれるので、戦闘時の壁として使用できます。


アナタの出会った精霊が、リストに記録されます。

リストにある精霊は、召喚コストがさがります。

もっと色々な精霊を探しだしましょう。

より沢山のお願いをしましょう。

精霊召喚師への道は、一日にしてならず。

日々の積み重ねと、我儘な願いがアナタを高みへ導きます。


【クリエイトした精霊】

集中治療室（ＩＣＵ）の精霊：重篤な患者を完全治癒してくれます。解呪や損傷部位の再生も、可能です。既存生物のモデルチェンジなどを得意とします。


アナタの創造《クリエイト》した精霊が、リストに記録されます。

リストにある精霊は、再度クリエイトする必要がありません。

新しい精霊の能力拡充を目指して、要求を無茶振りしてみましょう。

もしかすると、すごい技を生みだすかも知れません。
　この世界は、アナタのイマジネーションを必要としています。
　前世記憶と霊力のコラボレーションで、最強の精霊をビルドアップしよう。

【最重要ポイント】
　可能性は命。
　祈りは力なり。
　豊かな世界を育もう。
　精霊の子は、妖精たちの復権を使命とします。

洒落になっていない。

屍呪之王《しじゅのおう》が、サクッと召喚可能だった。

（コントロール不能な邪霊なのに、だれが召喚なんてするもんか……！）

昔の魔法博士たちは、頭がおかしい。

世界が滅びてしまったら、自分だって困るじゃないか……。

（自爆テロですね）

全くもって物騒な考え方だ。

もしも明日をも知れぬ身となれば、容易《たやす》く至る無理心中の結論は、途轍《とてつ》もなく恐ろしい。

（前世では、世界中で誰かしらがやらかしてたよなぁー）

ついつい追い詰められて対消滅《ついしょうめつ》を考えてしまうのは仕方ないとしても、実行に移すのはどうなのか……？

思い留まれよと言いたい。

（世界を滅ぼすとか、人としての恨みが濃すぎるよ！）

メルは憂鬱な気分になって、精霊召喚のウインドウを閉じた。

さてさて、お次は待ちに待ったご褒美だ。

取り敢えず救いがたい人の業は横に置いて、イベントクリア報酬のタブをタップする。

「ごほうび、ごほうびぃ～♪」

口に出して歌ってしまうのは、ご勘弁を願おう。

ご褒美を目当てに、ワンシーズン頑張って来たのだ。

メルが浮かれてしまうのも、当然と言えた。


【報酬】

『帝都ウルリッヒにて、囚《とら》われの疑似精霊を救いだそう……！』を高得点クリアしました。

クリア条件を満たしたので、十日に一度の異世界通信が可能となります。


封印の巫女姫を救出したので、追加の報酬が発生しました。

アナタは『起業』を獲得しました。

『起業』のタブより、希望する職業を選択してください。

「やったぁー！」

これで森川家の皆にメールができる。

「わらし、がんばったヨ……」

怖くなっても踏ん張って、逃げださずに使命を成し遂げた。

チョットだけ泣いたり、ぐずったりしたけれど、ちゃんと最後まで頑張ったのだ。

これで、前世の家族と連絡ができる。

メルは嬉しくて、ミケ王子とトンキーに抱きついた。

（てか、起業ってナニ……？）

十日に一度の異世界通信を獲得した今、気になるのは『起業』だった。

「なやんでも、意味なぁーわ。調べたら、エエよ」

メルは起業のタブをタップした。

そこには幾つかの職業名が表示されていた。


薬師。

道具屋。

錬金術師。

そして料理人……。

（うっほ……。料理屋さんがあるじゃん。うへへっ……、職業選択のジユウ～♪）

悩むまでもなく、メルは料理人を選択した。

部屋の外がペカッ！　と光った。

『ウギャァー！』

村の中央広場から悲鳴が聞こえてきた。

「ムムッ。ナニゴトじゃ!?」

メルはベッドから、ムクリと起き上がった。

そして騒ぎの原因を探るべく、『酔いどれ亭』から飛びだして行った。

メルの魔法料理店

『酔いどれ亭』の店先には、早朝の畑仕事から戻ったアビーが立っていた。

アビーのお尻に張り付いて広場の方を見ると、腰を抜かした男が地べたにへたり込んでいる。

男の視線は、精霊樹に向けられていた。

「まぁま……。なにが起きました？」

「うーん。メルの樹が、ぴかって光ったら……。いきなり姿が変わったのね！」

アビーも驚きを隠せない様子で、精霊樹を指さした。

「おーっ。たしかに……」

メルは精霊樹の変化に気づくと、驚いて仰《の》け反った。

ミケ王子とトンキーは無反応だった。

「ウハァー。ほんなん、だえでもビックリすゆわぁー」

「フミャァー!!」

ミケ王子が遅ればせながら、驚いたような演技をして見せた。

ミケ王子は、人族の真似をしたがるケットシーだった。

（悪意があると思うのは、僕の感じすぎなのだろうか……？）

実に微妙なところであった。

悪意はないけれど、救いようもなくガサツなのだ。

「カンバン……。ぷりちー！」

「お店かしら……？」

精霊樹の幹に、何やらお店の受付みたいな窓が設置されていた。

おそらくは、森の魔女さまが所有する庵《いおり》と同じだ。

内部は物理的な大きさを無視した空間で、幾つもの部屋が用意されているのだろう。

メルとアビーは精霊樹に近づくと、幹の周囲を見て回った。

「入口みっけ！」

「ちっさ……。とびら、ちっさ！」

アビーが不服そうな顔をした。

「うむっ」

どう見ても大人が入るのは無理そうな、小さな扉だった。

「わらしの店ヨ……。わらし、センヨーね！」

メルは誇らしげに言った。

これは想像もしていなかった、最高のご褒美である。

異世界通信も嬉しいけれど、自分用のお店だって同じくらい嬉しい。

しかもファンタジーでメルヘンな、可愛らしいお店だ。

正直に白状するなら、メルはずっと森の魔女が住む家を羨ましく思っていた。

自分も樹の家が欲しかったのだ。

精霊樹はご褒美で、メルの夢を叶えてくれた。

「ほぉー。メルちゃんは、『酔いどれ亭』の真ん前にお店を建てたんだ。私と競争するつもり……？　ライバル店だね！」

アビーが口元を引きつらせながら言った。

「まぁま……。ちゃうデシ∃。こえは、ウチのシマイ店よ♪」

「なるほどぉー。姉妹店ねぇー。まぁー、良いでしょ。ほらっ、なかを調べたいんでしょ。よぉーく、見て来なさい。そんでもって、なにか足りないものがあるなら、一緒に用意しようね」

「ありあとぉー！」

メルは幹に設置された扉を開けて、精霊樹の内部へ入った。


「うおぉーっ。コイツは驚いた。精霊樹さまは、何でもありかよ？」

腰を抜かしていた男が、いつの間にかアビーと並んでメルのしていることを眺めていた。

「カイル。これしきの事で腰を抜かしていたら、メジエール村を守る務めが果たせないんじゃないの……？」

「無茶言うない。姐御《あねご》よぉー。驚くときは、キッチリと驚いた方が良いんだぜ。オレは腰を抜かして、意識の切り替えをしてるんだ。腰を抜かすのは、突発的な危険を回避するのに最適なんだぜ。人も動物と変わらず、自然体が一番なんだよ。大切なのは、立ち直りの早さだろ！」

カイルと呼ばれた男は『酔いどれ亭』の常連客で、フレッドの傭兵隊に所属する、もと冒険者だ。探索者としてのカイルは凄腕《すごうで》である。

単独で危険な森を縦断できるほど、危機対処能力に優れていた。

だからカイルが言い訳を口にすると、そう言うモノかも知れないと納得させられてしまう。

「で、これは何なの……。メルちゃんの秘密基地かぁー？」

「メルのお店だってさぁー。たぶん、料理屋だよ」

アビーは受付窓口の上部に掲げられた、可愛らしい看板を見上げた。

紅白縞《しま》模様の日よけが突きでた上に、『メルの魔法料理店』と大書された看板が設置してあった。

「あそこに、書いてあるじゃん」

「あーっ。確かに……。でもよぉー。いきなり光って姿が変わったら、看板の文字なんて読まないっしょ！」

「ダヨネ……」

メルが引き起こす不思議な出来事に鍛えられているアビーも、さすがに今回は動揺を隠しきれないようで、どこかしら反応が鈍かった。

「店だったら、普通に建てたら良いんじゃねぇか？」

「……うん」

カイルの言う通りだと、アビーは思った。

魔法のお店とか、ちょっとメルが羨ましすぎた。

精霊樹を遠巻きにして眺めている村人たちも、どこか妖精に誑《たぶら》かされた旅人のような呆けた表情を浮かべていた。


精霊樹の幹は、三階層に分けられていた。

一階部分が丸ごと厨房である。

ここは後回しだ。

楽しみは最後に残しておこう。

そうメルは考えて、二階への階段を上った。

二階は休憩室と居住スペースになっていた。

どうやら魔法の空調設備があるらしく、蒸し暑さは感じられない。

シンプルなベッドも、身体を預けてみると思った以上に快適だった。

「あかん。こんな、キモチいーと……。うっかり、寝てまうわ！」

メルはベッドの魅力を振り切って、居住スペースを後にした。

地下室に相当する場所には、応接セットと幾つもの扉があった。

「なんじゃ、これは……？　ひらかんぞ！」

扉はロックされていて開かなかった。

「このトビラは……。なんぞ？」

　扉の脇に、小さなパネルが設置されていた。

　タブレットPCのモニターと同じ、タッチパネルだった。

　扉に関する情報を表示させてみると……。

（なになに……。異界ゲート。うぉー。要するにファンタジーでお馴染みの、転移門デスカ……？

　転移先は、株分けされた精霊樹の生えている場所……。と言いますとぉー。帝都ウルリッヒですね。

　僕が屍呪《しじゅ》之《の》王《おう》に植えた、枝が立派に育ちましたか……？　分かります、分かりますよぉー。異界ゲートさん。扉を開けたらピョーンと移動できる、すんごい魔法ってことですよね♪）

設置コスト：一ヶ所につき一億ポイント。
支配度の上昇に反比例して、設置コストが下がります。

「ぶほぉーっ！」

メルが噴いた。

魔法料理店の地下には、瞬間移動用のゲートが設置されている。

今は、それだけ覚えておけばいい。

「イチオクなんて、払えゆかぁー！」

メルが所持する花丸ポイントは、二億八千万もあった。

無理をすれば、払えない額ではなかった。

ただ帝都ウルリッヒには、一億ポイントをつぎ込む程の魅力がない。

階段を上って一階に戻ると、楽しみに残しておいた厨房への扉をそっと開く。

「ジャーン♪」

精霊樹の内部には、お客を座らせる椅子や食事用のテーブルが配置されていない。

（食堂ではないね。これは、お弁当屋さんに近いのかな……？）

ここは完全にキッチンである。

ぐるりと厨房の具合を調べて回る。

「これは……」

素晴らしいの一言だ。

何が素晴らしいのかと言えば、キッチンの全てがメルに合わせたサイズなのだ。

調理台に背が届き、食器棚に手が届く。

受付カウンターの高さも、メルの背丈にピッタリだった。

カウンターの窓口から顔を覗《のぞ》かせたメルは、手元のパネルに気づいた。

（んーっ。客席の設置ですと……？）

試しに六番をタップしてみる。

ガタン！　と音がした。

「うぉーっ！」

「なになに、なにコレ……？」

外でアビーとカイルが叫んでいた。

〈ブヒッ、ブヒッ、ブヒーッ！〉

〈ねぇねぇ、メルー。なんか、いきなりテーブルと椅子が生えてきたよ！〉

〈ミケさんや。それはマジですか……？〉

丁度、ミケ王子たちの位置が受付カウンターからは死角になっていたので、メルは窓口に身を乗りだして確認した。

アビーとカイルが、パラソル付きのオシャレなテーブルを見つめていた。

まるでオープンテラスのようだった。

（魔法料理店、スゲェー！）

客席は受付のパネルで増設できるようになっていた。

地中からモッソリと生えてくる、安心安全なシステムである。

突然、空間を切り取って出現する、ＳＦ的な物理攻撃要素は備えていない。

だからテーブルの出現に巻き込まれて、人が真っ二つにされる心配はなかった。

メルは作り置きの枝豆をお皿に盛り、程よく冷えたラガービールをジョッキに注いで、アビーに声をかけた。

「まぁま……。手つどぉーて……！」

「あいよぉー。メル」

「まぁまとカイウ……。サイショのお客さま。無料サービスよ」

「えーっ。嬉しいこと言うじゃない」

アビーが機嫌良さそうに笑った。

「メルちゃんは優しいなぁー。ありがとよ」

カイルも喜んでいる。

メルが花丸ショップで購入したラガービールは、アビーの大好物だった。

「おおっ。コレコレ、メルちゃん分かってるじゃん」

「こえでも、わらし……。店屋のムスコよ！」

「………って、いい加減、そこ間違うの止めようネ。メルは女の子だから、息子じゃないよ。娘だよ！」

アビーが大きなジョッキを二つ持ち、メルの間違いを訂正した。

「おーっ。めでたい日に、こまいこと気にすぅーな！」

「細かくない。ちゃんと覚えようね」

アビーはジョッキ二つを右手に、枝豆の盛られた皿を左手に持って、テーブルに向かった。

花丸ショップに表示されていた商品のR指定は、驚いたことに年齢と関係なかった。

すっかり年齢だと信じ込んでいたメルは、お酒は二十才まで待つしか無かろうとあきらめていたのだけれど、間違って選択したら購入できてしまった。

（R40とか平気でショップに置いてあるし、何かおかしいとは思っていたんだ。だけど、Rの表示がレベルだとは思わなかったよ。調理器具で騙されたわ！）

レベルの頭文字ならLだけれど、精霊樹なので文句を言っても仕方ない。

分かってみれば、お酒が買い放題だった。

まあ、喜ぶのは大人だけど……。

主にアビーだけど……。

メルは飲まない。

「おいおい……。この店は頼んでもいないのに、席に座ったら酒と摘みが出てくるのか……？」

「開店記念の無料サービスだってさ……。ホレホレ、冷えている内にグッといこう」

「マジかよ……。嬉しすぎて泣けてくるぜ！」

「くぅーっ。ダメだ、美味しすぎるぅー♪」

さっそくジョッキに口をつけたアビーが、喜びの声を漏《も》らす。

「おいおい。やけに冷たいな。こんなに冷えていたら、エールの風味が消えちまうんじゃないか……？」

「エールじゃないから……。冷やして飲むのが正しいんだってさ」

アビーに説明されて、カイルはジョッキに口をつけた。

「うおっ！　これっ、いつものエールと違うじゃないか!?」

「そう言ったでしょ。これに慣れちゃうと、いつものが飲めなくなるの……」

「いやいや……。そんな怖ろしい。口が贅沢になったら、毎日が辛くなるじゃないか。でも、美味いよ」

「エダマメも食べてみ。美味しいゾォー」

アビーがホレホレと、枝豆をカイルの鼻先に突きつけた。

因みに、メジエール村でも大豆の栽培はされている。

枝豆として食べる習慣が無いだけだ。

「ちくせう……。オレも、その豆を食うよ。メルー、メルちゃん。お店をやるんだろ。これからは、いつでも食べれるようにしてくれっ！　頼む。お願いだぁー」

「否《いな》じゃ。ことわゆ！」

メルが間髪をいれずに拒絶した。

メルの気まぐれ料理は、お金を払って注文しても食べられない。

カイルはミケ王子や幼児ーズのような特権を与えられていなかった。

別にメルが、意地悪をしている訳ではない。

単に面倒くさいからだ。

幼児とは、そう言うモノである。

「エダマメ、うめぇー。まじ、うめぇー。エールが腹に滲みる。こいつは全く、殺生な仕打ちだぜ」

メルの魔法料理は、小悪魔の誘惑に等しかった。

「カイウ。そえはエールちゃうで……。ラガービールじゃ！」

メルはダメ押しとばかりに、焼き上げた牛タンを皿に盛りつけていた。

ごま油と塩を小皿に入れてレモンの搾り汁を加え、細かく刻んだネギを牛タンに散らす。

キンキンに冷えたラガービールに、枝豆とタン塩のお摘みセット。

まさに魂を刈り取るが如《ごと》き、小悪魔の所業だった。

モーニングタイムは食べ放題

程よく冷えたラガービールに、塩分と脂質、酸味の、黄金コンボ……。

肉体労働で身体を動かしている健康な大人には、回避が難しいS級の攻撃である。

また、この組み合わせは、容赦なく味覚刺激への依存を形成する。

連打で喰らえば、デブ一直線だ。

だらしのない肥満体形。

でぶ……。

（ウフゥー。たんと召し上がれ……！）

これが美食であるかを問われるなら、違うと答える。

そもそもメルの美味しい教団は、美食の追求などしていない。

単純に、教祖さまが食べたいものを作っているだけだ。

なのでアビーには申し訳ないのだけれど、ソーセージとフライドポテトの皿がテーブルに追加された。

食べたいけれど、メルが我慢している二品だった。

地味にポッコリを気にしていたのだ。

「ほれっ、やまもりドーン！」

「うっは……。この赤いソース、美味しいんだよォー。確か、ケチャップだよね？」

「これは芋《イモ》か……。切ったイモを油で揚げたんだな」

「イモは、ケチャップ。赤いヤツじゃ。ケチらんで、ベッチャリつけれ……。黄色い方……。マヨをつけても、美味いどぉー♪」

メルは魔法料理店の厨房にフライヤーが設置されていたので、どうしても使ってみたくなったのだ。

切ったイモに小麦粉と調味料をまぶして揚げた、皮つきのフライドポテトだ。

皮つきフライドポテトとラガービールの組み合わせは、これまた魅惑の小悪魔セットである。

誘惑に負ければ、デブ一直線だ。

因みにアビーとカイルは大人なので、自己責任となる。

健康管理は自分でしなさい。

朝からビールをかっ喰らい、尚且つジャンクなオードブルセットをパクついているのだから、アビーが肥えたところでメルの責任ではない。

「まぁま。太るで……。ホドホドにな」

「うん」

幼児に誘惑されて転ぶ大人など、知ったコトではなかった。

そんなメルだけれど、幼児ーズの食事には慎重だった。

一度、お好み焼きパーティーをしたら、皿に垂らしたソースを吸っていたので、『これはヤバい！』と気づいたのだ。

幼児口は、塩味と甘味を好む。

放置しておくと、際限なく味を濃くしていく。

パンケーキとシロップを渡せば、シロップが無くなるまでかけてしまう。

幼児ーズのメニューには、キチンとした管理が必要だった。

塩味の強いフライドポテトなど、もっての外なのだ。

幼児が好む味は、五味のうち三味である。

甘味、塩味、うま味の三種類だ。

苦味や酸味は、味覚の学習をしなければ受け付けない。

五味以外の辛味については、さらに先の話となる。

これに加えて、食べやすさの問題があった。

幼児は柔らかくて、全体に味がついた料理を好む。

ステーキよりハンバーグが好きだし、刺身定食よりケチャップのチキンライスが好きだ。

口に運ぶのが簡単で、最初から均等に味が付いていないとイヤなのだ。

ゴハンにごま塩をかけて与えれば、次回からごま塩ナシに不満を訴える。

おかずが何であろうと、ゴハンにごま塩をかけまくる。

そうやって腎臓機能を損ねてしまう。

幼児のおやつにスナック菓子は、ノーグッドである。

特にポテトチップス系は避けるべきだろう。

味蕾《みらい》が塩味に麻痺《まひ》してしまうと、普通の食事を受けつけなくなってしまうからだ。

『味がしない！』と、思うようになるのだ。

幼児の味覚学習を考慮するなら、好物に苦味や酸味を少しずつ加えて覚えさせるのが良い。

美味しい教団の教祖さまは、幼児ーズのおやつに万全を期していた。

「メルちゃーん。お酒、おかわり」

「こっちも、おかわり」

「ちょっと待て……。いま取ってくゆ！」

だが……。

大人のことは知らない。

朝からアルコールを断らない、大人がイケナイのだ。

メルの口もとに、悪い笑みが浮かんだ。

（ウケケケッ……。ママ、食べまくりですなぁー。そのまま、ポッテリと肥え太ってしまえ。僕のホッペタや下っ腹を笑えなくシテヤル。傷ついた幼児の怒りに、翻弄されるがよいわ！）

常日頃、プチデブ扱いされているメルは、ボンキュッボンのアビーに贅肉を付与してやろうと企んでいた。

ぽっちゃり小悪魔の、ちょっとした悪巧みであった。

森川家の面々に、樹生からのメール《メル》が届いた。

およそ三か月ぶりである。

母親の由紀恵がはしゃぎまくって、色々と見当違いなコトをやらかしたのも仕方なかった。

樹生が家に帰ってくる訳でもないのに、好きだった料理をテーブルに並べたり、可愛らしい女児服を購入してきたりと、かなりテンションが異常だった。

だけど和樹は、そのような母親の行動に口を挟まず、浮かれる様子を温かい目で見守った。

「今回は、写真が多かったね」

「そうなのよぉー。カワイイ写真が沢山。プリントアウトして、あの子のアルバムを作っちゃったわ」

「何より、元気そうで……。楽しそうにしてたのが、良いな！」

父親の徹も、嬉しそうに笑みを浮かべていた。

生前は樹生の笑顔など激レアな代物であったから、微笑む幼女の写真をありがたそうに拝むのも理解できる。

和樹だって、弟の樹生が楽しそうにしていれば嬉しくなる。

そのうえ樹生のメールには、十日毎に連絡できるようになったと記されていた。

「それにしても、幼児のくせに飯屋をやるって……。あいつは、いったい何を考えている。大丈夫なのか？」

「あたしのところにも、料理のレシピが欲しいって書いてあったわ。あの子に、まともな料理なんて作れるのかしら……？」

「あーっ。そんな心配は、まったく要らないみたいだよ。向こうの両親は食堂を経営してるらしいし、よく分からんけど魔法が使えるんだって……！」

「魔法かぁー。父さんは頭が固くって、どうにも樹生の話を理解できんのだ」

そうぼやく父親が眺めているのは、樹生の料理店だと言う巨木の家だった。

「こりゃまた、非常識な写真じゃないか……。なんだ。アイツは、生木をくりぬいて住んでるのか!?」

「ああ、それなぁー。オレもダメだわ。何度見ても、信じられないよ」

「あらぁー。メルヘンで妖精のオウチみたいじゃない。可愛らしくて良いわぁー」

そう言う問題ではなかった。

ひとはリスやフクロウと違うのだ。

木の洞に住んだりはしない。

いや、それも違う。

問題なのは、生きている巨木と家が完全に融合している点だ。

こんなものは、きっと作ろうとしても作れないだろう。

和樹は画像加工を疑いたかった。

しかし樹生には、写実画のセンスが皆無だった。

ファンシーなゆるキャラは描くのだけれど、デッサンを嫌っていた。

そんな樹生が、リアルな写真を捏造《ねつぞう》できるとは思えなかった。

ハッキリ言えば、これだけの画像ファイルを送信してきただけで驚きなのだ。

写真なんて、撮るのも撮られるのも大嫌いだったから……。

「それにしても、でっかい樹だな」

「メールの説明によると、精霊樹とか呼ばれているらしいよ」

「こんな所で、商売なんか始めよって……。罰が当たらんと良いな」

「お父さん……。縁起でもないことを口にしないでください。悪い事なんて、起きっこありませんよ！」

樹生の件になると、いきなり言霊信仰者と化す母親の由紀恵だった。

主治医から、息子の死期を聞かされ続けた後遺症だろう。


因みにメルの写真を撮ったのは、カメラマンの精霊である。

タブレットＰＣを使った個人撮影には限界があるので、新しい精霊を創造したのだ。

初めての精霊クリエイトにより誕生したのはカメラを搭載したドローンっぽい精霊で、グラビアカメラマンのように喋りまくった。

念話を使うことなく音声で話す精霊は、初めてだった。

しかし残念なことに、カメラマンの精霊が語りかけてくる内容には、明らかに道徳上の問題があった。

『んーっ。お嬢ちゃん、キュートだねぇー。思い切り、お尻を突きだしてみようか！』

『こんなかのぉー？』

『そっそ、そんな感じ……。バッチリだよ。可愛いねぇー』

もとはと言えば、メルが悪い。

精霊クリエイトの際に、余計なカメラマンのイメージを混ぜてしまったのはメルだ。

だけどメルは、誇り高き妖精女王さまである。

断罪されるのは、下品な精霊だった。

『いいよ、いいよー。セクシーだねぇー。さあ、それじゃ……。チョットだけ……。一寸だけ、脱いでみようかぁー♪』

『……ムッ！』

『ワンピースの肩ひもを解いてごらん』

結果……。

カメラマンの精霊は、メルから邪霊認定されてしまった。

『おまぁー、クビ！』

『えぇーっ。そんなぁー』

今ごろ、何処《いずこ》の空を飛んでいるのやら……。

水辺で遊ぶ乙女たちに、迷惑をかけていないと良いデスネ。

精霊樹の守り役

タルブ川の流れに逆らい、帆に風をはらませた追風の水鳥号が悠々と進んでいく。

その美しい姿は、微風の乙女号に勝るとも劣らなかった。

追風の水鳥号を操る船乗りたちは、浅瀬が隠れている難所であろうと危なげなく通り抜ける。

予期せぬアクシデントに見舞われても、慌てる者は一人として居ない。

「ユリアーネ……。これは、わたくしが思っていたのと違います」

「何が違うのでしょうか……?」

「わたくしは船旅と言うのが、もっとこう……」

「危険が沢山で、波乱万丈ですか……?」

「そう、それよ……! わくわく、ドキドキの、冒険旅行を期待していました」

ラヴィニア姫は、ユリアーネの言葉に我が意を得たりと頷いた。

「姫さまには封印の塔で、様々な冒険物語をお聞かせしましたが……。あれはアレです」

ユリアーネは、封印の塔に軟禁されて無聊《ぶりよう》を託《かこ》つラヴィニア姫に、様々な物語を聞かせていた。

ラヴィニア姫のお気に入りは、お城でのラブロマンスより商人の旅行記や勇者の冒険譚だった。

殆《ほとん》どは荒唐無稽な架空の物語なのだけれど、そのようなことがラヴィニア姫に分かるはずもなかった。

何しろ、ずっと封印の塔から出たことが無いのだから……。

「もぉー、ユリアーネったら……。あれはアレって、それじゃ説明になっていないでしょ。わたくし……。船乗りと言うモノは銛《モリ》を手にして、魔物と闘うのだと信じていました」

「ここは川ですから……。姫さまにお読みした物語は、大海原を冒険する海賊船のお話です」

「巨大な波を乗り越えたり……」

「海の話です」

「こぉーんな、大きい魚と闘ったり……」

「それも海の話です」

「つまらないわ」

ラヴィニア姫が唇を尖《とが》らせて項垂《うなだ》れた。

「川って、退屈ね」

順調な旅だった。

必要なモノは、何もかもアーロンが手配してくれた。

アーロンは気の利くエルフだが、乗船当初はラヴィニア姫を構いすぎて苛立たせた。

それを察したユリアーネに注意されると、仕方なく適切な距離を取るようになった。

『バシッと言っておきました！』

『はぁー。何を言ったのかしら……？』

『それは秘密です』

ラヴィニア姫はユリアーネが何を言ったのか知りたかったけれど、訊ねても教えて貰えなかった。

タルブ川の沿岸には、二、三日おきに停泊地があり、そこで新鮮な食材が船に積み込まれる。

美味しいとは言えなくとも、一日に三回、キチンと上等な食事が配られる。

停泊地では船から降りて、開拓村を見物することが許された。

ラヴィニア姫はユリアーネに手を引かれて珍しい工芸品を眺めたり、食べたことのない料理を口にした。

希望すれば、湯浴《ゆあ》みの支度だってしてもらえた。

文句を言えば罰が当たりそうだ。

それでもラヴィニア姫は、不満そうな顔をしていた。

（ハンテンが一緒なら、もっと楽しめたのに……）

悪夢の中で、只々憧れ続けた外の世界。

あっさりと通り過ぎてしまうのが、勿体ないような美しい景色。

泉の水みたいに溢れだす、明日への期待。

あれもこれも知らなかった事ばかりで、情報の整理が追い付かない。

生きる実感。

自由……。

それが手に入ったいま、ラヴィニア姫の横にハンテンは居なかった。

初めて口にする食べ物。

逞《たくま》しい船員たちが呼び交わす、大きな声。

ミドリの髪を揺らして吹き抜ける、爽やかな初夏の風。

開拓村では、子供たちが叫びながら走り回っている。

普通に顔のある、きっと名前だってあるに違いない子供たち。

友だちになれたなら、ラヴィニア姫やハンテンと挨拶を交わしてくれるだろう子供たち。

ラヴィニア姫が視線を逸《そ》らしても、消えたりしない確かな世界。

（ハンテン……。みんなに、ちゃんとした名前があるんだよ。木や草や、村にまで……。ほらっ、色や匂いだって……。屋台で売っているお肉は、甘辛い味がするの……。たぶん、ハンテンも気に入ると思うなぁー。一緒に来れたら、良かったのにね）

風の妖精たちが、ラヴィニア姫を励まそうと集まってきた。

「あらあら、心配しないで……。わたくしは、たぶん大丈夫です。アナタたちも、傍に居てくれるのですから……」

ラヴィニア姫は、微風に乗ってふわりと舞った。

その姿は幻想的な絵画に描かれた、美しい妖精のようだった。

〈うふふ……〉

〈アハハ……〉

〈ヒメ、ヒメ。もっと笑って……♪〉

ワンピースのスカートの裾が、ラヴィニア姫の動きを追って広がった。

水色をした、大きな花のように……。

翠色《ミドリ》の瞳と髪を持つ幼い巫女姫は、妖精たちの大切な同胞だった。


封印の石室にぶら下がったピンクの塊は、枯れてしまったへその緒がもげて床に落下した。

「キャン！」

苦痛に満ちた産声だった。

「とっ、殿が、落ちましたぞ！」

「三の姫よ。何で受け止めて、差し上げぬのですか……？」

「えーっ。前触れもなく落ちるものは、受け止められませんよ」

「何年でも、殿の下で待ち構えておれば良いでしょう」

七十年しか我慢ができなかった三の姫は、言いたい放題に責められた。

（だから……。へその緒を引き千切ってしまいましょうと、提案したのに……）

三の姫にも言いたいことはあったが、口にしないだけの分別も備えていた。

「……わん？」

ピンクの不細工な犬が、石室をキョロキョロと見回して吠《ほ》えた。

「ハンテン……。いつまでも寝てるから、四の姫はアンタを置いて行っちゃったわ」

「ウゥーッ。わん！」

「四の姫は、居ないの……。すっごく遠くへ行っちゃったの……」

「これっ……！　どうしてお前は、殿に意地の悪い事を申すのですか？」

「だって、コイツ。生意気な犬コロじゃないですか！」

三の姫は、ハンテンに頭を下げるのがイヤだった。

三の姫にとって、ハンテンは小さくて不細工な犬に過ぎなかった。

嫌いではないけれど、一の姫や二の姫みたいに傅くことはできない。

どちらかと言えば自分の方が主人で、ハンテンは小さくて不細工な子分だった。

三の姫が譲《ゆず》るとしても、ギリギリ弟である。

殿はあり得なかった。

「わんわん、わんわんわん、わん……！」

ハンテンが石室の中を吠えながら走り回った。

「あーっ。うるさい！」

三の姫は耳を押さえて、ハンテンを睨みつけた。

ハンテンも三の姫を睨んでいた。

睨み合いだ。

「わんわんわん、わんわんわんわん、わぅーん！」

今度は入口の扉をカチャカチャと爪で引っ掻きながら、激しく吠えまくる。

「外に出たいのですね」

「おそらく殿は、四の姫が恋しいのでしょう」

「姉さまたちは……。よくコイツの喧しさに、耐えられますね！」

早くも三の姫は、泣きっ面になっていた。

この騒々しさに根負けして、いつだって三の姫はハンテンの希望を叶えてきた。

まるでお犬さまの奴隷だった。

「殿は、転生しても変わりませんね」

「ほんに、可愛らしいこと」

一の姫と二の姫が、嬉しそうに言葉を交わした。

信じられなかった。

このわがまま放題の犬を可愛いと思えるなんて、頭がおかしい。

毛が生えていなくて、ピンク色の肌には灰色の斑点がある、鼻の潰れた丸っこい犬なのだ。

「わんわんわんわんわんわん、わん……。わんわんわん、わんわんわんわんわん！」

「ヒィ……！」

味方のいない三の姫は、思わず涙ぐんだ。

崖っぷちの皇帝陛下

人の口に戸は立てられない。

封印の塔を貫いた大樹の噂は、隠蔽の魔法が解けると同時に、ミッティア魔法王国から送り込まれた潜入工作員の知るところとなった。

当然、ウスベルク帝国はミッティア魔法王国から、封印の塔が倒壊しかけている件について、納得のいく説明を求められた。

屍呪之王《しじゅのおう》を封じた魔法結界は、本当に大丈夫なのか……？　と。

謁見の間にて……。

ウィルヘルム皇帝陛下は、ミッティア魔法王国の大使と向き合っていた。

ウィルヘルム皇帝陛下の背後に控えるフーベルト宰相とヴァイクス魔法庁長官の硬い表情が、事態の深刻さを表していた。

この会見は、通り一遍の儀礼的なモノではなかった。

ミッティア魔法王国の軍事力を背景とした圧迫外交である。

これをのらりくらりと回避することが、ウィルヘルム皇帝陛下の仕事だった。

「プロホノフ大使……。何度も申すように、卿《きょう》の心配は無意味である。むしろ、今こそ屍呪之王《しじゅのおう》の封印は、完成したのだ！」

ウィルヘルムはミッティア魔法王国から派遣されたプロホノフ大使を睨み、これで何度目かの説明を口にした。

一片の真実も含まない真っ赤な嘘であるが、ウィルヘルムの表情はピクリとも動かない。

皇帝陛下は、平気で嘘をつける男だった。

「そうは申されましても、貴国の象徴であった封印の塔が崩壊しているのです。本国を納得させられるだけの証拠がなければ、私としてもお訊ねせずにはおれぬのです」

「卿も、あの霊妙なる大樹を間近に見たであろう……？　屍呪之王《しじゅのおう》は、あの大樹によって封印された。何度、質問されようと、真実は変わらぬよ」

「しかし、ことは屍呪之王《しじゅのおう》に関する重大事……。国家機密で、緊急事態をうやむやにされては困ります。あれもこれも秘密にされたままで、左様でございますかとは行きませぬ」

プロホノフ大使は一歩も引かぬ構えで、ミッティア魔法王国側の主張を繰り返した。

額に青筋を立て、プラチナブロンドの髪を神経質そうに撫でつける。

その見事な長髪は、エルフの髪で拵えた美麗なカツラだった。

エルフの髪で作ったカツラは、ミッティア魔法王国の高位貴族が好んでつける高価な装身具であった。

身分の証であると同時に、魔素の保有量を増やす特殊な魔法具でもあるらしい。

「それでは……。プロホノフ大使は、ワシに……。ウスベルク帝国に、何を望むのか……?」

「封印されている屍呪之王《しじゅのおう》をお見せください」

「それは出来ぬよ。強力な封印魔法が、人を近づけぬでな……。無理に試せば、卿や卿の部下が命を落とす。地下迷宮へ出向くのは、お勧めしかねる!」

「でしたら……。ミッティア魔法王国の調査団に、あの大樹を」

「ならん……!!」

プロホノフ大使は、ウィルヘルム皇帝陛下の言葉について考えた。

「貴国は、大樹の調査を……。いかなる理由があって、拒まれるのでしょうか?」

「畏れながら、プロホノフ大使さま。かの大樹は屍呪之王《しじゅのおう》を封印する、魔法術式の要。ウスベルク帝国の、先端魔法技術でありますぞ。それを他国の調査団に、おいそれと委ねられましょうか……?」

ウィルヘルム皇帝陛下の背後に控えていたヴァイクス魔法庁長官が、不機嫌そうな口調でプロホノフ大使の質問を遮った。

ヴァイクス魔法庁長官は、封印の塔を破壊してしまった大樹の正体を知っていた。

それなのにプロホノフ大使に向かって、平然と魔法庁の開発した封印魔法であるかのような物言いをする。

こちらもウィルヘルム皇帝陛下に負けぬ役者だった。

政治に長《た》けた立派な古狸《ふるだぬき》である。

「これは失礼を致しました。御前にての不調法をお詫び申し上げます」

「構わぬ……。気にするでない」

「実を申せば、私も怖ろしいのです。いったん、綻《ほころ》びが生じたなら……。屍呪之王《しじゅのおう》による災厄は、ウスベルク帝国に留まりませんぞ。グウェンドリーヌ女王陛下も、ミッティア魔法王国の民人に『安全である！』と発表したいのです。それなのに根拠となる情報が無くば、『信じろ！』と力なく繰り返す他ありませぬ。ウィルヘルム皇帝陛下に於《お》かれましては、我らの胸中を察して頂けませんでしょうか……？」

正論に聞こえるが知ったことではない。

何故、ウスベルク帝国がミッティア魔法王国の民人を心配してやらねばならぬのか……？

これは正論を装った恫喝《どうかつ》である。

ここで頷いてしまえば、またプロホノフ大使に踏み込まれてしまう。

迂闊《うかつ》な同意は悪手だった。

謁見での会話は正式なモノであり、双方の記録に残される。

ウィルヘルム皇帝陛下はプロホノフ大使に言質《げんち》を与えず、突っぱねるしかなかった。

「フムッ……。千年に亘るウスベルク帝国の実績が、ミッティア魔法王国では信じるに値せぬのか……？　証拠だ、魔法理論だと……。卿の話を聞いておると、貴国ではウスベルク帝国を随分と見下しておるようだな」

「なんと……！」

「そうであろう。こうして幾度となく安全であると伝えているにも拘《かかわ》らず、卿は信じようとせぬ。何故かと考えるに、わが帝国の魔法技術を侮っているためであろう……？　余は、甚だ心外である!?」

ウィルヘルム皇帝陛下が釘《くぎ》を刺したコトで、プロホノフ大使はミッティア魔法王国の魔法技術が優れているところを証明しなければいけなくなった。

しかも相手は、学術的な魔法理論を示そうとしない。

こうなると打てる手段は、実力行使しか残されていない。

曲がりなりにも友好国を装うべき相手に、実力行使は如何なモノであろうか……？

何としても、切っ掛けが欲しかった。

魔法技術の優位性を見せつける、都合の良い舞台が……。

「プロホノフ大使さま。我らがウスベルク帝国は、そもそも屍呪之王《しじゅのおう》を永久に封印すべく建国されました。それ故に貴国とは魔法の解釈も異なれば、劣っているように見受けられる部分もありましょう。ですが、こと屍呪之王《しじゅのおう》に関する限りは、何処にも負けませぬ。プロホノフ大使さまの要求は、罪人を閉じ込めた牢《ろう》が信用できぬから、分解して見せろと言うに等しいのです。とうてい認めるわけには、参りませぬ！」

ウィルヘルム皇帝陛下の横に控えていたフーベルト宰相が、きっぱりと言い切った。

「フーベルト宰相閣下は、ミッティア魔法王国を信頼に値せぬと申されるのですか……？」

プロホノフ大使が、フーベルト宰相の台詞に嚙みついた。

「失礼いたしました。そのように聞こえたのでしたら、謝罪しましょう。私はウスベルク帝国の事情を理解して頂こうと、譬《たと》え話をしたに過ぎませぬ」

「議題をすり替えられては困る。国家間の信頼は、関係がない。魔法結界の安全性について、話しておるのだ」

ウィルヘルム皇帝陛下も不快を隠そうとせず、プロホノフ大使を詰《なじ》った。

「フーベルト宰相閣下の謝罪を受け入れましょう。私もお詫びします。浅慮にも、荒々しい態度を取ってしまいました。申し訳ありません」

プロホノフ大使は謝罪を口にして、頭を下げた。

恫喝は通じそうもない。

魔法技術の優劣は、魔法の技術体系が異なれば意味がないと、突っぱねてきそうだ。であるなら謎の大樹に執着しても、埒《らち》が明かない。

攻め方を変える必要があった。

「よい。気にするでない。だが余は誰の頼みであろうと、屍呪之王《しじゅのおう》を封印する魔法術式について教えるつもりはない。それはエックハルト神聖皇帝の御代より、守られてきた決まりである。その安全性については、歴史が証明している通りだ。はっ。確認する必要などないわ。相手が運命を司る大精霊であろうと、この掟《おきて》を曲げることは罷《まか》りならぬ！」

案の定、ウィルヘルム皇帝陛下は、古い魔法の話を持ちだしてきた。

そして、この話は『新しい魔法技術が常に優れているとは限らない！』と、結ばれるのだろう。

「それでは……。地下迷宮の侵入者対策を確認させて頂きたい」

プロホノフ大使は、何食わぬ顔で斬り込んだ。

「先程……。危険だから容認できぬと、申したであろう」

「心配、ご無用。人死に大いに結構ではありませんか……。むしろミッティア魔法王国の特殊部隊を退けたのであれば、それこそ安全の証となりましょう。そして、もし仮に……。彼らが侵入を果たしたとなれば、防御面の不安を改善するために我らの協力が役立ちましょう。もちろん地下迷宮を突破できたからと言って、屍呪之王《しじゅのおう》への接近を試みたりは致しません。そこは、お約束いたします」

彼方《かなた》と見せかけて、此方《こなた》を叩くのは兵法の基本だ。

それは論争の場に於いても、変わらなかった。

ウィルヘルム皇帝陛下が、『ぐぬぬっ……！』と唸《うな》った。

背後に控えたフーベルト宰相とヴァイクス魔法庁長官も、苦虫を嚙み潰したような顔になっていた。

（約束だと……？）

ウィルヘルム皇帝陛下の頰が、ピクリと痙攣した。

この場に居る誰一人として、プロホノフ大使の約束を信じていなかった。

約束を口にした当人も含めて……。

（なぜ、この場にアーロンがおらぬのだ。ヤツが居なくては、地下迷宮の状況さえ分からんと言うのに……。何とか時間を稼いで、アーロンを呼び戻さなくては……！）

焦ってみたところで、どうにもならなかった。

今は、この場を取り繕うしかない。

とにかく、少しでも時間を稼ぐのだ。

「なるほどな……。卿の考えは、充分に理解した。元老院で吟味したあと、結果を伝えるとしよう」

「ありがたき幸せ」

「では、さがるがよい」

ウィルヘルム皇帝陛下は、敗北感で叫びだしそうな気分になった。

最低の会見だった。


「いつまでも殿と一緒に暮らしたいのですが、そうも言ってはおれませぬ。殿は少しでも早く、四の姫と会いたいご様子」

「この地に殿を留め置くのも、忍びない。取り敢えず四の姫と会えば、殿も落ち着きを取り戻しましょう」

「わんわんわん、わんわんわんわん……！」

ハンテンは扉を背にして、激しく吠え続ける。

クルクルと回ってから、また吠える。

（姉上さまたちは、ハンテンを甘やかしすぎだと思う。一日中、ずっと吠えてるのに止めない。絶対に止めない）

煩《うるさ》くって、気が狂いそうだと、三の姫は思った。

「されば、わたしが案内人を探して参ろう。身分のある同行者さえおれば、殿でも船に乗ることが出来よう！」

一の姫が急ぐふうでもなく、ゆらりと立ち上がった。

「留守居役は、アナタたちに任せます。怠惰に流されず、しっかりとお役目を果たしなさい！」

「心得ております、姉上さま。ご安心召されよ」

「留守居役、承知いたしました」

二の姫と三の姫は、一の姫に了承の意を示した。

精霊樹の守り役である巫女姫たちは、精霊樹やハンテンを外敵から守り、健やかに育てるのが務めだ。

自らの使命と喜びの間に、些かのズレも存在しない。

三の姫がハンテンを煩《わずら》わしく感じるのは、気の迷いだ。

多分おそらく、ちょっとした勘違いである。

天衣無縫なちみっ子

幼児の朝は早い。

東の空が薄ら白み始めると、幼児は小さな胸を期待に膨らませてベッドから跳び起きる。

おとなしく寝てなんていられない。

もう既に、今日は始まっているのだ。

グズグズしていたら、一日が勿体ないじゃないか……！

そして夏の朝は、とりわけ早くやって来るのだ。

「プッププゥーッ。ププーッ♪」

「ジャーン、ジャジャーン！」

「ぴぎぃー。ブッブッ……」

「フニャァー♪」

「おい……。たのむから、止めてください。おーい！」

メルとダヴィ坊やに、トンキーとミケ王子を交えた混成部隊は、帝都ウルリッヒで購入したシンバルを新たに加え、発生させる騒音も一段とグレードアップ。

アニマル・フレンズが参加したモーニングコール隊は、まるでブレーメンの音楽隊みたいになった。

ここにモーニングコール隊、再結成デアル……。

メルが留守にしていた間の静かで平穏な朝は、もう二度と帰って来そうになかった。

「あさ、あさ、朝ぁー！」

「さっさと起きんか、粉屋のせがれ……。おテントウさまは、もう昇っとゆわ！」

「ぷぎぃー！」

「ミャァー」

「うるせぇー！　いっっっ……。こちとら飲み過ぎで、頭がズキズキ痛いんじゃ。だまれや、ガキ共……」

その活動範囲も村の中央広場では収まらなくなり、『中の集落』をぐるりと一周するようになった。

騒音を訴える被害者の数だって、グンと増えた。

だけど、幼児ーズを見かけた村の小母《おば》さんたちは、ご褒美のお菓子をくれるのだ。

夜更かしの酔っぱらいオヤジたちと小母さんたちとでは、モーニングコール隊への評価が正反対だった。

「毎朝、偉いね。とっても助かるよ」

「あしたも頼むよ。ガンガンやっとくれ！」

モーニングコール隊は近隣の小母さんたちから、熱い声援とおひねりを受け取る。

「オカシ、ありあとぉー♪」

「おばちゃん、ありがとうございます」

満面の笑顔でキチンと頭を下げるのは、幼児の嗜《たしな》みだ。

貰えるものは拒まない。

日々の感謝が、幼児を磨く。

ピカピカに磨き上げられた幼児は、やがて蝶々《ちょうちょう》となって大空に舞う。

「メル姉……。オレ、チョウチョ好かん。カブトムシが良い」

肉屋の小母さんから貰ったドライフルーツをしゃぶりながら、ダヴィ坊やが言った。

『チョウチョになゆのらー♪』と口にしたメルに、不満を感じての発言だった。

「はぁー？」

「オレはカブトムシになる。チョウチョはイヤだ！」

男の子は、蝶々になんてなりたがらない。

弱っちぃーから。

「おまぁー、カブトはキモイでしょ？」

一方、メルが許容できる虫は、蝶々までだ。

ガジガジ虫の事件で負ったトラウマは、まったく癒えていなかった。

「メル姉……。カブトは格好いいぞ！」

「でぶ。うらっかわ、見てミィー。キモイでぇー」

「デブちゃうわ。ダヴィじゃ！」

「すまん。わらし、うまぁー喋れんで……。したっけ、カブトはキモイわ！」

「なに言っとるの……？　カッケェーよ。カブト、さいこーよ！」

ダヴィ坊やの口調に熱がこもった。

「ぬぬっ……。わらしに、逆らうんか……？　エエかぁー、よお聞けや。キモイもんは、キモインじゃ。それになぁー。おまぁーは、カブトになれんわ。なれても、せいぜいデブじゃ。ダンゴ虫デス！」

「何だとぉー！　オレさまは、カブトムシになるんだからな。オレがカブトになってからあやまっても、遅いどぉー！」

「ふふーん。おまぁーがカブトになったら、くつで踏んだるわ。ぺちゃんこじゃ！」

「くっ……。オレはなぁー。でぇーっかな、カブトになるんだからな。メル姉、泣くわ！」

「グヌヌヌッ……。アホォーが。幼児はカブトにならん。カブトになるんは、幼虫じゃ！」

メルが耳を真っ赤にして怒鳴った。

「アホは、メル姉だろ。ひとはチョウチョにならんもんね！」

「ムカつくぅー。赤ちゃんのクセして、ナマイキよ！」

「ばーか、ばーか。メル姉のばーか」

「わらし、チョウチョはタトエよ。ヒユ（比喩）。分かゆぅー？」

「言っとること、ちぃーとも分からんわぁー！」

二人の意見が食い違った。

一触即発の緊張感が、モーニングコール隊に走った。

すわ決裂かと思われたとき……。

ミンミンミン、ミィーッと、幼児ーズの頭上でセミが鳴き始めた。

「セミ、キモイわぁー」

「うむっ……。メル姉に、はげしく同意する」

罵り合いが中断された。

「ヨシ……。ケンカは好かん！」

「おうっ、オレたち仲良しさんだ」

入道雲が湧き上がる青空の下で、互いの健闘《ガッツ》を称えて抱き合う二人の幼児は、自分たちの友情を再確認した。

ガッチリ抱き合ったら、恥ずかしがらずに仲直りのチューだ。

メジエール村の子供なら、そうする。

「アイスキャンディー、食いマスカ？」

「食う！」

モーニングコール隊は解散の危機を免《まぬが》れ、事なきを得た。

「うまぁー」

「ひゃっこいわぁー♪」

「うにゃぁー」

「ブッ、ブゥー」

ミケ王子とトンキーも精霊樹の根元に並んで座って、アイスキャンディーを食べた。

巫女印フルーツ牛乳の味を調整して凍らせた、ラクトアイスだ。

シロップに漬けた精霊樹の果実を刻んで混ぜてある。

元気が出るアイス。

今日も暑くなりそうだった。


アビーと囲む朝食のテーブルは、メルを幸せな気分にする。

どんな一流料理店のサービスだって、アビーの温もりには遠く及ばない。

ママとは、そう言うモノなのだ。

「メルちゃん。パンにベーコンを挟むの……？」

「うん。まぁまのピクルスも、のせて……」

「それくらい、自分で出来るでしょ？」

「まぁまに、のせて欲しいのぉー」

甘ったれ全開である。

メルを茶化すフレッドが居ないので、心置きなくアビーの独り占めだ。

メルはマグカップのミルクセーキをぐびぐびと飲みながら、『もうフレッドは、帰って来なくても良いかな……？』と思った。

パパは外で働いて、稼ぎだけ送金してくれたら良いのだ。

とんでもない幼児である。

フレッドが知ったら、さめざめと泣くだろう。

「ところでメルちゃん。ママは訊きたい事があるの……」

「あにヨォー？」

「森の魔女さまなんだけど……。帰って来たときから、元気がないでしょ。何があったのか知らない？」

「あーっ。それなぁー。ヒミツですから……」

「えぇーっ。知ってるなら、教えてよ。ママも秘密にするからさぁー」

「だれにも教えたぁー、アカンのですよ？」

「勿論。誰にも話したりしないわ」

こうして秘密は、村人たちの間で共有されていく。

そしていつの間にか、公然の秘密にされてしまうのだ。

「うんとねぇー。わらし、えらいマホォーのセンセー呼んだヨ。そしたら、センセーがクィスタさまとアーオンのマホォーに、点数をつけマシタ」

「へぇー。そんなことが帝都であったんだ。森の魔女さまとアーロンさんの魔法に点数をつけるなんて、すごい先生だね」

「はい。マホォー王さま。おじいちゃんセンセーです」

「それで何点だったの……？」

「アーオン、四十点もらったヨ。なんか喜んでらしたヨ」

「それで魔女さまは……？」

「言えん……」

メルがわざとらしく両手で口を押さえた。

「このぉー、言いなさい。そこまで話しといて、秘密とかあり得ないでしょ！」

「ウヒャァー。くすぐゆのヤメテー！」

「言え。白状しなさい。ママに教えなさい」

「言う、言うからヤメェー！」

ちょっとした母子のスキンシップを挟んでから、メルは魔法王の事件について説明した。

「ババさまは二十点。マホォー王の言うにはぁー。ヤシンテキだが、キソをおろそかにし過ぎだって……」

「ぶふっ……。それでぇー？」

「それ以来、ババさまは何しても上手くいかんで……。メッサへこんだわ。ジシンソォーシツかぁ？」

「なるほどぉー。自信を無くして、落ち込んじゃったのね」

「だもんで、引きこもってベンキョーすゆんデス」

何もかもを話してしまったメルは、スッキリした顔で食べ終えた皿を流しに運んだ。


侵入者たちの手際は、実に鮮やかだった。

封印の塔を警護する衛兵隊は、曲者《くせもの》たちに誰何《すいか》する余裕も与えられず、眠らされた。

「よし。これより、サンプルを採取する。手早く済ませろ」

「はっ」

ミッティア魔法王国の潜入工作員は、囁《ささや》くような小声とハンドサインで互いの意図を確認すると、ノコギリや鉈《なた》を手にして謎の大樹に襲い掛かった。

「何とも手ごたえのない任務だ」

「全くですな……」

「この分であれば、誰にも知られずに終わるだろう」

月のない夜空を見上げる潜入工作員たちのリーダーは、作戦の成功を信じ切っていた。

だがしかし、黒ずくめの侵入者たちは、衛兵隊に襲い掛かったときから、見張られていた。

「不届き者どもめ……！」

二の姫が頭上を見上げ、吐き捨てるように言った。

「わんわんわん、わんわんわんわんわんわん、わぉーん！」

ハンテンも天井を睨んで激しく吠えたてる。

「罰当たりな異教徒どもが、われらの精霊樹さまに傷をつけようとしておる」

「姉さま。由々しき事態でありますね。わたしが愚か者どもに鉄槌《てっつい》を……」

「いやいや。三の姫は、ここで殿の御守りじゃ。わたしが、成敗して来ようほどに……」

「えーっ！」

三の姫は、侵入者の処罰を引き受けたかった。

ハンテンと一緒に残されるのは、絶対にイヤだった。

だが精霊樹の守り役は、厳しい上下関係に支配されていた。

カースト最下位の三の姫には、発言権がなかった。

「それでは、留守居役をよろしく頼みましたぞ！」

「……はい」

二の姫は不服そうな顔で項垂れる三の姫に念を押してから、精霊樹と同化して姿を消した。

地上へと転移したのだ。

「ちぇっ……。年功序列って、最低最悪の制度よね。姉さまたちは引退も卒業もしないで、ずーっと頭の上に居座っているのよ。まさしく絶望的だわ。わたしの下に四の姫が居るはずだったのに、あの子はひとりで勝手に生きているし……」

「わん！」

封印の巫女姫となり、曲がりなりにも生存しているのは四の姫だけであった。

死ぬまで拘束されるなんて、納得できない。

「ねぇ。これって、どうなのよぉー。ちょっと答えなさいよ、ハンテン！」

「ハフハフ、わん！」

わんでは、話が通じない。

三の姫には不満を聞いてくれる相手も、悩みを相談できる相手も居なかった。

（友だちが欲しい……。切実に、友だちが欲しいの……。だれかに、優しくして貰いたい）

孤独だった。

「わんわんわんわん、わんわんわんわん！」

「あーっ。煩い。今度は何なのよ？　水……。おやつ……。それとも、お尻が痒《かゆ》いの……？」

侵入者だった。

暗渠《あんきょ》を伝い、地下迷宮に忍び込む複数の男たちがいた。

「モォーッ。こんな夜更けに、入って来るんじゃないわよ！」

ハンテンをメジエール村まで送り届けてくれる、善意の人を探しに行った一の姫は、未だに戻らない。

二の姫は精霊樹を守護するために、先ほど出かけたばかりだ。

ここは三の姫が、何とかするしかなかった。

封印の石室は、精霊樹のコアである。

余所者《よそもの》どもを石室に近寄らせてはならない。

なんとしても地下迷宮から、追い払わなければいけなかった。

「ねぇ、ハンテン。アナタは、ちゃんとお留守番できる……？」

「わん！」

ハンテンが、プルリと尻尾を振った。

「わたしが戻るまで、ここでおとなしくしてるんだよ」

「わん……！」

ハンテンは、更に尻尾をクルクルと回転させた。

「それじゃ、行ってくる。直ぐに戻るから、お利口さんにしてるのよ。分かったわね」

「キューン」

珍しくハンテンが、三の姫に頭を撫でさせた。

しかも、ペロペロと指先を舐《な》めまくる。

（ハンテン、可愛い！）

三の姫は、チョットだけハンテンに絆《ほだ》された。

漸くハンテンと、心が通じ合えたような気がした。

（何だか胸が、ほっこりする）

とても、いい気分だった。

「それじゃ、サクッとやっつけてきますね」

「わん！」

「すぐ戻りますから。ハンテン……。いいえ、殿でしたね。殿は心配しないでください」

「わん、わん」

ハンテンは三の姫が石室から姿を消すと、ニンマリ笑った。

それは……。

とても悪い子の顔だった。

ちょっと目を離した隙に

Ｓ級邪精霊の超感覚が、ラヴィニア姫の気配をハンテンに伝えて来る。
遠く離れた地にいるラヴィニア姫の、微《かす》かな気配。
ラヴィニア姫が通り過ぎたであろう場所に残された、微かな痕跡。
それらを頼りにして、ハンテンはクリニェの桟橋までラヴィニア姫を追跡した。
この後は帆船で、タルブ川を遡航することになる。
だが、ハンテンに切符の買い方など、分かるはずもない。
分かったところで、もとから犬用の切符など売っていなかった。
どうしようもないのだけれど、ハンテンはちやほやされる暮らしに慣れた殿である。
これまで全てを『わんわん』だけで通してきたのだ。
だから……。
「わんわん、わんわんわんわん、わぉーん！」
取り敢えず、船に乗せろと騒いでみた。
「うわっち……。どこから現れやがった、この不細工な犬は……？」

「さっさと、追っ払えよ。足元が危なくて仕方ねぇ」

「こりゃまた珍妙な犬だな。本当に犬なのか……？　おまえ、踏みつぶされちまうぞ。しっし……。これをやるから、向こうへ行っとけ！」

「キャン！」

桟橋を管理する小太りの若者が、ハンテンに食べ残しの骨を投げつけて追い払った。

どうやら犬の無賃乗船は、許されていないようだった。

「くぅーん」

ハンテンは倉庫の陰に隠れて、考え込んだ。

帆を畳んだ帆船に、荷担ぎ人夫たちが木箱や穀物の袋を積み込んでいく。

あの荷物に紛れ込めば、バレないで船に乗れるかもしれない。

都合の良いことに、ピンク色をした果物が詰め込まれた樽《たる》を発見した。

ハンテンと同じ色である。

「わん……♪」

犬の浅知恵だった。


三の姫は無惨にひしゃげて用をなさなくなった石室の鉄扉をジッと睨んでいた。

外の通路に倒れた頑丈な扉は、ハンテンの体当たりによって破壊されたものと思われた。

腐っても屍呪之王《しじゅのおう》である。

瞬間的な妖精パワーは半端なかった。

封印の石室から追いだされた三の姫は、通路で正座をしていた。

好きでしている訳ではない。

一の姫と二の姫に、『そこで反省しなさい！』と命じられたのだ。

（一瞬でも……。ハンテンを可愛いと思った自分が、許せない！）

愛想よくする犬に、コロッと騙されたのだ。

犬コロに、コロッと……。

屈辱だった。


タブレットPCがアップデートされたことにより、メルにとって有用かつ不愉快な機能が追加された。

お知らせチャイムである。

メルが何処に居ようと、何をしていようと、頭の中でチャイム音が鳴り響く。

システム設定画面を調べてみたのだが、チャイムの有る無しは選択できなかった。

更にプログラムフォルダーを開いて見たら、空っぽだった。

Cドライブに並んでいるフォルダーは全てダミーで、ＯＳすら存在しない。

これはもう、パソコンではなかった。

ビックリ箱（板？）である。

「はぁー。まぁーた、鳴りだしよった。ええ加減にせぇヨ！」

精霊樹の二階にあるベッドで、メルがブツブツと悪態を吐いた。

お昼寝タイムを邪魔されて、かなり機嫌が悪い。

チャイムのしつこさに、メルは泣きっ面だ。

まことに以て煩わしい。

タブレットPCを起動させて、チャイムの解除アイコンをタップするまで、ずぅーっと鳴り続けるのだ。

そのような理由があって、メルはデイパックを手放せなくなった。

散歩のときも、遊びに出かけるときも、タブレットPCを持ち歩かなければいけない。

さもないと、とんでもなく長い時間、チャイム音に悩まされ続けるからだ。

「さぁーてとぉー。こんどは、何ですかぁー？」

メルはウンザリとした顔で、タブレットPCを起動させた。

メルの横には、すまし顔のミケ王子が座っていた。

「にゃぁーっ♪」

その首もとで、金色のメダルがキラリと光を放った。

帝都ウルリッヒの高級料理店で、総支配人から貰った粗品だ。

王冠のマークと店のロゴが刻印されている。

洒落た化粧箱に入っていたアレである。

ミケ王子の機転で、幼児ーズに帝都土産を渡すことができた。

だからメルは、ミケ王子に金のメダルをプレゼントした。

ネコに小判かと思いきや、ミケ王子は大喜びだった。

〈ねえねえ、メルさん。どうかしら……。似合うかなぁー?〉

ミケ王子が、不機嫌そうなメルに話しかけた。

〈うん。とっても、お洒落だと思いますよ〉

〈そう……? ボクもそうじゃないかと、思っていたんだぁー〉

〈ミケさんが喜んでいるところ、実に申し訳ないですけれど……。わたしは、とっても忙しいのです!〉

メルはタブレットPCを操作しながら、面倒くさそうに言った。

チャイム音を停止させるべく、点滅しているタブをタップ。

点滅していたのは、イベントのタブだった。

ウインドウが開くと、そこには強制イベントの赤い文字。

『エーベルヴァイン城にて、精霊樹の守りを強化しよう!』

どうやら帝都ウルリッヒまで行かなければ、イベントに参加できないようだ。

(うはぁー。ペナルティー有りじゃん。キゲンは十日間ですと……。アホかぁー!?)

『グギギギギーッ!』と、メルは奥歯を軋らせた。

船では間に合わない。

間に合わないと思う理由は、二つほどあった。

第一に、デュクレール商会の帆船は、メルの都合で停泊地を飛ばしたりしない。

メルの正体は隠されているから、『緊急事態なので急いでもらいたい！』と頼んでも、聞き入れてはもらえまい。

第二に、クリスタの協力を仰ぐとしても、次に帆船が来るまで待って期限を守れるのだろうか……？

おそらく無理である。

そもそもの話、メルには帆船の運行スケジュールが分からなかった。

それでも、大雑把な推測なら出来る。

メジエール村に物資が運び込まれるサイクルを思い起こすに、デュクレール商会の帆船は二十日に一度ほどしかやって来ない。

前回から、十日くらいしか経っていなかった。

もうこれは絶望的だった。

「何ネェー。こんなん、最初っからゲートありきのイベントでしょ！」

要するにゲートを開くしか、メルには方法が残されていない。

一億ポイントが、異界ゲートに消える。

（さよなら。僕の花丸ポイント……）

トホホである。

メルはタブレットPCをシャットダウンして、デイパックに放り込んだ。

〈ねえねえ、メルさん。忙しいのは、終わりましたかぁー？　だったら、ボクの話を聞いて下さいよ〉

ミケ王子はメルの様子に気づかず、身体を擦りつけて甘えた。

〈あのですねぇー。妖精猫族は、ひとの真似が大好きだけど……。これまでに……。ちゃんと料理店のテーブルで食事をした仲間は、一匹も居ないんデスヨ。きっと、ボクが最初です。このメダルは、その証拠とも言えるでしょ。だから宝物なんです〉

〈あーっ。そう！〉

〈サシェを買った帝都の店に、妖精猫族のカワイイ娘が居まして……。このメダルを見せて、自慢したいなぁー。また、帝都に行けると良いなぁー〉

〈あーっ。そう！　だったら、その願いを叶えてあげましょうか？〉

まったく、ミケ王子は迂闊なネコだった。

〈えっ。メル、どうしたの……？　何処へ行くの……？〉

メルはミケ王子の首っ玉を攫《つか》むと、精霊樹の地下室に向かった。

トンキーは寝ていた。

ずーっとベッドの横で、気持ち良さそうに寝ていた。

メルとミケ王子が騒いでも、一向に起きる気配は見せなかった。

運の良い豚である。

ミケ王子はメルが帝都へと繋げたゲートに、放り込まれた。

「にゃぁーっ！」

そして気がつけば薄暗い石室のなか、緑色の巫女姫たちに囲まれていた。

〈やあ、こんにちは……。お久しぶりです、ドリアードの皆さん。ボク、妖精猫族のミケと申します〉

〈ネコさんは、どうやって此処《ここ》に来たのですか？〉

初対面ではないのに、完全に忘れられているようだ。

まあネコなので、仕方がないと言えよう。

〈精霊樹の結界に扉を作るとは、いったい如何なる魔法か……？〉

〈無作法なネコよ。おまえの目的を正直に申せ。嘘を吐けば、ヒゲを一本ずつ引っこ抜きますぞ！〉

二の姫の台詞が、ミケ王子を震え上がらせた。

ここで敵認定されたら、生皮を剝がれてしまうかも知れなかった。

〈そう言われましてもですね。ボクは、ここに放り込まれたのでして……。目的とか、別にないんですよね〉

ミケ王子は失礼にならないよう、慎重に言葉を選んで巫女姫の質問に答えた。

そもそも敵意など端から無いのだから、嘘を吐く必要はなかった。

〈おまえに意図が無くとも、おまえを遣わした主人には有るやも知れぬだろう〉

〈心当たりがあらば、隠そうとせずに話しなさい〉

〈そうですねぇー。これはボクの想像ですけど、たぶん主人は試したのじゃないかと……〉

ミケ王子が悲しそうに俯《うつむ》いた。

〈ナニを試したのですか……?〉

〈いやぁー。ちゃんと異界ゲートが使えるかどうか、知りたかったんじゃないですかね。『安心安全が好き♪』って、いつも言ってましたから〉

〈なんて可哀想なネコ!〉

三の姫が、ミケ王子に同情した。

〈あっ……! 主人から念話が来ました。こちらを訪問したいそうです〉

ミケ王子は、メルが来ることを巫女姫たちに伝えた。

〈訪問だと……? ふざけたことを抜かしおって……。どうせ精霊樹を狙っておるのだろう!?〉

〈さすれば、思い知らせてくれん!〉

〈それは、やめて……。攻撃なんてしたら、絶対にアナタたちが後悔するから……〉

〈フフフッ……。ヒトの手から、日々の糧を得るネコよ。われらを侮るでないぞ。相手が高位の魔法使いであろうとも、この手で打ち滅ぼさん!〉

〈エーッ。ボクの主人は、人でなし。いや、ヒトじゃないし……。妖精女王だから……。樹木の精霊なんて、簡単にボコられちゃうよ〉

ミケ王子の言葉を聞いて、瞬時に巫女姫たちは硬直した。

そのとき静かに扉が開いて、小さな幼女がおずおずと顔を覗かせた。

「おハロー。みなしゃま」

メルがワンピースの裾を摘まんで、宮廷風の挨拶を披露した。

クリスタに教え込まれたけれど、使う機会がなくて残念に思っていたカーテシーだ。

だが精霊樹の守り役たちは、メル渾身《こんしん》のカーテシーを見ていなかった。

三人とも畏れ入って、床にひれ伏していたからだ。

「ちっ……！」

メルは面白くなくて、舌打ちをした。

地下迷宮を守れ！


〈先日、妖精女王陛下とお引き合わせ下さったと言うのに、ミケ殿とは気づかず大変な失礼をいたしました。申し訳ございません〉

〈いいよ。気にしていないから……。ボクってネコっぽいしね。だぁーれもネコのことなんて、一々覚えていたりしないもん〉

〈手前どもの言い訳になりますが、肉体を持たぬ幽鬼であったときと現在とでは、五感が変わってしまっているのです〉

〈心の目で霊視して、ようやくミケ殿に気づいた次第〉

「あーたら、身体が完成したのですね。ちゃんと、耳ぃー聞こえとる……？　したっけ、ミィーケに謝罪とかいらんで、わらしのシツモンに答えてくらはい」

メルは巫女姫たちがミケ王子に謝罪するのを眺めていたが、途中で口を挟んだ。

「はい。どのようなご質問でしょうか？」

一の姫が、念話でなく肉声で答えた。

「なあ。ハンテンが見当たらんけど、どこ？」

「…………………」

落ち着かない様子で周囲を眺めまわしたメルが、木の根で支えられた天井の一角を指さした。

「あっこにおらんモン、目ぇーさましたんですよね。どこにいますか?」

「それが……」

「んっ?」

「我らが殿は目を覚まされたのですが、ここには居《お》りませぬ」

一の姫が、恐怖に唇を震わせながら答えた。

「はぁーっ! ここにおやんやったら、どこにおゆねん!?」

余りのことに、メルは大きな声で叫んだ。

驚き、失望、大激怒だ。

「ヒィッ」

「お許し下され」

「メルさま。お願い致します」

「わっ、我らの声に、耳をお貸し下さいませ」

「何があったんか、くわしゅー話してくらはい」

メルの顔は、あんぐりと口を開けた埴輪《はにわ》から憤怒の魔人へと変貌した。

「あれは二十日余り前のことであります」

「はつか……? ずいぶんと、時間がたってておゆのぉー」

「事件があったのは夜半のことです。不埒《ふらち》な襲撃者が精霊樹を襲おうと致しました」

「そのとき、私は我が殿をメジエール村へ向かわせるために、助けとなってくれる者を探しておりました」

「三の姫を留守居役として、殿のおそばに残したのですが……」

「折悪しく、地下迷宮にも数名の侵入者が現れたのです」

「殿から離れて部屋を空けたのは、ほんの短い時間でした」

「はぁはぁ……。わかいました」

メルは激しやすい幼児の感情を深呼吸で静めた。

そしてプシューッと空気が抜けたように、膝から頽《くずお》れた。

お知らせチャイム。

メルは緊急イベントの表示がないので、チャイムが鳴ると即座にとめ、メールボックスの確認さえしなかった。

精霊樹からご褒美で貰った、可愛らしい料理店に浮かれてしまい、毎日、クタクタになるまでお店屋さんゴッコを満喫していたのだ。

夜になればフレッドの留守をこれ幸いと、アビー母さんに甘えまくりだった。

そんな幼児にとって、お知らせチャイムはノイズでしかない。

だからガン無視を決め込んだ。

「こえは責任を果たさんかったツケか……？」

ふと我に返り、石室の中を見回して、己の思いやりのなさに愕然《がくぜん》とした。

陰気で薄暗い封印の石室には、当然ながらくつろげるような要素は皆無だ。

どこから用立てたのか、粗末なテーブルと椅子が置いてあるだけ。

お客さまを招くには、色々と問題を抱えた部屋だった。

「こえはアカン」

メルはしょっぱい顔になった。

ここはどう考えても、屍呪之王《しじゅのおう》を封じ続けた巫女姫たちに相応しい場所と思えなかった。

精霊樹の根に支えられた天井と壁。

先に訪れたときと変わった点を挙げるなら、光るコケや色とりどりの茸《きのこ》が生えたくらいだろう。

「うすぐろぉーて、カビくそぉーて、かなわんなぁー」

一方、メルの言葉を耳にした巫女姫たちは、自分たちが責められたものと勘違いして、震え上がった。

「このような場所に、妖精女王陛下をお招きしまして、誠に申し訳ありません!」

一の姫が床にひれ伏したまま、メルに謝罪の言葉を述べた。

「ちゃいます。わらし、おのれのフガイなさにガッカリしとゆのデス」

妖精女王陛下などと煽《おだ》てられ、少しばかり調子に乗っていた。

陛下とか呼ばれても、メルにはそれらしく振舞う自信がなかった。

メルが望むのは、可能な限り対等な関係なのだ。

自由を愛する幼児に、統括者の責任は重い。

そんなものは欲しくなかった。

要らない。

（それでも逃げられない場面はある訳で、精霊の子だから仕方がない）

妖精たちを巻き込んでの戦争など、その最たるものであろう。

他人の不幸を眺めながらメシウマとか言えるほど、メルの神経は太くなかった。

であるからして世界平和は、美味しい教団の教祖にとって絶対に欠かせない条件となる。

そういう話である。

（見た目が幼児だからと言って、無責任は許されない。キチンとスジは通さなければいけないし、足元がおろそかでは舐められてしまう。なにより、自分だけ美味しいものを食べてヌクヌクと暮らし、巫女姫たちを穴倉に放置しているなんて、最低じゃないか!?）

メルは幼児だけれど、中身は頭でっかちな男子高校生である。

樹生として生きていたときには、医療関係者や家族に迷惑を掛け続けた。

苦しさと悔しさに負けて、悪意や我儘を垂れ流した自覚がある。

それは前世に於いて、負い目となった。

（負債感情は、生きる上で不健康そのものだ。難しいけれど、何事にも感謝して生きるのが正しい！）

メルのネジくれまくった思考は、それでもきちんと物事の本質を見抜く。

だから一億ポイントをスッパリとあきらめて、異界ゲートの設置に踏み切ったのだ。

ここで花丸ポイントをケチる理由がない。

この際である。

帝都ウルリッヒの守りをガッチリと固め、巫女姫たちにも快適な住まいを用意してあげたい。

強制イベントは、精霊樹の守りを強化するように指示している。

それは取りも直さず、地下迷宮の要塞化を意味した。

「よいせっ……」

メルは床に降ろしたデイパックから、タブレットPCを取りだした。

そして花丸ショップを画面に表示する。

花丸ショップには、地下迷宮を強化する特殊なセットが用意されていた。

松・竹・梅のランクがあって、それぞれに掛かる購入費用が違う。

松セットは八千万ポイント。

竹セットは四千万ポイント。

梅セットに至っては二千万ポイントと言う、詐欺みたいな安さである。

フレッドの事務所を守るなら迷わず梅セットだけれど、精霊樹を守るには心許《こころもと》なさ過ぎた。

(なるほどね。おそらく松セットは初心者向けで、梅セットは自由にアレンジしたい上級者向けと見た)

梅と竹は迷宮の基本的な機能だけで、そこに邪精霊を召喚して配置する仕様だ。

だけど松セットには、迷宮の管理を請け負う優秀な司令官や防衛ユニットのゴブリン部隊が、最初から含まれていた。

これなら何も分からなくたって、設置するだけで精霊樹を守ってくれるだろう。

しかも、ゴージャスな居住スペースまで完備されているのだ。

(巫女姫たちには、ここで暮らして貰おう)

迷いはない。

今朝まで二億八千万ポイントあったのに、松セットを購入すれば一億ポイントになってしまう。

たった半日だけで、半分以上が消え失せたことになる。

(ポイントを貯めるのは大変だったけど、消えるのは一瞬だね)

メルは少しだけ涙目になった。

妖精女王陛下らしく立派に振舞おうとしても、本性はケチなのだ。

お小遣いがぶっ飛べば、幼児だから泣きたくもなる。

これは健康で幸せに生きられる権利を与えられた、当然の対価であろう。

メルが支払うべき対価だった。

健康で強いなら、それを約束してくれたモノに感謝を捧げなければいけない。

さもなくば罰が当たる。

「なんにせよ。わらしがココ来たわけ、話すわ」

メルは穏やかに切りだした。

「ははっ……。お教え頂ければ幸いです。われらは、何であれ陛下の命に従いましょう」

一の姫が巫女姫たちの代表として、受け答えするつもりのようだ。

誰が相手でも、伝えるべきことは変わらない。

「大切な樹ぃーを守ゆため、あーたらにトリデとなるリョーイキを授けマス」

「砦《とりで》でございますか……？　ありがとうございます。妖精女王陛下には態々《わざわざ》ご足労を頂き、我らの力不足を深く恥じ入る次第にございます」

「話が進まんで、そう度々アタマ下げゆんはやめてんかぁー。わらし、まぁまにナイショで来てんねん。この件をサクッと済ましたら、急いで帰りマス」

酔いどれ亭で働いているアビーに、娘の不在を覚《さと》られてはならない。

ひとりで帝都に出かけたと知れたなら、何時間もお説教をされるに決まっていた。

それはイヤだ。

とっとと強制イベントを終わらせて、帰りたい。

「そえでは、地下メーキュウをヨウサイ化すゆ！」

メルは花丸ショップのメニューから、松セットを選んでタップした。

「ヌオォォオオオオオオーッ！」

「ふみゃぁあああーっ！」

「ヒイイイイイーッ!!」

「ひゃぁ。壁が、壁がぁー!?」

「助けてェー!」

メルや巫女姫たちの混乱ぶりを嘲笑《あざわら》うかの如く、封印の石室がその姿を変える。

『ゴゴゴゴ……!』と言う鈍い響きは、地下迷宮が生まれ変わる音だった。

精霊樹の根に支えられた洞窟の壁は遠ざかり、洞窟が広がる。

粗末なテーブルは地に呑《の》み込まれ、床のひび割れた石畳は黒い大理石に変貌し、その上につる草模様の美しい絨毯《じゆうたん》が現れた。

更に新しく高級そうな応接セットや、三人の姫たちに相応しいであろう立派な寝具などが生みだされ、拡張された石室は天井から降りてきた壁で仕切られた。

「こえは、悪のヒミツ基地……?」

巫女姫たちが暮らしていた石室は、地下迷宮の中心部に当たるらしく。

揺れが収まったとき、メルたちはズラリと監視モニターが並ぶスペースに居た。

「おおおっ……。なんとも凄《すさ》まじい。これは、如何なる奇跡でありましょうや!?」

一の姫が、とうとう口を開いた。

余りにも驚いたので、思わず声が出てしまったようだ。

〈メル。髪の毛や服が、土埃《つちぼこり》で大変なことになってるよ。これを始めるまえに、避難しておこうとか考えなかったの!?〉

「………ムッ!」

ミケ王子の当然至極な突っ込みに、メルは言葉を失った。

「妖精女王陛下……。あの、大きなタイルは何でございましょうか?」

二の姫がズラリと壁に設置されたモニターを指さした。

だが、メルの関心はモニターになかった。

どこからともなく集まってきたオーブが凝り、沢山の人影になろうとしていたからだ。

妖精たちの属性は地水火風に固定されているけれど、微妙に色彩が異なる。

ここに集まった妖精たちは、戦に駆り出されて心を荒《すさ》ませた邪妖精たちであった。

それ故に、どことなく陰鬱でダークな色調を帯びていた。

やがてメルと対峙《たいじ》するように、邪精霊の戦士たちが厳《いか》めしい姿を現した。

跪いた集団の中、頭目と思しき一人が端正な顔を上げた。

若く、酷薄そうな印象を漂わせた、貴公子である。

「麗しき妖精女王陛下よ。お召しに与り参上いたしました。我が名はデーモン・プリンス。どうかお見知りおきを……」

冷たい氷を想わせるブルーグレーの瞳に、肩の位置で切り揃えられた白い髪。

スラリとした痩身から溢れだす闘気は、まるで野獣のようだった。

気品に満ちた相貌は、猛禽類《もうきんるい》の鋭さと磨き抜かれた知性を感じさせた。

だが三人の巫女姫たちは、邪精霊たちが纏う雰囲気に気圧《けお》されて、メルの後ろに身を隠した。

召喚された邪精霊の、邪悪なオーラを察知したのだ。

「なんと忌まわしい霊気であろう」

「恐ろしや、あな恐ろしや」

「悪魔王子《デーモン・プリンス》……!?」

勇ましそうなことを口にしても、巫女姫たちの本質はビビリなのだ。

どちらかと言えば、メルの仲間である。

(もう、見た目だけで合格だね)

メルが満足そうに頷く。

強面《こわもて》のイケメンだし、メッチャ腕が立ちそうだ。

しかも精霊クリエイトではないから、太古より存在する歴戦の古強者《ふるつわもの》に違いなかった。

戦乱に明け暮れた暗黒時代を記憶している、経験値バリバリの邪精霊さまだ。

「そえでは、あーたに地下メーキュウの指揮権を預くゆで……。ヨコシマな野心を抱く者どもから、セイエー樹と罪なきセイエーたちを守ってくらはい」

「ご命令、しかと承った。我に、お任せあれ……!」

悪魔王子が黒いマントを翻し、すっくと立ち上がった。

見惚《みと》れるような体軀《たいく》を包む甲冑《かっちゅう》とマントは、夜の闇のように黒く、唐突に死をもたらす凶悪な気配を滲ませていた。

手にした重そうなハルバードは、幾多の命を奪ったであろう斧《おの》の腹に、嘲《あざけ》り笑う髑髏《どくろ》を象嵌《ぞうがん》してあった。

（カッケェー）

メルは帝都の防衛を悪魔王子に丸投げした。


「おい。そこの、おまぁー」

「ヒッ！」

「かくれてもムダじゃ！」

当然のようにモニターが並ぶ司令室を目にしたときから、メルには予感があった。

「おまっ……。なんで、ここにおゆ……？　こっちへ来んしゃい」

メルはカメラマンの精霊を睨みつけ、叫んだ。

「おーっ。これはこれは……。メルさんじゃありませんか……！」

素行不良でメルに追放されたカメラマンの精霊は、バツが悪そうに近づいてきた。

「どうして、ここに……？」

「あーっ。わたくし……。迷宮強化セットのオプションに含まれておりまして、メルさんが松セットを希望されましたので罷り越した次第にございます」

「なるほろー」

「この地下迷宮に関しましては、わたくしの分け身となります『覗き見くん』たちが、各エリアを担当しております。これ、この通り……。すべてをモニターで観察することが、可能であります」

一斉にモニター画面が起動すると、新しく生まれ変わった迷宮の様子がつぶさに映し出された。

映像の拡縮や明度の調整も、自由自在である。

「ぐぬぬっ……！」

カメラマンの精霊は優秀だった。

破廉恥な言動に問題があるだけで、その能力は捨てがたい。

特にハンテンが行方不明の現在、腹が立とうとも遠ざける訳にいかない精霊だった。

「おまーに、シジュの捜索を命じゅ」

「エェーッ!?」

「なんや。わらしの頼みなど、聞けんかぁー？　おまぁーを作ったんは、わらしぞ！」

「心得ておりますとも、偉大なる母上さま。麗しき妖精女王陛下、直々のご命令。恐悦至極に存じます」

「ほなら、ちゃっちゃとハンテンを探しに行け！」

「…………」

カメラマンの精霊がドローンっぽいボディーをクネクネさせてから、意気消沈して押し黙った。

「このようなことを申し上げるのは、甚だ情けないのでございますが……。どうか、お願いでございます」

そんな中、ハンテンの名を耳にした巫女姫たちが、カメラマンの精霊に縋《すが》りつく。

「我らの殿が行方知れずになり申して、既に二十日余りも過ぎてしまいました。帝都なれば我らも手が届きます故、あちらこちらを探し回りました。それこそ貧民窟の裏路地から、皇帝の寝所まで

「……」

「それでも足取りがつかめず。恥ずかしながら助力をお願いしたく、こうして首を垂れる次第にございます」

巫女姫たちはカメラマンの精霊を拝み倒そうと、床に額を擦りつけた。

「おい。かめら……!」

「はぁーい。おかぁたま」

「おまいさん、ブーン飛んでぇー。ちょっと、見つけてこい!」

「………ちょ!」

「そんくらい、できんの……?」

「お役に立ちたい気持ちはあるのですが……。それはもう山ほど。でも……。今のままですと、無理かなぁー」

カメラマンの精霊が、すごく悔しそうに言った。

「どぉーしたら、ムリでなくなゆ?」

「それはモォー、おかぁたまに祝福して頂ければ……」

『祝福』と聞いて、悪魔王子と巫女姫たちがピクリと反応した。

地下迷宮を守るゴブリンの戦士たちも、モゾモゾしだす。

「ムーッ。なんね、キミたちは……?」

メルはにじり寄る精霊たちの様子に、尋常ならざる意気込みを感じて後退《あとずさ》りした。

「畏れながら、『祝福』して頂けるのであれば我らも……」

「なんと浅ましい女どもよ。妖精女王陛下のお情けを頂くに相応しいのは、この地を守護する我であろう！」

「あーたは、何を言ってるんですかぁー？　ご使命を賜ったのは、ぼくですよ！　ちょっと皆さんは、引っ込んでいてください」

「おまぁーら、やかましワ！」

メルが一喝した。

結局は平等に全員を『祝福』する事となった。

「やむなし……」

地下迷宮の守備力が上がるのであれば、瀉血《しゃけつ》による『祝福』も充分に意義があるだろう。

(だけどさぁー。目を血走らせて妖精女王陛下の血を欲しがるのは、どうかと思うよ！)

『祝福』してもらいたがる精霊たちを前にして、メルはドン引きである。


〈ピンポン、ピンポン♪〉

頭の中でお知らせチャイムが鳴り響き、強制イベントは終了した。

タブレットPCに、ミッションクリアの文字がポップアップされた。

高得点である。

花丸ポイントの配当が期待できる。

帝都ウルリッヒでの用事は、支障なく終わった。

〈ミケー、帰るよ!〉

〈ええーっ。妖精猫族のお店は……? サシェを買ったお店に、寄っていくんじゃないの……?

ボク、ずっと待ってたんだよ〉

〈急いで帰らないと、アビーに叱られちゃうでしょ〉

〈ひどっ……。ちょっと酷いよ、メル……。ボク、泣いちゃうよ!〉

〈泣きたいなら、泣けばぁー〉

メルはミケ王子の首っ玉を攫むと、異界ゲートの扉に向かった。

「にゃ、にゃぁーっ!」

泣くのも、鳴くのと変わりなかった。

いつもと同じである。

新天地……

メジエール村への入口となる桟橋に、追風の水鳥号が舫《もや》い綱をかけた。

船側から桟橋へと頑丈な板が渡されて、しっかりとロープで縛り付けられた。

「もう大丈夫だ。がっちり固定したぞ！」

「こっちも問題ない。ハリー、試しに渡ってみろ」

「了解。渡し板の真中で、二、三回、跳ねて来るワ！」

安全確認である。

積み荷の上げ下ろしだけでなく、乗客もいるのだから船乗りたちは慎重だった。


ラヴィニア姫は瞳をキラキラさせながら、周囲の様子を眺めていた。

アーロンは口を出さずに、ラヴィニア姫の表情をじっと窺った。

ここで何を訊ねようと、ラヴィニア姫から良い返事はもらえない。

ラヴィニア姫は帝都ウルリッヒを離れるときから、不機嫌な皮肉屋になっていた。

自分の身の上を物語の不幸なヒロインに重ねて、一人芝居を演じているのだ。

ごっこ遊びと捉えるには、ラヴィニア姫の置かれた状況が生々しく悲しすぎた。

だからアーロンには、ラヴィニア姫を見守ることしか出来なかった。

「家なんて、一軒も無いじゃない」

ラヴィニア姫が、ポツリと呟いた。

甲板から見える景色は、他の開拓村で目にした船着き場を軽く凌駕《りょうが》する寂しさだ。

まず桟橋付近には、全く人影がない。

此処から見える建物と言えば、桟橋の管理人小屋とデュクレール商会の小さな倉庫だけである。

何となればメジエール村は、タルブ川から更に遠いからだ。

他の開拓村と比較すればメジエール村の規模は遥かに大きかったが、その姿をタルブ川から視認することは叶わない。

「ひどい場所ね。たしかに……。こんな僻地《へきち》なら、帝国貴族も訪れないでしょう！」

「姫さま……。それどころか此処は、どこの国にも属さない地域なんです」

ユリアーネはラヴィニア姫のボヤキに、笑顔で応じた。

「アーロンは、わたくしに開拓でもさせるつもりかしら……？　信じられないわ！」

ラヴィニア姫の詰るような視線が、アーロンに向けられた。

それでもアーロンは言い訳をせず、沈黙に徹した。

そうするよう、ユリアーネから指示されていたからだ。

本心を明かせば……。

今すぐにでも、ラヴィニア姫に取りすがって弁解をしたい。

（いいえ、ラヴィニア姫。本当にメジエール村は、素晴らしいところなんですよ。デュクレール商会に住居も用意させましたし、畑など耕さなくても生活には困りません。ですから……。そんな目つきで、わたしを責めないでください！）

そう伝えたい。

しかし、ユリアーネのハンドサインが、アーロンに来るなと命じていた。

「村人たちに混ざって、畑を耕しますか？　それとも小川に出かけて、魚でも釣りましょうか？」

「ユリアーネ……？　それって、本気で言ってるのかしら……？」

「勿論です。食べ物を手に入れることは、人が生きる上で欠かせませんから……」

「捨てられた娘には、相応しい境遇と言ったところかしら……。何とも、過酷ね！」

悲劇のヒロイン役を演じるラヴィニア姫の口角が、微妙に引きつった。

表情の変化は小さく、ユリアーネでなければ気づかなかったであろう。

ラヴィニア姫は、もう隠しきれないほどに興奮していた。

新しい生活への期待で、胸のドキドキが止まらない。

ユリアーネは、アーロンにグッドサインを送った。

サムズアップだ。

『ラヴィニア姫は喜んでいます！』

メジエール村の中央広場には、目を見張るほど大きな樹が聳《そび》え立っている。

人とエルフが覇を競った暗黒時代に、この世から姿を消したと言われる精霊樹だった。

メルの樹と呼ばれて村人たちから親しまれる精霊樹の根元には、小さな料理店があった。

その料理店から、可愛らしい歌声が聞こえてくる。

「山もいキャベツは、だえのタメェー♪　ザクザクきざむの、キミのタメェー♪」

料理店の小さな主人が、キッチンで即興の歌を口ずさんでいるようだ。

調子っぱずれな歌だけれど、ちみっ子だからやむを得ない。

歌詞を考えながら歌っているので、ときどき声が途切れるのは、ご愛敬だ。

極端に音域が狭く、メロディーもヘンテコだけれど、当人は気分よく歌っているのだ。

音痴だとか、バカにしてはいけない。

中央広場を通りがかった村人は、店主の歌声に心惹かれて足を止める。

そして珍妙な歌を心ゆくまで楽しむと、ニヤニヤしながら再び自分の仕事に戻っていく。

「あーたとあたいは、出会ったのぉー♪　あたいはおニクで、あーたはパン粉♪　やさしく、あたいを包んでねぇー♪」

メルが何を作ってるのかと言えば、トンカツである。

この世界にも、コートレットのようなモノは存在する。

メルも帝都ウルリッヒの高級料理店で、美味しいコートレットを食べた。

コートレットとは、トンカツのご先祖さまである。

細かく砕いたパン粉を肉にまぶし、多めの油を使って炒め焼きしたフランス料理だ。

肉は牛肉だったり、鶏や豚であったり、色々と使用できる。

塩コショウで下味を付けた肉に、細かなパン粉をまぶして炒め焼きすれば、コートレットになる。

だけどそれは、メルの知るトンカツではなかった。

似て非なる物だった。

和風洋食のトンカツは、すでに和食である。

だって練り辛子（和辛子）が添えてあるじゃないですか。

（トンカツソースも大事だよ！）

そんな訳で、メルはトンカツが食べたかった。

もちろん、トンキーには内緒である。

豚飼いのエミリオから買った豚ロース肉をトンカツ用にスライス。

包丁でスジキリしてから、さらにフォークでグサグサと突きまくる。

サッと塩コショウで下味を付けたら、薄力粉をまぶす。

薄力粉は、つけすぎに注意だ。

この肉をざっくりと混ぜた溶き卵にくぐらせて、パン粉を入れたバットに置く。

パン粉はコートレットに使用するモノと違っていて、ザクザクだ。

（パン屋のマルセルさんから買った、売れ残りのパンを……。おろし金で削って、自作しました。

粗いパン粉でぇーす♪）

これを小さな手でこんもりと肉に被せてから、軽くペシペシ叩いて貼り付ける。
濡れた手で叩いてはいけない。
ちゃんと乾いたタオルで手を拭いておこう。
サックリな食感を楽しみたいなら、ここで一手間。
もう一回、お肉を溶き卵にくぐらせてから、バットにドーン。
そして又もやパン粉をこんもりと肉に被せて、ペシペシと手のひらで叩く。
ザックリな衣が密になる。
イメージとして大切なのは、肉に隙間なくパン粉をつけることだ。
丁寧に二度付けした衣が、肉汁や旨味《うまみ》の流出を防いでくれる。
完成した衣付き肉は、しばし寝かせる。
この作業を繰り返して、メルは何枚もの衣付きロース肉を完成させた。
油の温度は中くらいに保つ。
パン粉を落としたら、サァーッと泡が立つくらい。
ジュワーッと泡立つのは、熱すぎ。
たくさんの肉をいっぺんに入れると油の温度が下がるので、数枚ずつ揚げる。
メルは手際に自信がないので一枚ずつだ。
油を使うときに慌てると危ない。
調理スキルがＭＡＸでも、小さな幼児なのだ。

菜箸でトンカツを挟む手元は頼りなく、ボチャンと油に落とせば大惨事になる。

だからこそ、ケージつきのフライヤーはありがたかった。

「リフトで上げ下げ、安心デス！」

油の温度が高くなってきたけれど、狭い厨房内の空気は清浄なままだ。

風の妖精さんたちが、換気ダクトから戸外へと油煙を追い出してくれるからだ。

更に付け加えるとすれば、魔法のフライヤーは油の劣化もなければ、掃除不要で素晴らしい。

『魔法料理店、バンザイ！』である。

この料理店がタダなのに、異界ゲートは一億ポイント。

価格設定がメルの欲望に沿っていないことは、明らかだった。

よくよく考えてみると、花丸ポイントは贅沢をしても日に五千ポイントほどしか使わない。

平均消費ポイントは千を下回る。

そして内訳の半分は、ミケ王子の高級マグロの赤身だった。

（ミケ王子はカワイイから、仕方がないのです。喜んでるんだもん、マグロくらい安いモノです！）

異界ゲートで帝都ウルリッヒへの移動が簡単になったため、日課の広域浄化で稼ぐ花丸ポイントは一万を超えるようになった。

メルの浄化が地下迷宮に悪影響を及ぼさないと分かったので、帝都ウルリッヒも健康促進エリアに加えられたのだ。

もし仮に、邪精霊たちが浄化によって消えてしまったら、笑い話にもならない。

(花丸ポイントの稼ぎのみを言えば、帝都の強制イベントは美味しかった)

メルは精霊樹の守りを強化する強制イベントを高得点クリアして、成功報酬の六千万ポイントをゲットしていた。

地下迷宮の強化で松セットを購入し、八千万ポイントを使ったので、二千万ポイントの赤字だ。

それでも収支が悪いとは思えない。

松セットが、お得な商品だったからだ。

現状の花丸ポイントは、凡そ一億六千万ポイントである。

普通に考えて、使い切れるはずがなかった。

(これは、イベント・クリアに使用するポイントだよ。帝都に繋がる異界ゲートは、とっとと開くべきだったんだ!)

花丸ショップで色々な品が買えるから勘違いしがちだけれど、花丸ポイントはリアルマネーじゃない。

お金としての単位が世間に認知されていないし、流通もしていない。

貨幣としての実態もない。

意味合いとしては、ゲーム内通貨に近かった。

逆に幾ら帝国金貨を積み上げようと、異界ゲートは調達できない。

だったら花丸ポイントは、イベント・クリアに役立てるのが正解なのだろう。

（悩んだり、悲しんだりして、バカみたいだよ。それもこれも、僕がケチだからいけないいんだ）

『もうすぐ三億ポイントになる♪』と、子供みたいに浮かれていた自分が呪わしい。

必要な場面で使わなければ、花丸ポイントに意味がなかった。

「ケチは、あかんヨ。ケチは……」

メルは完成させた衣付き肉のうち五枚を残して、魔法の冷蔵保存庫にしまった。

バットに残しておいた五枚は、幼児ーズとアビーのお昼だ。

幼児ーズは、ただいま『酔いどれ亭』の裏庭で行水中である。

油の温度が適温になったところで、衣付き肉を入れる。

一度目は肉の中まで火を通すために、低温で時間をかけて揚げる。

この時、油の温度が高すぎると、肉の内部まで火が通るまえに衣が焦げてしまう。

だから低温でじっくりと揚げたら、中まで火が通った頃合いでトンカツをフライヤーから取りだす。

ところで低温の油は粘度が高い。

この状態のトンカツは、衣が油を吸ってギトギトだ。

だからバットの金網に縦置きして、余分な油を切る。

それでも衣に滲みた油は落ちないので、最後に高温で揚げる。

高温の油に通すコトで余分な油が抜けて、サクッとさっぱりな衣になるのだ。

「良いキツネ色……。できましたぁー♪」

フライヤーから取りだしたトンカツは、再びバッドの金網に縦置きして油を落とす。

一回目と違って油温が高いため、さらっとして油切れは良い。

五枚目まで揚げ終えたら包丁でひと口大に切り分け、キャベツを盛りつけた皿に載せる。

「うほぉー。ト・ン・カ・ツ……♪　これは、トンカツ♪　これぞ、トンカツ♪」

レモンのくし切りと練り辛子、キャベツの彩にミニトマトとパセリを添えてトンカツが完成！

「黄金の衣まとう、イトシイあなたぁー♪　あたいを誘惑しないでぇー♪　よだえが垂れちゃうのヨォ～♪」

夏の日差しは、うんざりするほど強い。

真夏の昼下がりに、オープンテラスで味噌汁付きのトンカツ定食は、どうかと思う。

日除けのパラソルがあっても、戸外で食べるのは嬉しくない。

だからメルは、トンカツ定食を幼児ーズと一緒に、『酔いどれ亭』で食べることにした。

アビーの手助けを得て、せっせと定食のトレーを店内に運んだ。

冷やした麦茶も、忘れずに持っていく。


クルト少年が操る馬車でメジエール村の中央広場に到着したアーロンは、巨大に成長したメルの樹を目にして驚いた。

しかも精霊樹の幹には、可愛らしい料理店の看板まで掲げられていた。

「『メルの魔法料理店』って……。いつの間に、メルさんは店を開いたの……？」

それはアーロンにとって、衝撃の事実だった。

「うわぁー！　ものすごく立派な樹ね。なんだか、とっても神妙な心地になるわ。あらっ……。太い幹が、お店になっているのね。あんなの、初めて見たわ。可愛らしくて、素敵な料理屋さんね。ねぇ……。アーロンも、そう思わない？」

ラヴィニア姫は、メルの樹を眺めて感動の言葉を漏らした。

「あーっ、そうですね。あれは、精霊樹なので……」

せっかくラヴィニア姫から話しかけられたのに、アーロンは上の空だった。

心ここにあらずだ。

何となれば……。

アーロンの全神経は、メルが手にしたトンカツ定食に注がれていたからだ。

（あーっ、メルさんが……。料理を運んでいる。あれは……。わたしが食べたことのない、料理じゃないですか!?）

アーロンの懐には、フレッドから預かった手紙があった。

これを口実に使えば、『酔いどれ亭』での昼食会に飛び入り参加を許されるのではないか……？

アーロンの表情が、だらしなく歪んだ。

アーロンとラヴィニア姫のやり取りを見ていたユリアーネは、呆れ顔で溜息を吐いた。

ラヴィニア姫はアーロンの素っ気ない対応に、すっかり機嫌を損ねてしまった。

メルの料理に気を取られ、ラヴィニア姫を後回しにしてしまったのだから当然である。

おそらく……。
アーロンがラヴィニア姫の信用を得る日は、やって来ないだろう。

地雷を踏んだアーロン

アーロンはフレッドからの手紙を盾に、ウィルヘルム皇帝陛下の遣いであることを剣として用い、『酔いどれ亭』の昼食会にまんまと侵入を果たした。

こと食べ物が絡むと、驚くほどにワル知恵の回るエルフだった。

だてに長生きはしていない。

珍しく高貴な身分であることを持ち出し、強引な横入りを試みたアーロンに許可を与えてしまったのは、アビーが封建制度の社会で育って来た常識人だからである。

同伴者である、物静かなエルフ女性と小さな淑女《レディー》の存在も大きかった。

小さな淑女は明るい緑色の髪をしていて、とても目立つ。

(魔法で染めているのかしら……?)

帝都の流行かも知れないと、アビーは考えた。

それにしても病的なほど子供らしさを感じさせない、気に掛かる女児だった。

アーロンが子供に、こんな暗い顔をさせているのだとしたら、機会を見て文句を言ってやろうと思った。

基本的に子供好きなアビーである。

フレッドの手紙を届けてくれたアーロンに感謝の気持ちはあるのだけれど、決してメルや幼児ーズを軽く扱っても良いと判断した訳ではない。

いつの間にやら、アーロンの弁舌に言い包められてしまったのだ。

追い返してしまうのは忍びないと、思い込まされた。

だから客人を歓待するアビーの笑顔にも、何処かぎこちなさがあった。

「はぁーっ。なんにしても、我慢させてしまった子供たちには、見返りを用意して上げなきゃ」

子供だからと言って、理不尽を押し付けたままにしてはいけない。

そう考えるアビーだった。


最初こそメルは、ラヴィニア姫の来店に浮かれたのだけれど、余りにも間が悪すぎた。

アーロンは不服そうなメルの様子を盗み見るなり、ラヴィニア姫を紹介しようともせずに他人のふりだ。

小賢《こざか》しいにも程があった。

(おいコラ、アーロン。ラヴィニア姫を紹介しろよ。そう言うところだぞ!!)

焦《じ》らされたメルは、落ち着きなく足踏みをする。

一方、メジエール村の人々からすれば、ウスベルク帝国の制度など糞《くそ》くらえだった。

だから馬車の御者を任されたクルト少年は、アーロンたちを桟橋から中央広場まで送り届けてアビーに挨拶をした後、状況の進展にきな臭いものを感じ取り、逃げようとした。

それなのに、アーロンが肩をつかんで放してくれない。

幼児ーズの面々は、大人の癖してルールを守ろうとしないアーロンに、苛ついていた。

どうやらアーロンは、幼児ーズを怒らせることのリスクが分かっていないようだった。

「アーロンさん。不味《まず》いですよ」

「なにが……？　何も不味いことなんてないさ。ささっ、席に座ってください」

事情が分からないユリアーネとラヴィニア姫は、アーロンに促されて席に着いた。

この時点でもう、クルト少年は帰りたくて仕方がなかった。

巻き添えは、勘弁して欲しい。

「何故じゃぁー！　アーオン、横入りはハンザイぞ‼」

「こらっ、メル。お客さまに意地悪をしない！」

「なっ、何ですとぉー」

メルはアーロンを追い返そうとしたのだが、アビーの一言で轟沈《ごうちん》。

アウアウ言って、立ち尽くす。

母は強し。

「何てことだ。メルちゃん、弱すぎ」

クルト少年は母娘の簡潔すぎるやり取りを見せられて、切ない気持ちになった。

「メルちゃんは、オシャベリが下手だから……。大人と言い争っても、そりゃ勝てないよな」

まだ言葉が不自由なメルに、同情を禁じ得なかったのだ。

斯くしてメルが用意しておいたトンカツ定食は、アーロンたちとクルト少年に譲渡された。

アビーがテーブルにお膳を並べていく。

「ヤバイ。バチクソ美味そうだ」

メジエール村のルールを熟知するクルト少年は、非常に気まずそうな顔になった。

「うっ……。匂いがもう、たまらん」

美味しそうな料理を横取りしてしまい、幼児ーズに申し訳ない。

でも、この美味しそうな料理を諦めるなんて、あり得ない。

「アビーさんが、ガツンと断ってくれないから……」

涎《よだれ》の垂れそうなスペシャル料理も、これでは落ち着いて楽しめない。

更に付け加えるなら、昼食会は幼児ーズのみと言う取り決めがなされていた。

幼児ーズの食事会に乱入した件を傭兵隊の仲間たちに知られたら、私刑にされる恐れがあった。

そのときは、アビーに助けを請うしかない。


「けしからん」

「そうよ、そうよ」

「シャザイとバイショウを要求します」

幼児ーズは、お預けを喰らった体である。

今にも暴れだしそうな仲間たちを宥めすかすのは、メルの役目だ。

もちろん幼児ーズが納得などする筈もないので、そこはメルがデザートの追加を交換条件に我慢してもらった。

「まぁまには、キャラメルナッツを用意させゆで……。おまぁーら、そえでナットクせぇ！」

そしてメルを納得させるのは、保護者であるアビーの重要な仕事だった。

こうなるとキャラメルナッツを山ほど作ってもらわねば、幼児ーズに対する不当な扱いの埋め合わせにならない。

『キャラメルナッツを山盛りですよ！』

メルは視線でアビーに訴えてから、精霊樹の厨房へと戻っていった。

（あの馬鹿エルフ。どうして予約を入れてから来ない。予約さえ入れてくれたら、ちゃんと歓待するのに……。ラヴィニア姫だって居るのだから、無理のないスケジュールを組めよ！）

メルは心の中でブツブツと悪態をつきながら、トンカツを揚げた。

一枚ずつ丁寧に、腹ペコ幼児ーズに愛情を込めて……。

配膳を終えたアビーは、フレッドからの手紙を厨房で読み、ほっと胸を撫でおろした。

そこには全てが順調であるコトと、アビーに会いたいから近々メジエール村に帰ると書いてあった。

大人の情事はなかったようだ。

と言うか、それを追及するのはフレッドが帰ってからだ。

手紙で浮気を告白するような男は、何処にも居ない。

男に色事を白状させたければ、時間と手間を掛けるしかない。

兎にも角にも、アビーはフレッドの無事を素直に喜び、戸棚の抽斗《ひきだし》に手紙を仕舞った。

そしてテーブルに着くと、アーロンたちにメルが作ったトンカツ定食を勧めた。

「どうぞ、召し上がってください。あの子たちの分は、いまメルが作っているから遠慮しないでね」

「お心遣い、ありがとうございます。ご迷惑をおかけしてしまい、申し訳ありません」

小さな淑女が、大人びた口調で礼を述べた。

「最初から取り分けられているのですね。このトレーが一人分。調和のとれた美しい食器と配置。素晴らしいですわ。料理店の創意工夫を感じます」

エルフ女性の所作にも隙が無い。

「初めて見ました。この白い粒々が、パンの代わりかしら……?」

ライスを目にした小さな淑女の表情が、微かに綻ぶ。

「さあさあ……。アビーさんもこちらへ。席に着いて……」

アーロンがアビーを手招きした。

「それでは、失礼させて頂きます」

アビーもお客さまと同じテーブルにつき、ご相伴に与る。

強引なアーロンを退けるべく言葉を戦わせるのは、時間の無駄に思えたからだ。

「それでは……。皆で、素晴らしい料理を楽しみましょう」

アーロンの言葉を合図に、それぞれがカトラリーを手にしてトンカツ定食を食べ始めた。

アーロンには箸。

エルフ女性と小さな淑女は、ナイフとフォークだ。

「オイシイ……。何の油を使ってるのかなぁー？　こんなふうに、お肉を調理する方法があったのね」

一口目でアビーから、思わず感嘆の台詞が漏れた。

アビーもコートレットは知っていた。

そもそも、この世界でのコートレットは、カーミレと呼ばれるミッティア魔法王国の肉料理だった。

肉にパン粉をまぶすのも、多めの油を使って炒め焼きするのも、アビーには馴染みのある調理方法なのだ。

使用する食材は、魚、鶏、豚、羊、牛と、実に様々である。

だが食べてみた感じが、全く異なる。

粗いパン粉のサクッとした食感は、カーミレに存在しない。

「このソースと黄色い薬味は、凄いね」

そのまま食べても充分に美味しいのだけれど、焦げ茶色のとろみがあるソースと黄色い辛子を塗れば絶品だ。

さらにレモンを搾ると、もう楽園の宴に招かれたような気分になる。

文句なしに美味い。

高温の植物油に食材を通して油を切る手法が、アビーの記憶や発想にはなかった。

豚の脂（ラード）を大量に使った揚げ物が存在しても、普通であれば深鍋に食用油をなみなみと注いだりはしない。

そして大抵の揚げ物は油を多量に吸っていて、食べ過ぎると胸やけや胃もたれを起こす。

「このクセの無さは、植物油なの……？」

アビーが驚きの表情を浮かべた。

それもそのはず。

植物油は動物由来の脂と比較して、非常に高価である。

食用の植物油など、王侯貴族がドレッシングに用いる程度なのだ。

そう考えるなら……。

メルのトンカツは、途轍もなく我儘で贅沢な料理だった。

マヨネーズにも驚かされたが、これはもう別次元の領域に踏み込んでいた。

まさに魔法料理店ならではの、仰天料理だ。

それが証拠に、食通で有名なアーロンが、一言も口を利かずにトンカツ定食を味わっている。

なんだか涙目に見えるのは気のせいだとしても、歓喜と驚きの間をせわしなく往復しているのが手に取るように分かる。

エルフ女性も似たり寄ったりだ。

おそらくは、こんなド田舎で美味と出会えたコトに、ビックリしているのだろう。

小さな淑女は、真剣な表情でトンカツを頬張っていた。

(もうコレハ、推察するだけ野暮と言うモノね!)

ミドリの髪をした幼女の顔に、美味しいと太字で書いてある。

いや……、紛れもなく美味しい顔になっていた。

幸せの顔だ。

「これは、何だか今までと違う。メルちゃんの料理が変わった。何だろう……。すごい贅沢な感じですね!」

「クルトくん。この料理は、宮廷の晩餐会《ばんさんかい》でも食べられないレベルです。まさに感動だ。どう表現したら良いのか、わたしにも分かりません」

「アーロンの言う通りです。おそらくは、植物から搾った油を用いているのでしょう。サラッとしていて、口にくどさが残りません。調理方法も、特別な筈です。私が記憶する限り……。このような料理が、宮廷の晩餐会で饗《きょう》されたコトはありません」

「これって、宮廷でも食べられないんだ……?」

クルト少年が、ビクリと肩を震わせた。

傭兵隊の仲間たちに知られたら、確実に抜け駆けを責められるだろう。

『新参者の癖に、美味しい思いをしやがって……！』と、特別訓練を強要されそうで怖い。

だけど、トンカツ定食を食べるのは止められなかった。

だって……。

とにかく美味しいのだ。

トレーに載せられたお椀のスープも、良い香りがするピクルスも最高だった。

特筆すべきは、糸のように細く切られたシャキシャキのキャベツである。

トンカツで油っこくなった口中をスッキリとさせてくれる。

因みにクルト少年がピクルスと称しているのは、最近メルが作るようになったぬか漬けだ。

今日は茄子と胡瓜、それにカブラが、小皿に並べて添えてあった。

「あーっ。メルさんに、調理方法を訊ねたい。どうすれば此処までサッパリとした、カーミレが作れるのか……？　さぞかし特異な調理方法を用いているに、違いありません！」

アーロンが最後のトンカツを口に放り込んで、ゆっくりと咀嚼《そしゃく》した。

特異も何も、高級な植物油を湯水のごとく使用しているだけだ。

植物油が安価になった世界で発展した、肉の旨味を閉じ込めるための調理技法を用いているのだ。

メルの魔法料理店だから……。

一方、魔法料理店の厨房で調理中のメルは、受付窓口から顔を突っ込んだ幼児たちに煽られていた。

「メル姉……。オレ、腹ペコやん。はよぉしてぇー！」

「そうよ、急いでちょうだい。あんな横入りのエルフたちに、ゴハンを取られて……。腹が立ったら、ありゃしない！」

「お約束のデザートも、忘れないでくださいね」

「はぁー。おまぁーら、喧《やかま》しわ！　わらし……。いっぱい、いっぱいヨ」

泣きっ面だ。

「アビーってば、あたしたちを舐めてるわネ！」

「ウーム、たしかに……。ちょっと、気に入らんな」

「もぉー。アナタたち、そう言うのは良くなくてよ。いっつも……。アビーさんには、優しくしてもらってるのだから」

「ティナってば、ちょっと物分かりが良すぎだと思うの……。これはメーハクな、幼児サベツでしょ。ダンコとして、コウギすべきヨ！」

意味不明な言い争いは、どこか遠くの場所でやって欲しかった。

どうせ口にしている台詞の大半は、理解していないのだ。

タリサが頻繁に用いる難しい言葉は、雑貨屋に集まる小母ちゃんたちの受け売りである。

そして幼児ーズは、大人ぶりたいチビッ子たちの集まりだった。

ひとりの例外もなく、幼児差別過敏症を患っていた。

新しく四枚のカツを揚げなければいけないのに、タリサのキンキン声で気が散って仕方ない。

「まったく……」

「ねぇねぇ、メルー。『酔いどれ亭』のまえで、コウギの座り込みをしましょうよ！」

「タリサ、たまには良いこと言う……。なぁ、メル姉。それって、面白いと思わんかぁー？」

「メシ喰いたいなら、ちと黙やんかぁー。ボケェー！」

メルはキャベツを皿に盛りつけながら、大きな声で叫んだ。

完璧に切れていた。

プッツンだ。

アーロンの横入りでお預けされた事に憤っているのは、メルもみんなと一緒だった。

何しろ、誰よりもメルが一番、トンカツを食べたかったのだから……。

ずる賢く立ち回って美味しいものを堪能したアーロンが、無事で済まされるはずもなかった。

現実的なアレコレを考慮するなら、メルと幼児ーズの不満はアーロンに集約される。

アーロンは幼児ーズの逆鱗《げきりん》を刺激しまくり、差別対象に認定された。

名誉ある、『糞エルフ』の称号を与えられたのだ。

ズルい大人の代表である。


タルブ川を遡航する微風の乙女号にて、船倉係のビリーが闖入者《ちんにゅうしゃ》を発見した。

闖入者は果実の樽に潜んでいた、ピンク色の犬だった。

ビリーは満腹になって寝ている犬をリーゲル船長のもとへ抱えていった。

「船長、コイツが積荷を荒らしていた犯人です」

「おいおい……。犬じゃないか」

「犬ですが、それが何か……？」

「犬は人じゃないから、犯人ではなかろう！」

リーゲル船長は、犬の侵入を見逃した船員たちにこそ問題があると断定した。

つまり、犬に罪はないと……。

「ビリー、おまえが管理しろ。ちゃんとエサを与え、引き取り手が現れるまで面倒を見るんだ」

「うへぇー。えらい役目を押し付けられちまいましたね」

「ははは……。風の妖精は、殺生を嫌うからなぁー。罪もない犬をタルブ川に捨てたりして、機嫌を損ねてはならんよ」

「まったく、仰る通りで……」

ビリーは穏やかに笑うリーゲル船長を眩《まぶ》し気に眺めた。

リーゲル船長は厳つい外見に似合わず、ブレることのない慈愛の人だった。

こうしてハンテンは微風の乙女号に乗船を認められたのだが、ビリーの腕の中で目を覚ました途端に激しく暴れだした。

「おい、こら。どうしたんだ……？　おとなしくしないか！」

「えらく元気な犬だな」

「いや、見かけによらず……。半端なく、パワーがあります。うぉ、逃げた……!」

「ダメだ、止まりなさい。そっちは危ないぞ!」

リーゲル船長とビリーの叫び声を背にして、ハンテンは船側《せんそく》から夕暮れのタルブ川へとダイブした。

「ワンワンワンワンワン、わぉーん!」

暫くして、トポンという着水音が聞こえてきた。

ハンテン……、他人《ひと》の思いを理解せず。

こうしてハンテンの冒険譚が、幕を開けた。

初心者ママさん

アーロンたちは食事を終えて、『酔いどれ亭』から立ち去った。

上機嫌で、村長宅へと挨拶に向かった。

エルフ女性と小さな淑女はメジエール村で暮らすため、ファブリス村長と面談をするのだ。

居住許可は、問題なく得られるだろう。


一方、遅くなった昼食を楽しく食べ終えた幼児ーズは、アビーを交えての緊急会議に突入した。

幼児ーズの、幼児ーズによる、幼児ーズのための査問会議である。

被告として糾弾されるのは、アビーだった。

「たった五十ペグだけど……。あたしも、お金を払ったお客です。これは、明らかなサベツです。

ダンコとして、コウギします！」

「横入りはダメだと思う。ジュンバンは、ちゃんと守ろう」

「酔いどれ亭は料理店ですし、大人のジジョウがあるのでしょうけれど、割り込みはカンシン致しません」

「まぁま……。アーオンをユーセン。わらし……。意味、分からんわぁー！」

子供だと思って舐めてはいけない。

普段から親に説教を聞かされ続けて、善悪にはとりわけ喧しい幼児ーズなのだ。

まあ、叱られるような事ばかりしているとも言える。

もし仮にそうであったとしても、毎日のように聞かされ続けた説教で耳が肥えているのは間違いなかった。

しかも幼児ーズは、四人で結束していた。

その舌鋒《ぜっぽう》は、思いのほか鋭い。

「ごめん。みんな、ゴメンねぇー。お客さまと言い争って、お料理が冷めたらダメだと思い、つい効率重視に走ってしまいました。ホント、あたしが悪かったです。スミマセンでした！」

アビーは言い訳するでもなく、先ずは平身低頭で謝った。

トンカツ定食を作れるのはメルだ。

幼児ーズとメルが一緒に食事をするならば、後回しにしてゆっくりと食べてもらいたい。

咄嗟《とっさ》に、そう考えての采配《さいはい》だった。

もっともそれは、幼児ーズに我慢を強いることになる訳で、ちゃんと相談をすべき事柄だった。

幼児ーズを勝手に身内と決めつけて、理不尽な要求をしたのは間違いだ。

ごり押しは、アビーの手抜きでしかなかった。

（そもそもフレッドの手紙で、あのエルフに引っかけられたのね！）

アーロンを店に招き入れたのは、フレッドからの手紙に釣られた手痛い判断ミスだった。

その後は、あれよあれよと言う間に、アーロンの手のひらで転がされてしまった。

有罪判決は当然である。

「まぁま、ギルティーですわ。カンゼンに、ユーザイよ。わらしたちは、シャザイとバイショーをセイキュウすゆ！」

「わかった。みんなに、フルーツケーキを焼こう……。美味しいケーキで、どうかしら？」

「アビー小母さんのフルーツケーキは、おいしいけどなぁー。みんなで、一個か？」

「えーっ。一人当たり、一切れちょっとなの……？」

「あらあら、アナタたち……。アビーさんに失礼よ。とうぜん、一人当たり一本に決まってるでしょ。そうですよねぇー？」

ティナが笑顔で釘を刺した。

フルーツケーキに使うドライフルーツは、それなりに高価だ。

だけどアビーは、顔を引きつらせながらウンウンと頷くしかなかった。

己の非を認めた以上は、きちんとペナルティーを支払わなければいけない。

大人なのだから、そこは折り目正しく……。

「まぁま……。わらしには、山もいいのキャラメルナッツな」

そう言ってメルが、大きな皿を持ちだしてきた。

同意を引き出したその瞬間こそが、追い打ちのチャンスである。

「えーっ。そのお皿に山盛り……？」

「あい……♪　キャラメルナッツは、たくさんあるほどウレシイ。おサトウは……。わらし、だしマス。フユーツケーキ用に、カンソウさせたセイエージュの実もだすヨ！」

ちょっとした妥協案を提示することで、断れない雰囲気を作りだす。

インチキ露天商の手口と何も変わらない、メルの交渉術だ。

メルとティナは、欲張りでリアリストだった。

幼き理想主義者であるタリサとダヴィ坊やは、頻りと感心して頷いた。

普段は狡辛《こすから》いと苦手に思っていたけれど、賠償請求をするさいには頼もしい味方であった。

「スゲェー。ユーシャだ！」

「ティナとメルは、とんでもないよね」

欲張りすぎて、ちょっと恥ずかしいけれど……。

大人に遠慮がない、勇猛果敢な二人である。

アビーは幼児ーズにやり込められて、大層へこんだ。

大人の威厳が形無しになった。

それでもゲラルト親方のように村八分を喰らうより、遥かにマシである。

(この子たち……。なんか普通の子供と、根底から違う気がする)

メルが部分的に異常なほど大人なのは察していたけれど、どうやら友だちも引きずられて言動がおかしい。

アビーの判断が狂ったのは、メルたちの大人っぽさにコロッと騙されてしまったからだ。

幼児差別をしたのではなくて、察してくれる大人のように扱った結果なのだ。

アビーには子育ての経験がないので、頭からメルたちを『幼児』という型に嵌《は》めて捉えない。

そこには対応の変更を是とする柔軟さがあったけれど、優柔不断で信用できない大人と取られる危険性も含んでいた。

何もかもが手探りの状態で、日々の問題さえ満足に処理しきれない。

それでも精霊の子と仲間たちは個性的すぎて予測が難しいから、直接ぶつかって手ごたえを確認するしかなかった。

人生の先輩としては情けないけれど、それがアビーに思いつく唯一の手段であった。

アビーだって母親を始めてから、一年しか経っていないのだ。

(間違いなく幼児なんだけど、変なところが大人びているのよね)

その大人びている部分をキレイに理屈で抜き取れない。

気まぐれすぎて、上手く特定できないのだ。

こうなると、アーロンの未来には不安しか感じられなかった。

「これは、不味いよねェー」

メルたちを子供と侮っている愚かなエルフに、合掌である。

「メル姉、すごいな」

「うむっ。わらし……。コシヌケちゃうデェー！」

メルは威勢よく胸を張り、タケウマから落ちそうになった。

「オレ……。ジカンだから、そろそろウチに帰る」

「デブ、もう帰っちゃうの……？」

「もぉー、まちがわんでよ。ダヴィだってば……。お日さまが恵みの森とくっついたら、うちに帰るジカンなの……」

「マジかぁー！」

ションボリとした様子で、メルが呟いた。

「イッショに帰ろう。メル姉も帰らんと、アビー小母さんに叱られるぞ」

「うーん。しゃーないなぁー」

タリサとティナは、とっくに帰ってしまった。

ダヴィ坊やまで居なくなれば、メルも帰るしかなくなる。

だが家に戻れば、アビーと二人きりになってしまう。

今日は、ちょっとやりすぎた気がした。

アビーと二人だけになるのは、とっても気まずかった。

仲間たちの手前、強がって見せても、メルは小心者なのだ。

筋金入りのビビリである。

アビーが想像しているより、ずっと精神的に幼いメルだった。

「またねぇー。メル姉」

「おう。バイバイ菌」

「なんだそれ!?」

「さよならのアイサツじゃ！」

メルとダヴィ坊やは、精霊樹の根もとで別れた。

だが、一人で『酔いどれ亭』に戻るのは心細い。

「ミケェー。おらんかのぉー。ミケやぁーい」

メルは声を上げ、ミケ王子を探し始めた。

いつだって、大切なのは仲間だ。

心の友である。

トンキーは……？

今ひとつ、頼りにならなかった。

しばしば野菜を貰っているせいか、心もちトンキーはアビー派だったから……。


その日、ウィルヘルム皇帝陛下は、邪霊の訪問を受けた。

いつものように謁見の間へ向かうと、皇帝の座に黒ずくめの男が腰を下ろしていた。

ウィルヘルム皇帝陛下に仕える侍従や衛兵たちは、悉く床に倒れ伏していた。

「ムムッ、慮外者め……!?」

「皇帝の座に腰を下ろすとは、無礼にも程があろう‼」

「そこをどけっ！」

ウィルヘルム皇帝陛下の護衛についていた騎士たちが、口々に叫んだ。

「ふっ。腰抜けどもが……。よく吠える」

叫びはしたモノの、騎士たちは彼我《ひが》の力量差を察して、剣を抜き放つことができない。

黒ずくめの男に気圧されて、足が竦《すく》んでしまった。

フーベルト宰相は、ウィルヘルム皇帝陛下を庇《かば》うように立ち位置を変えた。

「初対面であるな……。取り敢えずは名乗るとしよう。皇帝陛下よ。我が名は、デーモン・プリンスなり。どうか、お見知りおきを……」

黒い甲冑を身に纏った美しい男が、護衛の騎士たちから視線を逸らせて名乗った。

不遜にも皇帝の座に腰を下ろし、足を組んだ姿勢で……。

「デーモン・プリンス……？　それでは……。其方《そち》は、伝説の精霊だと申すのか⁉」

「フンッ……。邪霊で構わんよ。忌まわしき邪霊でな……。貴様たち人間に生みだされ、人間の命令でエルフを殺し続けた邪霊だよ！」

悪魔王子は薄ら笑いを浮かべ、吐き捨てるように言った。

「そのデーモン・プリンスが、何用か……？」

ウィルヘルム皇帝陛下が、声を震わせながら訊ねた。

「我に畏まらずとも良いぞ。貴様を配下に加える気など、無いからな……。こやつらは煩いから、暫《しば》し黙らせた。手傷は負わせておらぬゆえ、案ずるには及ばぬ。貴様を訪れた用件だが、ただの挨拶である」

「挨拶だと……」

「我は新しい主人を得た。その主人に命じられ、この地の精霊樹を任されるコトとなった。その大切な精霊樹が城の庭に生えているから、挨拶に来たのだよ！」

「あの樹は、やはり精霊樹であったか……」

ウィルヘルム皇帝陛下は、感極まった様子で天を仰いだ。

「ほぉーっ、貴様は呑気《のんき》で良いな。何やら、救われたような気分かね……？　この地の再生は、いま始まったばかりだ。あの樹を守れぬようでは、輝かしい未来など齎《もたら》される筈もなし……。それなのに、どうしたことか……。城の地下迷宮に、賊が忍び込んでいるぞ！」

悪魔王子が、パチンと指を打ち鳴らした。

すると手足を拘束された男たちが、五人ほど宙に出現した。

悪魔王子の手ぶりひとつで床に墜落した男たちは、情けない呻《うめ》き声を漏らした。

「なんと……。そやつらが侵入者か……？」

「これは手土産だ。貴様にくれてやろう。尋問なり、拷問なりしてみるがいい。ふとした拍子に、何かを語りたくなるやも知れん」

「承知した。ありがたく頂戴しよう」

「なぁーに、主人が不殺を望まれるのでな……。我としては、愛しい主人の願いを叶えたいだけだ。

しかし……。そうなると、ゴミの捨て場所に困る」

「構わぬ。ゴミは、ワシが引き取ろう。後始末も任せるがよい」

悪魔王子は満足したように頷いた。

「そうそう、付け加えることがある。地下迷宮は、これより我らが治める領域となった。むやみと足を踏み入れたなら、貴様たちの無事は約束できぬ。帝都ウルリッヒの統治は、皇帝陛下に任せよう。だが……。不測の事態が起これば、許可を得ずに対処させてもらう。それが嫌なら、己の領土は己で守り切るがよい」

「それでは、ワシの面子《メンツ》が立たん。幾らなんでも……。ひと言くらいあっても、良いのではないか？」

「いいや、断る。人間どもの都合など、知らん！」

そう告げると悪魔王子の姿は、ウィルヘルム皇帝陛下たちが見ているまえで黒い霧となって消え失せた。

「おいっ……。これは、どう言うことだ。だれか、説明せよ！」

ウィルヘルム皇帝陛下は、手にしていた笏杖《しやくじよう》を床に叩きつけた。

「陛下……。どうか、お気を確かに……。落ち着いてくださいませ！」

「はっ、落ち着けだと……。フーベルトよ、これが落ち着いていられると思うのか……？　屍呪之《しじゆの》王《おう》が片づいたと思ったら、今度は悪魔だ。ワシの城に、悪魔が棲《す》みつきおった」

「城では、ございませぬ。あやつは、地下迷宮と申しておりましたぞ！」

「フンッ……。そんなもの、何が違う。同じだわ！」

ウィルヘルム皇帝陛下の悩みは尽きない。

タリサの思いつき

平穏かつ長閑《のどか》なメジエール村で、半月ほど前からドロワーズを盗む悪党の噂が囁かれていた。

暫くして調査を依頼された魔法使いと傭兵隊の働きにより、メジエール村の女性たちを脅《おび》えさせた下着泥棒は取り押さえられた。

捕まえてみれば、それは肉屋のドリーだった。

「おいっ。ドリーって、犬じゃん！」

ダヴィ坊やがタリサの話に呆れて、不満そうな顔になった。

「そうよ……。ドリーは、アイソの良い犬ヨ。でも……。ドリーの小屋から、沢山のショウコヒンがオウシューされたの……。もはや、言い逃れはできないわ！」

只今、幼児ーズは『酔いどれ亭』の裏庭にて、水遊びの真っ最中だった。

恥じらいなど知らぬ幼児の集《つど》いであるからして、誰もがスッポンポンになっていた。

そして、ちょっとしたドリンクタイムに、タリサが下着泥棒の話を披露し始めたのである。

「タリサってば……。ドリーは喋れないから、無罪をシュチョウしたりしないでしょ」

「ショウコが大切だって説明してるの……！」

「なんの話をしとぉーヨ？」

「さっしの悪い子たちねぇー。あのエルフに仕返しするのよ！」

どうやら、物騒な話のようであった。

「ウチはザッカ屋だから、オーゼイのお客さんが来るのね。その小母さんたちが、シタギドロボーはヘンタイだって……。見つけたら私刑だって……。それはもう、ネコが枕もとに置いたネズミの死体を見つけたときみたいに、キィーキィー罵っていたの……」

「ヘンタイって、なんだよ……？　アーロンと、どうカンケーあるんだよ？」

「あんたって、ホントーにバカよね！」

今度はタリサが呆れたような顔で、ダヴィ坊やを睨んだ。

「うっはぁー！」

どうやら、これは非常にヤバイ話のようだ。

そう気づいたメルは、幼児ーズの会合から逃げだしたくなった。

水が張られた金盥《かなだらい》の端っこへ、コッソリと静かに避難するメルだった。

「つまり、タリサは……。あのエルフに、シタギドロボウの罪を着せようと……」

「さすがはティナ。その通りよ。あいつのカバンに、かぼちゃパンツを突っ込んでおくの……。そんでもって、出先でマホォーをかまして……。カバンの中身をぶちまけてやる！」

「ワォーッ。面白そうじゃん。みんなが見ているところで、『ドロボー！』って騒ぐんか？」

「ダヴィ、違うわよ。『ヘンタイ！』って、指を差して叫ぶの……」

「なんか……。わらし、イヤだ。上手くいかへん、気がすゆし……。さすがに、アーオンがかわいそうデス！」

メルが小さな声で難色を示した。

タリサたちはリアル幼児なので分かっていないけれど、メルの社会認識からするとやりすぎだった。

いくらアーロンが糞エルフでも、性犯罪者の烙印《らくいん》を捺《お》されるほど悪いことはしていない。

（横入りの罪って、もっと軽いモノじゃないんですか……？『鼻クソつけてきたヤツの指を切り落とす！』みたいな話には、とうてい賛同しかねるよ）

そうは言っても、幼児ーズは民主主義である。

二対二で票が割れたときには、十ペグ銅貨を投げて決める。

そして今回は、三対一で賛成者多数となった。

「わらし……。抜けても、エエかのぉー？」

「ダメに決まってるでしょ！」

「あーっ。ヤメテ。ほっぺ、ツネらんで……！」

タリサが金盥から逃亡しようとしたメルを捕まえ、折檻《せっかん》した。

メルの不参加は、認めてもらえなかった。

下着泥棒をでっち上げるとなれば、まず必要になるのは盗まれたコトにする現物だ。

メルは協力する気になれなかったので、そこから突っ込みを入れてみた。

「かぼちゃパンツ……。どぉーすゅ？」

この世界では、とっても物を大切に使う。

擦り切れたワンピースを雑巾に縫い直して使いつぶすほど、物を大事にする。

それは下着であっても同じだ。

さすがに下着は雑巾にしないけれど、破けても繕って穿《は》く。

下着泥棒にくれてやるような都合の良いブツは、そう簡単に見つからない。

見つからなければ、この作戦は中止だ。

「タリサが言いだしたのだから、ちゃんと考えがあるんでしょ？」

「うん……。あたしの、かぼちゃパンツがある。もう穿けないやつ！」

「あゆんかい……！」

それもタリサが穿き古した、かぼちゃパンツらしい。

女児のパンツと言えば、トンデモナイ危険物だ。

危険度Ｓランクの特級呪物である。

「そんで……。どうやって、アーロンのカバンに入れるんだ？」

ダヴィ坊やが良いことを言った。

乙女の恥じらいを知らぬタリサは、穿けなくなったドロワーズを平気で提供するだろう。

だとしても、それをアーロンのカバンに忍び込ませる方法が無ければ、この作戦は中止となる。

「それは……。だれかが、アイツの宿に忍び込むのよ！」

タリサが間抜けな事を言いだした。

（タリサの計画ってば、丸っきりの絵空事じゃないですか……？）

重要な部分が具体的に練られていなければ、復讐《ふくしゅう》計画として意味をなさない。

「ムリ、ムリ……。ぜぇーたい、見つかゆわぁー！」

メルは金盥の水をバシャバシャさせながら、不可能だと言い立てた。

これは絶対に止めさせなければいけない。

放置しておいたら、『ジャンケンで潜入工作員を決める！』とか、言い出しかねないからだ。

曲がりなりにも、相手は魔法使いのエルフである。

素人の侵入に、気づかぬはずがなかった。

タリサは、何も考えていないのだ。

「もう一度、決を取りなおしましょう」

ティナの提案によって、再び採決を取ることにした。

タリサの無謀な計画を聞いて、反対者が三名となった。

発案者のタリサが孤立した。

「何ヨォー！　ここには、ユーシャがいないの!?」

タリサは自分のアイデアを退けられて、ひどく腹を立てた。

だけどイタズラでは済まされない計画なので、仕方がなかった。

失敗したら目も当てられない。

「いいよ。あたし、ひとりでやるから……」

「まてまて……。ちょっと、待とうか……！」

「何なのよメル。あんた反対なんでしょ？」

「わらし、タリサに反対ヨ。でも、計画ワユーない。ちと、タリサ引っ込む……。わらしの考えで、やらせマショウ！」

メルはタリサを止めるために、計画自体を引き取ることにした。

さもなければ、意地になったタリサは特攻を仕掛けて、幼児ーズの友情に傷跡を残すだろう。

前世の男子高校生（樹生）としては、幼い友だちが不幸になると分かっていながら、好き勝手をさせるコトなど出来ない。

幼児ーズの面々は、オムツが取れたばかりの幼児である。

考えが浅いのは、どうしようもないのだ。

（性犯罪者に対する社会の制裁措置がどうこうと説明したって、幼児ーズには知識がないんだから理解できる訳がない。そんな罠《わな》に嵌められそうになったら、大人は手傷を負わされた猛獣のように反撃してくるってことも、たぶん想像していないんだよな。アーロンを嵌めるなら、絶対に怒らせちゃダメだ。思考を誘導して、こちらに都合よく考えさせないと……。そこの部分が、タリサの計画から完全に欠けている。ホント、幼児って恐ろしい！）

メルにはチートとも呼べる様々な能力があって、工夫などしなくてもタリサの計画を寸分違《たが》わず実行できた。

でも、それではアーロンを傷つけるだけで、反省させるコトなど出来ない。

恨みの連鎖を生みだすだけだ。

タリサには、実社会での経験と学習が不足している。

大人と、大人が所属する社会を知らなすぎる。

子供の世界観で思考するから、間違った方向へ突き進んでしまうのだ。

(でも、他人の急所を見抜く観察力には、キラリと光るものがある。特に、あのフェミニスト気取りなイケメン・エルフと、女性から嫌われる『下着泥棒』を繋げる感性は素晴らしいよ。いやぁー、マジで気色悪いし……!)

タリサを評価すべき点は、その発想力が一般的な子供を軽く凌駕しているところだろう。

白状するなら、逆立ちしてもメルの頭からは出てこないアイデアだった。

実に恐るべき幼児と言える。

(ここはタリサに妥協を求めながら、計画の細部を変更させよう。先ずは、自分の使用済み下着を男の持ち物に紛れ込ませるとか、絶対に止めさせないとね。そんな事をしたら、確実にタリサの黒歴史として残るよ。それに重要なのは、アーロンに反省を促すコトだ。社会生命を奪うのは、行き過ぎた暴力でしかない!)

そのように結論した、メルだった。

「タリサ……。アーオンが、ゴメンナサイする。横入りをハンセーで、ヨロシイ?」

「そうね。あやまってくれるなら、許さないでもないわ」

「そうしたら、コシ抜けゆほど脅しましょウ。かぼちゃには、そえだけのパワーが秘めらえていゆのデス！」

「なんだよ、それっ……！　ふしぎな、かぼちゃパワーか？」

ダヴィ坊やが、バカにしたような口調で言った。

四才児に特級呪物の恐ろしさを理解しろと言うのは、かなり無理がある。

メジエール村には痴漢などという言葉さえ存在しないから、ダヴィ坊やの反応が普通だろう。

だが、爛《ただ》れ切った帝都ウルリッヒでは、そうもいくまい。

帝都ウルリッヒの繁華街には、如何《いか》わしい性風俗のお店もあると小耳（エルフ耳《イヤー》）に挟んだ。

となれば、アーロンはかぼちゃパンツの危険性を知っているはず。

知っているなら、充分に脅しが利く。

「そう……。デブには、分らんかも知れんが……。乙女のパンツには、シンシをハメッさせゆパワーあります！」

メルは厳かな態度で頷いた。


濡れた身体をタオルで拭いたメルは、大きめな紙を用意して裏庭のテーブルに広げた。

花丸ショップで購入した、『つよい紙』である。

「こんな紙、何に使うの……？」

「みんなで……。アーオンに言いたいコト、書きマス！」

メルは紙の一番上に、『幼児、舐めるなよ！』と拙い文字で思い切りよく書き記した。

筆から飛び散った黒いインクが、執筆者の怒りを生々しく想像させる。

下手くそな文字だけれど、気持ちだけは伝わりそうだ。

「ほぉーっ。あたしも書く」

タリサがメルの下に、『特権者気取りか、糞エルフ！』と神経質な筆致で記した。

「なるほどォー。こうして、わたしたちの怒りを伝えるのですね」

ティナがタリサの後に続いた。

『順番も守れない大人は、己を恥じるべきです！』と、キレイな文字で綴った。

「よしっ！　オレの番だな」

ダヴィ坊やがメルと大差ない文字で、『泣かすぞ、ゴラァ！』と書き込んだ。

メルは左手に筆で朱墨汁《しゅぼくじゅう》を塗ってから、メッセージを記した紙にベシッと手形をつけた。

幼児ーズが全員で、大きめの紙に小さな朱色の手形を並べた。

朱色の墨が垂れて、何だか見るからに禍々《まがまが》しくなった。

紙の空白部に、メルが達者なイラストを描き添えた。

可愛らしい、かぼちゃパンツの絵だ。

だけど、そのかぼちゃパンツには、『怨！』と書いてあった。

「メルちゃん。それは、何でしょうか？」

「横入りしたエウフを呪う。力あゆ文字デス」

『恕！』は漢字なので、誰も読めるはずがなかった。

更に追記で……。

『早く、謝りましょう。さもなければ、絶対に後悔します！』と、太字の忠告文を付け加えた。

と言うか、このメッセージこそが手紙の本題だった。

「できたぁー♪」

「ふむふむ……。ここから、どうするの……？」

興味津々のタリサが、メルに訊ねた。

「てがみ届けマス。あけて、ビックリですヨ！」

「たった、それだけ……？」

「はい。わらし、呪ったデショ。三日もすえば……。アーオン、あやまりにくゆ！」

自信満々な様子で、メルが断言した。

幼児ーズの三人は、疑わしげな目つきで精霊の子を見つめた。

アーロンに忍び寄る危機

メジエール村の夏は、とっても暑い。

一年を通して快適な妖精猫族の国で暮らしてきたミケ王子にとって、メジエール村の夏は我慢ならないほど暑い。

だからミケ王子は夏の日差しを避けて、家屋の床下に潜むことが多かった。

風通しが良く薄暗い床下は、ミケ王子にとって最高に過ごしやすい場所だった。

そんなミケ王子が、精霊樹の根元で涼しそうにしているメルを見つけて目を丸くした。

メルは椅子に座ってアイスキャンディーを齧りながら、木桶《きおけ》に足を突っ込んでいた。

しかも、その木桶には、大きな氷と水が入っていたのだ。

物凄く気持ち良さそうに見えた。

ミケ王子は羨ましくなった。

〈ちょっと、メルー。ズルくない？　ひとりで涼しそうにして……〉

〈えーっ。だってミケ王子は、濡れるの嫌いでしょ？〉

〈うん、そうだけどさぁー。足の先だけなら、気持ちいいかもって思うんだ〉

〈なるほろー！〉

こんなとき面倒くさがらないで、ミケ王子の希望を叶えてくれるのがメルだった。

浅めの桶に水を張り、沢山の氷を浮かべてミケ王子のまえに置く。

〈おぉーっ。ひんやり。ごくらく、ごくらく……〉

〈気持ち良いんだ？〉

〈微妙にだけど、お腹にも冷気が来るよ。ありがとー、メル♪〉

〈どういたしまして……〉

暫しの間、メルとミケ王子は精霊樹の梢《こずえ》がザワザワと風に揺れる音を聞きながら、涼を楽しんだ。

〈ミケ王子って、妖精猫族の王子さまでしょ？〉

椅子に腰かけたまま、目を細めて寝てしまいそうに見えたメルが、唐突に話しかけてきた。

〈そうだけど、今さらどうしたのさ？〉

〈わたしは去年の春に、この樹から生まれたでしょう。てか、生まれたのね。だから、知らないことが山ほどあるのです。ミケ王子とは、ずっと仲良くしてるけどさぁー。もうちょと、妖精猫族やミケ王子のコトを知りたいと、思ったのネ！〉

〈へぇー。それは光栄です。妖精女王さま〉

〈そうやって、茶化さないの……。ねぇねぇ……。ケットシーって、イタズラ好きなんですってね？　確か森の魔女さまは、そんな事を言ってたなぁー〉

メルは眠たそうな顔で、ゆっくりと話した。

気だるい夏の昼下がりには、心地良く感じられるテンポだった。

〈そうだねー。妖精猫族は好奇心旺盛で、とにかく人間の真似をするのが大好きなんだ。イタズラも大好きだよ。ボクたちの気性は、自由気ままな風の妖精に近いから……。楽しいことが、だぁーい好きなのさ♪〉

〈でもさ……。イタズラが好きなのと、イタズラが上手なのは別でしょー。わたしは歌が好きだけど、ちっとも上手にならないもん〉

〈あーっ。メルの歌はねぇー。残念ダヨネ……。だけど、ボクはイタズラが上手だよ。イタズラの天才とも、言えるかな！〉

〈ホントにー？〉

〈なにそれ……。疑わしそうに……。ホントですよ。何たって、ボクは王子だけど……。故郷では、イタズラ・キングと呼ばれてましたからねぇー！〉

王子だけどキング。

実に上手いことを言う。

こうして、またもやミケ王子は、メルの策略に嵌っていくのだった。


数時間後……。

ミケ王子はアーロンがラヴィニア姫のために購入した屋敷をしげしげと眺めていた。

赤いレンガ造りの可愛らしい屋敷だった。

デュクレール商会が、メジエール村に所有していた不動産のひとつである。

(これは、お金持ちの家だぁー。中庭の花壇も、キレイに手入れされてるし……。メルのウチと違って、ここには野菜畑がないよ!)

黒い……。

鼻の頭から尻尾の先まで真っ黒いネコが、屋敷の柵をぴょんと飛び越えて中庭に着地した。

ミケ王子の外見は、メルの魔法で黒ネコに偽装されていた。

忌まわしい呪いを運ぶ、黒ネコである。

(さてと……。先ずは、アーロンの部屋を見つけて……。メルに指示されたイタズラを仕込まなきゃ!)

何故かと言えば……。

(それは……。メルと約束をしてしまったからです)

先程までミケ王子は、メルと楽しく念話を交わしていた。

他愛のない、ヤンチャな経験談のはずだった。

それなのに……。

いつの間にやら、アーロンをイタズラで困らせる計画が、実施されることになっていた。

気がつけば、ミケ王子はアーロンを陥れる工作員に、任命されていた。

(確かに……。イタズラが得意だと、メルに自慢しました。困難なミッションほど燃えるとか、口を滑らせた覚えもあります。メルが課題を示したとき、『ボクなら簡単にできるよ!』と鼻で笑い

ました。『そんなの朝飯前さ！』とか、言い放った記憶もあります）

そう……。

すべて自業自得だった。

ミケ王子は屋敷の中庭をトボトボと歩きながら、溜息を吐いた。

（なにもメルに、騙された訳じゃないんだ。これは自分自身への、チャレンジなのさ！）

いいや……。

完全に騙されていた。

ミケ王子の自業自得だけれど、まんまとメルに嵌められたのも事実だった。

メルはミケ王子を煽て上げ、コトバ巧みに挑発した挙句、イタズラ工作員としてアーロンの元へ向かわせたのだ。

幼児ーズの皆で寄せ書きした脅迫状と、花丸ショップで購入した大量のかぼちゃパンツを持たせて……。


屍呪之王《しじゅのおう》が世に現れてから滅せられるまで、彼の邪霊に縛られて生涯を終えた者は数えきれない。

アーロンもまた、若くして屍呪之王《しじゅのおう》を鎮魂する役目に就き、悲惨な現実と向き合う日々を帝都ウルリッヒで過ごした。

いつ如何なる時も、アーロンの心を支えてくれたのは調停者クリスタの存在である。

アーロンが知る限り、クリスタは出会ったときから『調停者』だった。

（クリスタさまは我が師であると同時に、心の母でもある）

勿論、本当の母親ではない。

アーロンは、実母の面影を知らない。

それ故に魔法の師匠であるクリスタを母のように慕っていた。

そんなアーロンなので、屍呪之王《しじゅのおう》が滅せられた以上は帝都ウルリッヒに未練などなかった。

自分もクリスタが住むメジエール村で、のんびりと暮らしたかった。

偉大なる精霊樹に、寄り添いながら……。

だからウスベルク帝国のボンクラ貴族どもがラヴィニア姫の受け入れを拒んだときに、これ幸いとメジエール村への引っ越しを決めたのだ。

アーロンはデュクレール商会に依頼して、手頃な住居を用意させた。

メジエール村に到着すると、さっそくファブリス村長に有能なハウスキーパーを紹介して貰い、ラヴィニア姫やユリアーネの生活環境を整えるために雇い入れた。

こうして必要な手続きを終わらせたアーロンは、恵みの森にあるクリスタの庵を訪れた。

「こんにちは、クリスタさま。ご機嫌は如何でしょうか？」

「おや……。アーロンかい。オマエも学ばないねぇー。この村では、森の魔女と呼べって教えただろ！」

「言われてみれば、そんな事もあったような……」

薬草畑の手入れをしていたクリスタに、アーロンは帝都土産の菓子折りを手渡した。

「まったく……。屍呪之王《しじゅのおう》が消えちまったら、オマエの緊張感も消え失せちまったのかい？　ちょっと外で待っといで……。今すぐ、片づけるから……」

クリスタはアーロンの手土産を抱えて、住居の中に戻った。

「やれやれ……。いきなり訪ねて来るんじゃないよ。こっちにだって、色々と都合ってモノがあるんだよ。気が利かない弟子のせいで、寿命が縮まったよ！」

ぶつくさと文句を言いながらも、クリスタの手は新しく作った術式プレートに霊力を注ぐ。

クリスタに指示された風の妖精たちが、テーブルに置かれていた基本の魔法書を片づけていく。

ペンやメモの紙切れ、作成途中の魔鉱プレートに、新しい魔術式の概念図なども、次々と運び去られる。

「スムーズだね。命令文がガチャガチャしていないから、働いてくれる妖精たちに迷いがない」

認めたくないが、魔法王は正しかった。

クリスタには、基礎から学び直す必要があったのだ。

だけど、それをアーロンに知られるのは絶対にイヤだった。

「片づいたから、入っても良いよ！」

「お邪魔します」

「そんで……。オマエは何しに来たんだね？」

クリスタが不思議そうに訊ねた。

「えっ……。引っ越しの報告です。先日、ラヴィニア姫とユリアーネ女史を連れて、メジエール村に到着しました。メジエール村の中央広場付近にある屋敷を購入して、ファブリス村長に移住の許可も貰いました。わたしは、メジエール村の住人になったんです」

「ハァー？　オマエは……。ウィルヘルム皇帝陛下の、相談役だろうに……？　お役目を放りだして、何をしとる!?」

「いやぁー。だって、屍呪之王《しじゅのおう》が居なくなれば、皇帝陛下の相談役も必要ないでしょ」

アーロンは平然とした顔で言い放った。

クリスタは千年も生きながらバカが治らない弟子を前にして、ぐぬぬっ！　と唸った。

「ウスベルク帝国は、メジエール村の存在を他国から隠すためにあるんじゃ。今となっては、精霊樹を守る盾の役割も持つ。屍呪之王《しじゅのおう》が居なくなっても、ウスベルク帝国には頑張ってもらわんと困るんだよ。てことはだ、アーロン。オマエの役目も終わっちゃいないのさ。分かったら、さっさと帝都に帰りな！」

「えぇーっ！　嫌ですよ。もう、うんざりするほど働いたんだ。そろそろ、のんびりと余生を過ごしたいんです」

「そんなもん、知ったコトじゃないね。オマエは死ぬまで働くんだよ！」

まさに鬼のような台詞だった。

だけどアーロンは、クリスタの命令に逆らうことを善しとしない。

『調停者』が、世界のために身命を捧げているのだ。

弟子である自分は、どう振舞うべきか……？

そんなもの、考えるまでもなかった。

死ぬまで働くしかない。

『トホホ……！』である。

「そういえば森の魔女さま。メルさんが、お店を開きましたね」

悲しくなったアーロンは、クリスタが淹《い》れてくれた茶を一口啜ると、楽しい話題に切り替えた。

「噂には、聞いておるよ。精霊樹の加護で、店が生まれたとね」

「うんうん。たしかに……。あれは店を開いたと言うより、生まれたと表現するのが正しい！」

「あたしは、まだ見に行ってないんだよ」

クリスタはアーロンの話に興味を惹かれた。

『基礎魔法の復習が終わるまでは……』と、メルの店に行くのを我慢していたのだけれど、アーロンに先を越されてしまったのが少々悔しかった。

今更ではあるが、弟子の癖に生意気な奴である。

「可愛らしいお店ですよ。わたしは、トンカツテーショクと言う料理を頂きました。それはもう、ビックリするほど美味しかったです」

「オマエだけ食べたのかい？」

「そんな訳がないでしょ。ラヴィニア姫やユリアーネ女史も、一緒でした」

「へぇー。よく食べさせてもらえたね。『酔いどれ亭』が開いたら、メルの料理は直ぐに売り切れだと聞いてるよ」

メルのスペシャルメニューは、未だに需要と供給のバランスが取れていない。

幸運に恵まれた者だけが、食べることのできる料理だった。

「はい。運良く、お昼時にぶつかりまして……。都合の良いことに、子供たちの分が用意されていたんです」

クリスタは嬉しそうに話すアーロンを見て、表情を引きつらせた。

「おっ、オマエ……。子供たちのゴハンを横取りしたんかぃ……？」

「失敬な。ちゃんとお願いして、順番を譲ってもらったんです。アビーさんに、取り成してもらいました」

「メルが怒ってなかったかね？」

「えぇーっ!?　メルさんはあのように幼い姿ですが、料理店の立派な経営者ですよぉー。飛び込みの上客に融通するくらい、当然じゃありませんか。怒るなんて、あり得ませんね♪」

アーロンはクリスタの心配を笑い飛ばした。

女王陛下のミケ王子

ラヴィニア姫は新居のバルコニーで長椅子に寝そべり、ボーッとしながら冷やしたお茶を口にした。

視界に入る手はとても小さく、注意深くカップを持たないと落としてしまいそうだ。

（わたくし、赤ちゃんになってしまったみたい）

そう思いついてクスリと笑う。

イヤな気分ではない。

何ひとつ自由にならず年老いていった日々を顧みるに、幼児からのやり直しはむしろ望むところだった。

（封印の塔に移り住んでからは、部屋を出ることも許されなかったのに……。そのわたくしが、ウスベルク帝国の外にいるなんて……）

それはラヴィニア姫にとって、心を震わせるほどの感動だった。

（メジエール村は、良い場所です。この村には、美しい色彩が溢れています。草木や土の匂いも……。宙を舞う妖精さんたちが、楽しそう！）

ラヴィニア姫は今すぐ遊びに行きたかったのだけれど、暫くまえから微熱が続いていた。

全身から怠さが抜けずに、駆け回るような気力が湧いてこない。

新しく授かった身体が、不健康な訳ではなかった。

(世界には、驚くことが沢山あって……。わたくし、少しばかり疲れました！)

『船旅は退屈です！』とぼやいて見せたラヴィニア姫だが、実のところ魔物の襲撃など必要ない程に興奮していた。

ラヴィニア姫は旅をしたことが無かったし、船に乗るのでさえ初めてだった。

あれもこれも知らない事ばかりで情報処理が追い付かず、幼女の小さな頭はオーバーヒートを起こしてしまったのだ。

要するに知恵熱デアル。

つらつらと考えてみるに、物心ついてから昏睡《こんすい》状態に至るまで、ラヴィニア姫は普通の日常というものを過ごした覚えがなかった。

ユリアーネに本を読んで貰ったり手芸を習ったりするくらいで、殆どの時間をベッドで過ごした。

霊障による疲弊や苦痛は常に感じていたけれど、足が棒になるほど歩いたコトなどない。

(お腹が減るのも、ゴハンが美味しいのも、初めての経験だったなぁー♪)

途中の寄港地で見学した、貧しい開拓村。

そこで口にした正体不明の肉が、ビックリするほど美味しかったコト……。

(戸外を歩きながら、串に刺さった焼肉を食べるなんて……。わたくしにとっては、物凄い冒険ですね！）

ラヴィニア姫は小さな冒険を思いだして、クスクスと笑った。

初めて、お金を払って買い物をしたのだ。

ツケだれの焦げる香ばしい匂いに、お腹がクゥーと鳴った恥ずかしさ。

屋台の小父《おじ》さんに思い切り笑われて、お金を握ったまま硬直してしまった。

きっと、死ぬまで忘れることができない、良い思い出だ。

（美味しかったなぁー。そうそう……。美味しいと言えば、先日ご馳走になったトンカツテイショク。あれは、ナニ……？）

熱で頭がぼやけていなければ、あれこれと訊ねることも出来ただろうに……。

あのときは、只々おいしくて夢中になって食べてしまった。

料理のコトを知りたいと思ったときには、すでに翌日となっていた。

残念至極である。

だけどラヴィニア姫の人生は、いま始まったばかりだ。

昨日、今日と、続けざまに失敗しても、ピカピカの明日がやって来る。

希望に満ち溢れる明日が……。

（そう……。わたくしには、明日があるのです。ハンテンがくれた、明日が……！）

小さな淑女《レディー》は慎重にカップを口元へ運び、冷たいお茶をクピクピと飲んだ。

ほろ苦いお茶の味が、ハンテンとの記憶を呼び覚ます。

そのとき、黒い影がラヴィニア姫の足に、身体を擦りつけた。

「ニャァー」

「…………オヤ!」

ラヴィニア姫は、そぉーっとカップをテーブルに置き、黒いネコと自分の位置関係を計測した。

次の瞬間、ラヴィニア姫の手が、目にも止まらぬ速さで黒いネコを抱き上げた。

「ネコ、捕ったぁー!」

三百年の長きに亘り、ラヴィニア姫の友だちはハンテンだけであった。

それ故にラヴィニア姫は、『友だちとは捕獲するものである!』と、固く信じていた。

黒ネコに偽装したミケ王子は、こうしてラヴィニア姫の新しい友だちとなった。

名前は、『ネコスケ』に決まった。

ミケ王子は、大いに不満だった。

(真っ黒なんだから、せめてクロにしてよ。ネコ、ネコ呼ばれるのは、すごくイヤなんです。ケットシーは、ネコじゃないんだよぉー!)

ネコの真似をして、一生を過ごすケットシー。

ネコに成り済ますという命題に、生涯をかける妖精猫族たち……。

ネコスケと呼ばれるなら本望だろうに、ミケ王子の考えは少しばかり違った。

(ネコスケが名前だと、自分からネコだと主張しているみたいでカッコウ悪いよ。ボクのネコ真似は、完璧なのに……)

余人には、理解しがたい矜持《きょうじ》であった。

恵みの森から帰宅したアーロンは、ユリアーネから分厚い封筒を手渡された。

「何ですか、これは……？」

「先ほど、村の人が届けてくださったのです。何かと申せば、見た通りの手紙だと思うのですが……？」

「そうですね。『だれから、何の用事があっての手紙か……？』と、少し疑問に思いまして……。何しろ、この村には、知り合いもおりませんから……」

「それを知るには、開けてみるのが早いのでは……？　届けてくださった少年は、メジエール村の郵便屋さんだそうです」

「なるほど……。送り主の名前は……？　なんか、文字が汚すぎて読めませんね。まるで、子供が書いたような文字です」

アーロンは居間のテーブルに着くと、封筒をペーパーナイフで開けようとした。

「おや……？　封蠟《ふうろう》が、ありません。膠《ニカワ》で貼り付けてあるのか……!?　封筒の紙も、見たことのない材質です」

「めずらしい紙ですよね。私も初めて見ました」

それはメルが花丸ショップで購入した、クラフト封筒だった。

所謂《いわゆる》、一般的な茶封筒なのだが、此方の世界には存在しなかった。

「フムッ。首を傾げていても、仕方ありませんね。とにかく開けてみましょう！」

アーロンはペーパーナイフの使用をあきらめて、封筒の端をビリビリと破いた。

中から出てきたのは、幾重にも折りたたまれた紙だった。

開いて、開いて、開いても、まだ折られていた。

「なんだコレは……。こんな大きな紙に書く必要はないでしょ！　内容が多いなら、何枚かに分ければ良いのに……」

「随分と、大きな紙ですね」

とうとうアーロンが紙を開き切ると、思いきり両手を広げたほどの大きさになった。

その大きな紙には個性豊かな文字が書き記され、下の方に朱色の小さな手形が四つ並んでいた。

明らかに、幼児ーズからの手紙だった。

しかも脅迫めいた内容である。

『幼児、舐めるなよ！』

アーロンは汚い文字を何とか判読すると、慌てふためいて紙を折りたたんだ。

「何が書いてありました？」

「いや……。そのぉー。『何が？』と訊かれましても、紙面は旱魃に襲われた大地のひび割れが如しで、文字を拾うのが非常に難しく、上手く読めません」

「どなたからの手紙ですか……？」

「あーっ。たぶん……。知り合いの子供さんだと、思うんですよ。文字を覚えたてで、練習がてらに手紙をくれたんじゃないでしょうか……？　ちょっと自分の部屋で、調べてきます」

普段、慌てた様子を見せることのないアーロンが、怯《おび》えたような表情を浮かべて居間から逃げ出した。

だがアーロンのピンチは、終わっていなかった。

自室の扉を閉めて、ゆっくりと視線を向けた先には……。

「ぐはぁーっ！」

信じられないほど大きなかぼちゃパンツが、壁に打ち付けられていた。

オーガの雌《めす》が穿きそうなサイズである。

「だっ、だれがこんな事を……？」

犯人は分かっていた。

アーロンの手には、犯行声明文が握られているのだ。

『特権者気取りか、糞エルフ！』

『順番も守れない大人は、己を恥じるべきです！』

そのふたつのメッセージは、キレイな文字で書かれていたから直ぐに読めた。

更に一行ほどの空白を挟んで、『泣かすぞ、ゴラァ！』と汚い文字が続く。

そしてアーロンには読めない『怨！』と言うマークが、かぼちゃパンツの絵に刻印されていた。

『怨！』の一文字は、メルが漢字で書いたので、誰にも読めるはずがなかった。

「こ、これは、呪いの魔紋でしょうか……。わたし、精霊の子に呪われてしまった？」

真っ青になった。

こんな恐ろしい話はない。

「しかし……？」

アーロンは壁に打ち付けられたかぼちゃパンツを剝がし、首を傾げた。

(呪いと言うモノは、もっとこう悲惨なイメージがあったんですけど……。歯が全て抜け落ちたり、皮膚が焼け爛れて苦痛にのたうったり……。そう言うモノでは、ないのでしょうか……？　何故に、女性の下着なのか!?)

実に残念である。

アーロンはメルが期待していたほどに、女性心理を把握していなかった。

自分が女性用の下着を所持していると知られたら、どのような仕打ちに合うか全く分かっていなかった。

だから……。

『早く、謝りましょう。さもなければ、絶対に後悔します！』と、メルが善意から書き添えたメッセージは無駄になった。

「とにかく、この手紙を残しておくわけには参りません」

アーロンは丸めた紙と巨大なかぼちゃパンツを暖炉に放り込み、手にした術式プレートから着火の魔法を選んだ。

そして真夏の汗がにじむような部屋で、暖炉の薪《まき》に火を放った。

メジエール村では、一年を通して暖炉が使用される。

天候によって、夏でも冷え込む日があるからだ。

「くっ……。どう言うコトだ。なぜ燃えない？」

アーロンの口から驚きの声が漏れた。

メルが用意した強い紙は、破れない燃えない頑固さを発揮した。

薪が焔《ほのお》を上げても、丸めた紙に変化は起きない。

巨大なかぼちゃパンツが灰になっても、丸めた紙は残った。

「くっそぉー。わたしを馬鹿にするなよ！」

アーロンは燃えない紙を罵ったけれど、そこにメルの本気を感じ取り、涙目になった。

「呪いだぁー。私は呪われてしまった」

アーロンの悲劇は、その日の晩餐の席で起きた。

新居の食卓に並んだのは、とろみがあるソースをタップリとかけた羊肉だった。

肉が硬くて、少しばかり嚙み切るのが難しかった。

赤味がかったソースで、口の周りが汚れる。

洒落モノであるアーロンは、部屋着のポケットに常備してあるハンカチを取りだそうとした。

果実酒を飲むまえに、それで口に付いたソースを拭こうと思ったからだ。

だが……。

そのときラヴィニア姫とユリアーネの視線が、アーロンの手もとに注がれた。

目を丸くして、ガン見である。

やがて二人の顔は、ガジガジ虫を見つけた時のように険しく歪んだ。

何事かと、口に当てた布を見たアーロンは、ようやく己が置かれた状況に気づいた。

「うっひゃぁぁぁぁぁーっ！　ちがっ……。これは、違うんです」

アーロンが手にしていたのは……。

小さな女児が穿く、かぼちゃパンツだった。

ちょうどラヴィニア姫くらいの幼女に、ピッタリサイズの……。


ミケ王子は晩餐の席で生じた混乱に乗じ、余裕綽々《しやくしやく》で屋敷から撤退した。

(うん。やっぱり、ボクはイタズラ・キングだよ。なんて見事な仕込みだろう。メルにも、見せて上げたかったなぁー♪)

激しい叱責の声と、『ガシャン！』という破壊音を背に、不吉な黒ネコは二本足で軽快なステップを踏んだ。

今宵は、良い月夜デアル……。

人を呪わば……

アーロンが幼児ーズに謝罪した。

一見してクールな優男が、ショボショボの泣きっ面になっていた。

『これは不味いかな……？』と思いメルが訊ねてみたところ、アーロンは新居から追いだされていた。

どうやらミケ王子の悪戯《いたずら》がクリティカルヒットしてしまったようで、そのダメージはメルの予想を遥かに上回っていた。

「わらし……。手おくれに、ならんよぉー、『はよぉー、アヤマれ！』と、手紙したデショ」

「えっ？　そんな事は、書いてませんでしたよ」

「ちゃんと書いたしぃー」

無意味な言い争いを経て、事実を確認しようというコトになり、メルはアーロンが取りだして見せた手紙を一緒に覗き込んだ。

「ほらぁー。ココォー！　バッチリ、書いてあるわ。『早く、謝りましょう。さもなければ、絶対に後悔します！』って……」

「はぁー？　失礼ですが、こんなの文字じゃありません。読めません。ムリ……！」

「うんうん。メルのオシャベリは時々分かんないけれど、文字も読めないよね。もう。それって、メル語ですから……」

横合いからタリサが口を挟み、アーロンを擁護した。

タリサはアーロンにお嬢さまとか呼ばれて、折り目正しく謝罪されたので機嫌が良かった。

それだけでなく、お詫びの品として綺麗なリボンをひと巻き貰った。

「メルちゃんは、タンゴ以前に文字キゴウを覚えていませんから……。あちらこちらに、キミョウなナゾ文字がハサまっています」

同じく高級リボンを貰ってアーロン派に転んだティナが、これまた『メルの文字は読めない説』を支持した。

「おまぁーら、ヨウジのくせして、ナマイキぞっ！　ふつぅー。ヨウジ言ぅたら、ジィーは書けん。わらしも、デブもジョウトウです。リッパよ！」

「そうだぞ！　おまえら、天才か?!」

「いや……。テンサイって、キミねぇー。ホメて、どぉーすゆの？」

メルは呆れて、ダヴィ坊やの肩をどついた。

ダヴィ坊やがメルの味方に付いたが、余り頼りにはならなかった。

助力しようとして、むしろ足を引っ張っていた。

「あたしとティナは商人の子だから、手習い所に通ってるのね。お母さんの、メイレイよ」

「わたしの家もタリサのところも、ママがキビシイのです。ちゃんと通わないと、オコヅカイが減らされちゃう」

「ひでぇー!」

ふたりのママは、前世で言うところの教育ママだった。

そして英才教育を受けたタリサとティナは、幼児と思えないほどキレイな文字を書く。

帝国公用文字は表音文字なので、あいうえおに当たる文字を三十文字ほど覚えれば何となく読めるようになる。

ところが書くとなると、一般に定着した単語表記と発音のズレを学ばなければいけない。

単語と発音のズレには色々とあって、どうしても単語の記憶が必須となる。

メルは、それが面倒くさい。

だから耳で聞いた音のままに、記号を並べて書く。

この自分ルールで、他人に通じさせようというのだから、どんだけ女王さまなのか……?

まあ……。

几帳面で四角四面なアーロンに、メルのワガママ文字が通じる筈もなく。

メルのメッセージは読めなくて当然という結論に落ち着いた。

「そもそも……。五才と言えば、もう一人前のオトナです。なんでも、ジブンでしなければ……。

手紙だって、きちんと書けなければいけません」

「ウチのお母さんも、同じことを言ってました」

「オレは、まだ四才だ」

「ダヴィは、ギリギリでセーフね。でも、メルはアウトよ！」

「うへぇー！　そんなん、おっかしぃーわ。ナットク、行きません。わらし……。セイエージュに生ってたの、去年の春ヨ。したっけ、まぁーだ子ろもデショ？」

こんな時ばかり、子供の振りをしても通らなかった。

「こうして諸々の事情を考えてみますと……。わたしは皆さんが目論んでいたより、ずぅーっと重い罰を受けたことになりませんか？」

アーロンが揉み手をしながら、タリサやティナに語りかけた。

メルに頼むより、既に味方として取り込んだ女児たちに訴えかける方が、望む効果を得られると判断したのだ。

「そうであるなら、何かしらの救済処置があっても良いのでは……？　わたしが嵌められたのだと、皆さんから説明して頂ければ、少しは救われるのですが……」

「そうねぇー。メル……。アンタの字が汚いから、アーロンさんはオウチに帰れなくなっちゃったのよ」

「横入りでシンキョを失うのは、カワイソウ過ぎます。家族のシンライも、無くしてしまうなんて……。メルちゃんの呪いは、ザンコクですね！」

「ちょっ、おまぁーら。ぜぇーんぶ、わらしかい？　わらし、ワルイですか?!」

メルより酷いコトを計画していた癖に、幼児ーズは少しも理解していなかった。

メルは顔を真っ赤に染めて、『ムキィーッ！』となった。

幼児ーズやアーロンに、珍しく気を遣った挙句が、この有様である。

どれだけ、立ち回りが下手くそなのか……？

（ミンナから……。文字が汚いとか、アーロンに酷いことをしたとか、責められている。コレハ、どぉーいうコトですか……？　ちょっと理不尽じゃないの……？　僕には、とうてい納得できないよ。ダレかが悪いにしたところで、それは僕じゃないでしょ！）

喋るのが下手だから、必要な説明を面倒くさがって省いた結果、独断専行だと詰られる状況を招いた。

全てはメルの手抜かりである。

自分の選択は正しかったと、皆を納得させるだけの会話力が無かった。

そして、何よりもメルに不足していたのは、事態の展開を予測する知恵だった。

（何かをするときに、皆から了解を取らないから、僕だけが悪者にされてしまうんだ。同意書さえ作成しておけば、この惨《みじ》めな状況を回避できたはず）

とっても悔しかった。

とくに、『文字が汚くて読めない！』と軽蔑されたコトが……。

スペルに間違いがあろうと、文字がヨレヨレで汚かろうと、文面からして意味を察することは可能だったはず。

アーロンはメルのメッセージを見て、『汚い文字は読むに値しない』とスルーしたに違いなかった。

（その不誠実な態度を棚に上げて、幼児の文字を汚いと詰るなんて……。尊敬されるべき大人がすることじゃないでしょ！）

メルは不貞腐《ふてくさ》れて、アビーの元に逃げ帰りたくなった。

これはガン泣きのシチュエーションだ。

裏切り者どもめ……。

「おまぁーら、ズルい！」

とうとうメルは、泣きべそをかきながら叫んだ。

ダヴィ坊やが、メルをガシッと抱きしめた。

「メル姉。オレは……。オレだけは……。メル姉がワルイ子じゃないって、信じてるからな！」

「でぶ……。オマエ……！」

メルは反射的にダヴィ坊やに向き直って、『むちゅーっ！』とキスをした。

友情のチューである。

何ひとつ理解されていなくても、ひとりボッチでないコトは大事なのだ。

因みに、メルとダヴィ坊やがアーロンから渡されたのは、辞書のように厚い高価な単語帳だった。

帝国公用語を学び始めた、貴族の子供が使うテキストである。

挿絵もたくさん添えられている。

このテキストは、皇帝陛下も使用したスペシャルな品だった。

「ゴハンをあべゆ。おいしいな……」

「メル……。ゴハンはあべないよ。食べるでしょ！」

「なぬ？　アーオンの本には『あべゆ』と書いてあゆどぉー。ほらっ、ここ。見てみぃー！」

「あーっ。そういうコトか……。『あべる』と書いて、『食べる』と読むのです」

タリサがしたり顔でメルに教えた。

「まじか……？」

メルは単語帳を睨んで、すっぱい顔になった。

「タリサー。殴るって探してるのに、見つからないぞっ！」

「『殴る』は、『まなげる』で引かないと載ってないよ。『まなげる』と書いて、『殴る』と読むのです」

「マジか……！」

ダヴィ坊やが遠い目になった。

それでもメルとダヴィ坊やは、暇さえあれば帝国公用語を勉強した。

タリサやティナに見下されるのが、すごく嫌だったからだ。

「ところでメルさん。わたしは今日から『竜の吐息』に部屋を借ります」

「はぁーっ？」

『竜の吐息』と言えば、ダヴィ坊やの両親が経営する宿屋だった。

「窓からメルさんを見張っていますからね。ラヴィニア姫とユリアーネ女史に、アーロンは無実だったと伝えてください」

「なに言うてんねん。そんなん知らんわぁー」

「やってもらわないと困るのです」

「いやや……！」

「お願いしますよ」

「ほんなら、タリサたちに頼めやぁー！」

メルは拒絶の意思を表明せんと、絶叫した。

ハンマーヘッド

タルブ川の岸辺に泳ぎ着いたハンテンは、大きな猛魚《バトルフィッシュ》をお尻に付けたまま。

犬かきで陸地を目指しているときに襲い掛かってきた間抜けな魚は、お腹が空いたら食べるつもりだった。

タルブ川に棲息する猛魚は、ひとたび獲物に食らいついたら死んでも離さないと言われる恐ろしい魚だけれど、屍呪之王《しじゅのおう》にしてみればオヤツでしかない。

自分から食いついていてくれるので、運ぶ手間が要らないのも素晴らしかった。

お尻の痛みなど気にもならない。

「フンフン……。アオォーン！」

ハンテンは空気の匂いを嗅ぎ、邪霊の超感覚を研ぎ澄まし、ラヴィニア姫の居る方角を探る。

そして正しくメジエール村がある西に向かって、走りだした。

樹々の合間に夕日は沈み、森を夜闇が覆い尽くす。

それでもハンテンの足は止まらない。

ハンテンを襲った猛魚は、えら呼吸ができずに事切れていた。

それでも言い伝え通り、しっかりとハンテンに噛みついていた。
途中ハンテンは、低木の陰に小さな魔獣の仔《こ》が倒れ伏しているのを発見した。
薄目を開けたチビは、お腹を減らして動くことも出来ないようだった。
「ちっ、ちぃー」
その鳴き声も弱々しく、今にも命の灯《ともしび》が消えてしまいそうだ。
『困っている子がいたら、助けてあげましょう』
ハンテンはラヴィニア姫の言葉を思い出した。
『ハンテンは強いのですから、弱い子を助けて上げなければ……』
倒れている幼獣が何であるかは分からないけれど、ここは助ける場面だった。
ケガをして血が滲んでいるし、単独で生き残るには幼すぎる魔獣だ。
ここはボッチの同志として、仲良くするのも悪くない。
「わん♪」
いや、むしろ助ければ、旅が賑《にぎ》やかになりそうだ。
是非とも助けよう。
「わんわん」
ラヴィニア姫だって、きっと喜んでくれるに違いない。
ハンテンがチビを助けようとした其のとき、周囲から複数の唸り声が聞こえてきた。
群れを作って狩りをする、獰猛《どうもう》なケモノたちの威嚇音だった。

十数匹に及ぶ、マダラ狼《オオカミ》の群れである。

ハンテンたちは、すっかり取り囲まれていた。

暗闇の中で、あちらこちらに、ギラギラと輝く目が瞬いた。

『ハアハア……』と、生臭い息遣いが聞こえて来る。

チビとハンテンを食べる気だ。

生意気にも、屍呪之王《しじゅのおう》を狩るつもりである。

ハンテンのヤル気ゲージが、ムイムイと上昇した。

【俺強ぇー】モードのスイッチが入った。

「ワオォォーン！」

ハンテンは間近にあった大岩に、頭から突進した。

『ゴチーン！』と恐ろしい音が響いて、マダラ狼たちの動きが止まった。

自分たちの獲物と思っていた相手が、想像と違うコトに気づいたのだ。

ピンク色をした小さな肉の塊は、頭がカチ割れそうな勢いで大岩と衝突した筈なのに、プルプルと尻尾を振って笑った。

よく見れば、お尻に大きな魚が喰らいついていた。

マダラ狼たちが尻尾だと思っていた部位は、間違いなく魚だった。

「ヘッ、ヘッ、ヘッ……！」

コレハ、もしかすると強敵かも知れない。

マダラ狼たちは野性の勘で、ハンテンの異質さを見抜いた。

「ワンワンワンワンワン……！」

ハンテンが吠えまくると、マダラ狼の包囲網にほころびが生じた。

その開けた隙間の先には、ひときわ大きな個体がいた。

群れのボスだ。

「グルルルルルルゥーッ！」

マダラ狼のボスはハンテンを威嚇するように唸り、のっそりと動きだした。

ハンテンは、お尻に大きな猛魚を付けたまま、ゆっくりとマダラ狼のボスに近づいて行った。

両者、威信と命を賭けてのタイマンだ。

久方ぶりのバトルである。

千年……。

いいや、もっと長い間、ヨイコにしていた気がする。

ワクワクで、ハンテンの胸はハチ切れそうだった。

オスの血が滾《たぎ》った。

二頭のケモノが己の存在を示すべく、お互いに睨み合う。

周囲に控えたマダラ狼たちは、ひんやりとした闇に漂う邪霊の気配を畏れて動けない。

もはや一触即発の間合いだった。

静かに夜空を流れゆく雲の切れ間から、青白い月の光が差し込んだ。

森の中に開けた空き地は、充分な広さを持っていた。

「わぉーん！」

決闘には、うってつけの舞台デアル。

ハンテンはマダラ狼のボスに向かって突進した。

自分より遥かに大きな敵を前にして、些かも臆するところはなかった。

小細工はない。

前足による牽制《けんせい》とか、転身してからの耳齧りとか、そう言ったケチな真似はしない。

王だから……。

「わぉーん！」

ハンテンは屍呪之王《しじゅのおう》だから、堂々と真正面からぶちかます。

「ハッハッハッ……！」

ヘッドバットの一撃だ。


マダラ狼のボスは、ハンテンを舐め切っていた。

群れを率いるボスであるからには、度重なる実戦で己の強さをよく理解していた。

彼我の力量を見極める目も、それなりに磨かれていた。

ただ……。

そうした経験と技量に偏りすぎたせいか、野性の勘が働かなかった。

だから、ハンテンの突進をフェイントだと決めつけた。

群れのナンバー2でさえ、ボスに正面から挑もうとはしない。

何とかしてボスの牙を掻い潜《くぐ》ろうと、攻撃の瞬間に踏み切る角度を変えるのだ。

そこに一拍のスキが生まれる。

変わり身すると分かっていれば、転身に呼吸を合わせて叩けばよい。

(コイツも、ズタズタに噛み裂いてやる!)

その瞬間を見極めようと、ボスは迫りくるハンテンを注視した。

マダラ狼の仔より小さなハンテンが、正面からぶつかって来る筈などないと、決めつけていた。

もし仮に突っ込まれたとしても、それがどうした。

腹に潜り込まれても、あのように小さな身体で何ができる。

赤子のように小さな顎だ。

噛みつかれたところで、タカが知れている。

だからボスは、突進してくるハンテンを待ち受けた。

だが、それは悪手だった。

激突の瞬間……。

『ドスン!』と、信じがたい衝撃がボスの胸部を襲った。

とんでもない力で突き飛ばされた身体が宙に浮き、空き地の端まで転がった。

慌てて起き上がろうとしたが、四肢に力が入らない。

息をしようとした口から、血が零れだした。

毛の生えていないピンク色の敵が、余裕の表情で近づいてきた。

ニヤニヤと笑っている。

それなのにボスは、身体を起こして威嚇することさえできない。

小さなピンク色の敵は、ボスの鼻先で片足を上げると、あろうことか『ピュッ！』と排尿した。

「ギャン！」

オシッコを浴びせられてしまった。

名誉と命を賭《と》した闘いに負けたが、止めは刺されなかった。

ピンク色のケモノに、情けを掛けられたのだ。

無念だった。

完膚なきまでの敗北だった。


「わんわんわん……。わぉーん！」

ハンテンがボスを踏みつけ、月に向かって吠えた。

勝ち名乗りである。

邪霊の特殊能力を使用せずに勝利したコトが、ハンテンの心を昂《たかぶ》らせた。

決闘に死霊術を使うのは、とてもイケナイことだと思った。

何より、ラヴィニア姫を深く悲しませてしまう。

そんな真似は、金輪際したくなかった。
その夜、マダラ狼の群れは解散した。
そしてチビが、ハンテンの友だちになった。

さよならアーロン!

ウィルヘルム皇帝陛下の書状を携えた使者が、メジエール村を訪れた。

リーゲル船長が指揮する微風の乙女号に乗船して、帝都ウルリッヒから遥々アーロンを連れ戻しに来たのだ。

ハンテンが乗っていた船である。

微風の乙女号は途中でタルブ川に飛び込んだハンテンより早く、メジエール村に到着した。

まったく残念な邪霊デアル。

「アーロン殿、一刻の猶予もございません。至急、帝都までお戻りください!」

「えぇーっ。わたしにも都合と言うモノが、あるんですけど……」

「これは帝都の……。いいえ、ウスベルク帝国の危機であります。皇帝陛下の、ご命令です」

使者が小声で囁いた言葉に、アーロンは打ちのめされた。

師匠のクリスタに叱責されたので、なるべく早めに帝都へ戻らなければいけないと、覚悟はしていた。

だけどラヴィニア姫との関係が、未だ修復されていない。

これでは、ラヴィニア姫やユリアーネに変態と誤解されたまま、別れることになる。

アーロンは僅かばかりの時間を使者から貰い、メルを説得しに行った。

「ねぇ、メルさん……。本当に、勘弁してくださいよ」

アーロンがメルに向かって言った。

「そぉー、言われてものぉー。わらし、とっても忙しいデス」

メルはタケウマでトコトコと歩きながら、アーロンの横を通り過ぎた。

先日の件を根に持っているのだ。

「その……。変なモノの練習は、いつだって出来るでしょ？」

「タケウマレースで、タリサたちに負けゆのはアカン」

メルが真面目くさって答えた。

「じゃあ、レースの訓練が終わったら……」

「トンキーの、さんぽデス」

「それって……。やる気が、ないんですよね？」

アーロンが置かれた状況は、絶望的であった。

アーロンは新居を追い出されてから、ダヴィ坊やの両親が経営する宿屋に泊まっていた。

毎日、朝から晩まで、メルの行動を監視するためだ。

「誤解を解いて下さいって、お願いしたのに……。あれから一度も、この広場を離れていませんよね。ラヴィニア姫と、一度も言葉を交わしていませんよね！」

「やむなし……。わらし、へーミン。ヒメ、おひめさま。ミブン、ちゃうねん。ちっさい声、とどかんヨォー!」

「ちっ。また、ペラペラと嘘っぱちを並べて……。わたしは緊急の用事があって、帝都に戻らなければなりません。正直に申し上げるなら、非常に心残りです。メルさんの怠慢が、どうにも心配です。いいですかメルさん。アナタは妖精女王さまでしょ。うーんと偉いんです。だからぁー。ちゃんとラヴィニア姫を説得してくださいよ。それでもって、進捗状況は手紙に記して届けるように……!」

「ウヘェー! なんか、めんどいわぁー」

メルが正直な気持ちを言葉にした。

誰にも聞き取れないほど、小さな声で。

「面倒くさいとか、ちょっと酷くないですかぁー?」

「ややっ。聞こえてしまいましたか?」

「耳が良いから、イヤでも聞こえてしまうんです!」

エルフの耳は、地獄耳。

アーロンは己の要求を嚙んで含めるようにして伝えたけれど、ウンウンと頷くメルを信用するコトなどできなかった。

何となれば、終始メルの視線は宙を泳いでいたし、挙動の端々にウソの兆候が見て取れたからだ。

アーロンには、説得に費やせる時間が残されていなかった。

こうなれば、奥の手を使わねばなるまい。

「ホントに、お願いします。わたしを見捨てないでください。ほら……。帝都に行ったとき、メルさんは魔法で動くオモチャを欲しがっていましたよね？」

その台詞に、メルの耳がピクリと反応した。

「アーロン殿、お急ぎください。出立の時間が迫っています」

「もうちょっと……。ほんの少しだけ待って欲しいと、船長に伝えてくれ！」

アーロンは使者に指示を与えてから、真剣な表情でメルと向き合った。

「メルさん、お約束しましょう。帝都でオモチャを見つけたら、片っ端から郵送します。すごいヤツ。もう、ビックリな魔法具を仕込んだ、最先端のオモチャですよ！」

「ホント、ですか……？」

瞳をキラキラさせた幼女が、タケウマを操ってアーロンの傍に近づいてきた。

この瀬戸際に来てーロンは初めてメルの関心を惹くことに成功した。

嬉しそうな顔でアーロンを見つめる女児は、驚くほどに愛らしかった。

天真爛漫《てんしんらんまん》、純真無垢《じゅんしんむく》、ピカピカの妖精女王さまだ。

カワイイに決まっている。

（おやおや……。この可愛らしい物体は何でしょう。天使ですか……？）

傾国の幼女デアル……。

おねだりモードのメルを目にして、『グビリ！』と喉を鳴らすアーロンだった。

抱っこして、膝の上にのせて、頭を撫で繰りまわしたくなる。

(尋常ではない魅了の力ですね!)

妖精女王のチャームは、保護欲を掻き立てる稚《いとけな》さにあった。

それが妖精たちを統《す》べる、清らかな力だった。

「ホントにアーオンは、オモチャを買うてくえユン?」

「もっ、勿論ですとも……。だから、メルさん。ラヴィニア姫のコトは、よろしく頼みましたよ」

「ふぁい……。わらし、引き受けマシタ」

「信じてますからねぇー!」

アーロンは叫びながら、使者に袖を攫まれて連れ去られた。

まるで、市場へドナドナされる仔牛のように……。

クルト少年の荷馬車に乗せられて遠ざかるアーロンと使者を見送りながら、メルはコテンと首を傾げた。

(まぁーた、帝都で事件が起きたのかぁー? 悪魔王子さんか巫女姫さま方に、調査を依頼した方が良いのかな……。フレッドたちが巻き込まれてケガでもしたら、アビーだって悲しむだろうし……。仕方ない。強制イベントの気配はないけれど、手抜きをせずに頼んで来よう!)

メルは異界ゲートを使って、地下迷宮のコアを訪れることにした。

このゲートが存在する事実は、今のところ公表していない。

もしアーロンなんかに気づかれたら、『使わせて欲しい!』としつこく頼んでくるに決まっていた。
そして一度《ひとたび》メルが頷きでもしようものなら、ずぅーっと便利に使いまくるだろう。
「わらしのウチは、ツゥーロとちゃうんヨ……！」
メルはタケウマから降りて、ボソリと呟いた。
だけどフレッドとアビーにだけは、異界ゲートの存在を教えようと思う、メルだった。
飽くまでも寂しそうにしている、アビーのためである。
フレッドのコトは、どうでも良かった。

暑い夏は冷製デス……

アーロンが帝都ウルリッヒに連れ戻されて、幼児ーズは平和な日々を取り戻した。

横合いから干渉する大人の存在は、子供にとって煩わしいだけだ。

大人なんてものは、助けて欲しいときにだけ居れば善し。

アーロンの如き喧しいだけの男は、皇帝陛下にこき使われていれば良いのだ。

だがしかし、メルは魔法仕掛けのオモチャが欲しかった。

「ウーム。こうなえば、アーオンのキゲンを取ゆしかないわ」

ラヴィニア姫と仲良くするのは、望むところである。

ただしアーロンが良い奴だと説得するのは、また別の話だ。

それは、途轍もなく難しいコトに思えた。

気が進まないから……。

メルがラヴィニア姫との接触に二の足を踏んでいたのは、屍呪之王《しじゅのおう》の件が尾を引いているからだ。

ハンテンの復活は朗報だったけれど、失踪してからの足取りは未だ摑《つか》めず、予断を許さない状況にある。

〈最悪の場合、僕が確保しに行かないと駄目か……〉

屍呪之王《しじゅのおう》であるハンテンが、野垂れ死ぬとは思えなかった。

なんにしても、そちらはカメラマンの精霊を信じて調査報告を待つしかない。

少しばかりメルを安心させたのは、黒ネコに化けてラヴィニア姫を見守るミケ王子からの情報だった。

ラヴィニア姫は、夢で出会ったエルフとメルを同一視していない。

ラヴィニア姫にとって、夢は夢でしかなかった。

ハンテンだけが特別だった。

当座の憂いは晴れた。

メルに執行猶予が与えられたのだ。

「じゃけん、素直に喜べません」

夢の中では颯爽とした王子さまを演じたつもりでいたけれど、どうやらそれが災いして別人だと思われている。

かなりショックである。

〈えーっ。だけど記憶されているのは、イヤなんでしょ?〉

ミケ王子が、面倒臭いヤツを相手にする口調になった。

念話を用いるさい、こうした微妙なニュアンスを隠すのは難しい。

〈ウウーッ。格好よい王子さまと思われたかったんだけど、ハンテンを殺した憎いヤツと恨まれた

ら、泣いてしまいそうです〉

〈だったら、素直に喜んだら……。ラヴィニア姫はユリアーネ女史に連れられて、明日の午後に『酔いどれ亭』を訪れるよ。美味しいゴハンを食べたいんだってさ〉

フレッドが居ないので、『酔いどれ亭』はお昼の営業を休止していた。

だから、お昼は幼児ーズのランチタイムである。

どうもエルフと言うモノは自分勝手で、他人を含めた段取りを組むのが下手くそだ。

クリスタしかり、アーロンしかり、おまけにユリアーネもですか……。

〈事前確認をしたり、お店に予約を入れたりしないのは、エルフの種族的な特性なのか……？　それとも、文化習慣によるものかな……？　しかし……。何でもかんでも、行き当たりばったりなのは感心しないよ〉

ミケ王子の情報がなければ、またもやトラブルになるところだった。

ユリアーネには、キチンと伝えておかねばなるまい。

予約を入れてくださいと……。

〈だからさぁー。メルは、明日のゴハンを考えなきゃダヨ。聞いてるの、メル？〉

〈ウンウン。ミケ王子の仰る通りです〉

メルは力なく頷いた。

〈ありがとう、ミケ王子！〉

メルはマグロの赤身をパクパクと食べるミケ王子に、感謝の気持ちを伝えた。

ミケ王子はネコだけど、イケメンだった。

何かとマウントを取りたがる厄介な性格だけど、心根はヤサシイのだ。

〈どういたしまして……。この潜入任務は、キライじゃないよ。ラヴィニア姫もユリアーネさんも、すごく親切だから……。ネコスケって名前で呼ばれなければ、もっと良かったんだけどね！〉

〈さぁーて、明日は何の料理にしようかな……？　みんなで、ワイワイしたいよね！〉

ウジウジと悩んでいても仕方がない。

より良き明日に向かって、一歩踏み出そう。

「おっしゃぁー。ウマァーもん食わしたゆドォー！」

そう心に誓うメルだった。


片栗粉と言う調理用素材がある。

片栗粉は煮汁にトロミをつけたり、プリプリ感を与えてくれる。

粘りがあるので、食材によく味を絡ませる事ができる。

揚物にも衣として使用できるし、葛餅《くずもち》や求肥《ぎゅうひ》などのデザートだって作れる。

それだけでなく、片栗粉には料理の温度を強調する効果もあった。

温かな料理はより温かく、冷たい料理はよりひんやりと……。

片栗粉の正体は馬鈴薯《ばれいしょ》デンプンである。

コチラの世界にもジャガイモのような根菜があるから、アビーと一緒に片栗粉を作った。

メルは手が小さいので、おろしがねを使うのが苦手だった。

こうした場面で『まったく、チビはしょうがないなぁー！』とか、余計なことを言わずに助けてくれるアビーは良いママだった。

フレッドは良くないパパだ。

いちいち腹が立つ。

すりおろした芋《イモ》は目の細かい布で包み、水を張ったボウルに浸ける。

そこでよぉーくシャブシャブしたら、布に包んだまま搾る。

ギュゥーッと搾る。

布で包んだ芋《イモ》を取りだしたら、暫く濁った水を放置する。

「これで良いの……？」

「ボウルのソコに、白いコナが沈むデス」

「ほぉー。それがカタクリコなんだ」

「あい。マホォーのコナよ♪」

要らない水を捨てて白い粉をゲットしたら、再度水を注いで溶かし、沈殿させる。

そうして、また要らない水を捨てる。

不純物を除去する作業だ。

必要なのはボウルの底に残った、沈殿物だけである。

片栗粉は花丸ショップでも購入できるけれど、作り方を覚えていたので試したかった。

理科の実験みたいで楽しく、成功した達成感がまた嬉しかった。

「それっ、乾かして使います」

「ほうほう……。どう使うのかな……？」

「キョォーは、肉にまぶすヨ！」

「小麦粉みたいなの……？」

「うーん。ちがうと思う」

メルは片栗粉を完成させるために、妖精たちの助けを借りることにした。

〈妖精さん。その粉から水分を抜いて貰えますか……？〉

〈まっかせなさい♪〉

〈やるやるー〉

〈ちょー簡単！〉

〈フーッ、フーッ〉

妖精たちが、あっという間に沈殿物から水分を取り除いた。

「ヨォーし。オニクを茹《ゆ》でゆ！」

こっそりとトンキーの不在を確認してから、メルは薄切りの豚肉を取りだした。

ミートスライサーがないと、肉を薄く切るのは難しい。

シャブシャブ用とまで言わなくても、二ミリの厚さで充分に嫌気がさす。

冷凍肉を半解凍してから包丁で切るのだけれど、鰹節を削るようには行かない。

前世記憶にあるお肉屋さんでは、大きな肉のブロックをスライスするときに、幅広の鉋《かんな》がついた専用の削り機を使用していた。

だけど『お肉を薄くスライスしてください！』と妖精たちに頼んでみたら、キャベツの千切りとは違って、上手に切ってくれた。

まあ、花丸ショップで豚シャブ肉を買えば済む話だけれど、可能な限りエミリオが育てた豚を使いたい。

妖精たちもメルを手伝うのが好きだから、料理の手間が増えても何ひとつ問題なかった。

メルは豚肉の冷製を作ろうとしていた。

豚肉の冷製には色々なレシピがあるけれど、メルが作ろうとしているのは森川家の母に教わったモノだ。

薄切りの豚肉に片栗粉を塗《まぶ》す。

これをシャブシャブみたいに湯通ししたら、氷水に入れる。

ただのシャブシャブ肉ではなく、片栗粉のプリッとした衣を纏わせるのが森川家の作法だ。

この手順を加えることで豚肉は驚くほどあっさりとした味になり、プリプリとした食感とツルリとした喉ごしの良さを楽しめるのだ。

食べる直前まで冷やしておけば、ひんやり感も申し分ない。

だけど、片栗粉のつけ過ぎはいけません。

スライムみたいな、デロデロになってしまうから……。

（本当にササッとつけて、余分な粉は落とさなければダメです。なんでも、やりすぎはいかんよぉー）


粗熱が取れた肉は、ザルに移して水を切る。

薄くスライスした玉葱とピーマンを大皿に敷き詰め、その上に肉を盛りつける。

玉葱は水にさらしたりしない。

「まぁま……。ダイコンおろして……」

「ダイコンって、この白いヤツかな……？」

「そそっ。そえをこのおよし器で、ガリガリすゆ！」

「わかった……♪」

アビーはメルから鬼おろしを手渡され、大根おろしの作成に取り掛かった。

メルはアビーが作った大根おろしを陶器の鉢に移し替えた。

大根おろしが完成したら、全てを魔法の冷蔵保存庫でヒヤヒヤに冷やす。

「できたぁー！」

「試食していい……？」

「アカンよぉー。食べゆのは、みんなでイッショ！」

「えーっ。味見はしなきゃデショ？」

「ヒツヨウありません。摘まみ食いは、アカン。まぁまは、おあずけなのデス！」

頑固エルフは、頑《かたく》なにアビーの要求を拒んだ。

（もっと冷やした方が、美味しいに決まってるからね！）

今回、豚肉の冷製は、殆どのパートをアビーと妖精たちが担当した。

メルは豚肉に片栗粉を塗しただけ……。

ホント、それだけ……。

まさに料理長の気分である。

アビーはアビーで、小さな娘との共同作業を心から楽しんでいた。

子供パワー

メジエール村の中央広場を目指すラヴィニア姫は、極度に緊張していた。

パドックで入れ込み過ぎた馬のように、興奮して鼻息が荒い。

今日はメジエール村の児童と、会食をするのだ。

『酔いどれ亭』のおかみさんが、わざわざ歓迎会のパーティーを準備してくれた。

是非とも、村の子供たちと一緒に楽しんでくださいと……。

昨夕、丁寧な招待状まで届けてくれた。

これまで帝都で蔑ろにされてきたラヴィニア姫は、歓喜した。

「歓迎って、良い言葉ね」

「そうですね」

ユリアーネも、はしゃぐラヴィニア姫を嬉しそうに見つめた。

(なんてタイミングが良いのかしら……。まるで今日、わたくしが『酔いどれ亭』を訪れると知っていたようです。ユリアーネが、お願いしてくれたのかしら……?)

ユリアーネは、予約を入れることすらしていなかった。

殆どミケ王子の手柄である。

そして……。

メルとアビーの、ちょっとした気遣いだった。

子供会に齢《よわい》三百才のラヴィニア姫が、デビューする。

帝都ウルリッヒの夜会で、姫としてデビューする訳ではない。

辺鄙《へんぴ》な田舎の村で、鼻を垂らした四、五才の幼児とゴハンを食べるだけだ。

(それなのに……。どうしてこうも、緊張するのかしら……?)

またもや知恵熱が、ぶり返してしまいそうだった。

これまで被ったコトもない麦わら帽子を被り、村の子たちが着るようなワンピースに身を包んだ小さな姫が農道を歩く。

ユリアーネに手を引かれて……。

「わたくしの装い、安っぽくて恥ずかしいです」

「普通です。コレからは、それが姫さまの普段着です」

何もユリアーネが、意地悪をしている訳ではない。

ラヴィニア姫が着せられたのは、メジエール村の気候に合った愛らしいワンピースだし、遊ぶのに動きやすく、トラブルに強い。

木の枝などに引っ掛かる余分な装飾を徹底して省いた、シンプルなデザイン。

引っ張りに強い縫製に、擦り切れづらい丈夫な生地。

それでありながら、シルエットが可愛らしいブルーのワンピースだ。

履いている靴も、動きやすくて頑丈そうなドタ靴である。

宮廷でのオシャレとは縁遠い品だ。

要するに、走り回って遊べと言わんばかりの服装だった。

ユリアーネの意図は理解できる。

だけどラヴィニア姫には、子供たちと遊ぶ方法が分からなかった。

（どう話しかけて輪に入り、何をして親しくなれば良いのだろうか……？）

これが帝都の夜会であれば、何も悩んだりはしない。

ラヴィニア姫が、どのように振舞うかは最初から決まっていた。

近づいてくる貴族どもを嫌味と嘲笑《ちょうしょう》で追い払い、適当な場面で癇癪《かんしゃく》を起こして退席すればよい。

そもそも付き合いたい相手など居ないし、どいつもこいつもいけ好かない高慢ちきな連中だと分かり切っているからだ。

そう……。

ラヴィニア姫は怯えていた。

もし、メジエール村の子供たちに嫌われたらどうしようと、不安で不安で仕方がなかった。

「ユリアーネ。わたくしは、村の子供たちと仲良くなれるでしょうか……？」

遠くからも見える精霊樹に視線を据えて、ラヴィニア姫が訊ねた。

「愚問です。そのような問いに、意味などございません。そもそも姫さまは、どうなさりたいのですか……？」

「質問に質問で返すのは失礼だって、アナタが教えてくれたのではなくって……？　ユリアーネ！」

「そうかも知れませんね。でも大昔のことなので、すっかり忘れてしまいました」

ユリアーネは、ラヴィニア姫を見ながらクスクスと笑った。

忘れている筈がなかった。

三百年もラヴィニア姫に付き添った、魔法医師なのだ。

ラヴィニア姫との会話は、ひとつとして忘れてなどいなかった。

ただユリアーネは、ラヴィニア姫を挑発しただけである。

品のない言い方をするなら、ケツを蹴り上げたのだ。

臆病者のケツを……。

「そう……。そういう態度なの……。良いわよ。分かりました。わたくしは、上手にやって見せるわ！」

「気が急《せ》いて転ばないように、お気をつけください」

「こんな歩きやすい靴で、転ぶはずないでしょ！」

子供用のドタ靴を指さして、ラヴィニア姫が怒鳴った。

興奮しすぎて、ヒステリーを起こしかけていた。

いいや、ヒステリーではない。

ラヴィニア姫は既に抑圧状況から解放されていたので、普通に憤慨していたのだ。

切れて泣き叫ぶもよし、笑い転げるも善し、幼児は賑やかなのが一番だ。

「もっと暴れても良いのですよ」

「えっ？」

「小さな子は、怒ったり悲しんだり……。それはもう、毎日のように忙しいものなんです」

「ちょっと、バカにしないでくださいませんか……。わたくし、行儀作法も身につけていない幼児ではありませんの……！」

「そうですね。ちいさな、お婆ちゃんですね」

詰まらないことでも、ハッキリとした反応が返ってくる。

良い兆候だった。

「まったく。あー言えば、こー言う。アナタと言い争っても、面白くありませんわ」

「私は千才のおばぁーちゃんですから、三百才程度では勝てません。姫さまは、赤ちゃんみたいなモノです」

「はぁー？」

そう言うことだった。

ラヴィニア姫がユリアーネと言い争っても、勝てる見込みなど欠片《かけら》もなかった。

勝てないと分かっているなら、やるだけ無駄である。

「アーロンが村の広場に宿を借りたと聞いたときには、もうトンカツテイショクが食べられないのかと絶望したけれど……。帝都に呼び戻されたって、最高の知らせです。たまには皇帝陛下も、マシな事をすると思いました」

ラヴィニア姫はトボトボと泥道を歩きながら、話題を変えた。

信頼していたアーロンが、女児の下着を持ち歩いていると知ったときには、背筋に怖気《おぞけ》が走った。

アーロンの近くには寄りたくないので、もうトンカツテイショクが食べられないと、残念に思っていたのだ。

「アーロンのことですが……。後から考えてみると不自然な事件でしたから、弁解を聞いてあげなかったのは失敗だったと反省しています」

「えーっ。どうして……？」

「どうしてと申されましても、明らかに怪しいではありませんか。自分の懐から女性の下着を取りだして、口を拭くなんて……。誰かに嵌められたとしか、思えません」

「ふーん。それでも、良いのではなくて……？　わたくしは、嵌められたアーロンが悪いと思います！」

ラヴィニア姫は、迷いなく言い切った。

アーロンは奇妙な手紙の内容をごまかしたけれど、ちらりと目にしただけで充分だった。

『特権者気取りか、糞エルフ！』

『順番も守れない大人は、己を恥じるべきです！』

その二つのメッセージを目にすれば、アーロンが村人から責められているのは明白だ。

単に恥ずべき者が、相応しい罰を受けただけの話である。

三百年もの長きに亘って屍呪之王《しじゅのおう》を封印してきたラヴィニア姫は、高貴なる者の義務に厳しかった。

ラヴィニア姫からすると、アーロンの言動はどことなく不潔に見えたのだ。

「エセ貴族どもは、煉獄に繋がれてしまえば良いのです！」

幾つになっても乙女の潔癖さを貫く、ラヴィニア姫だった。

畑を吹き抜ける風が、ラヴィニア姫の髪を揺らした。

ミントグリーンの髪を束ねた黒いリボンは、食い気の表れだった。

どのようなヘアースタイルにするかと小間使いのメアリに尋ねられたとき、『食事がしやすいようにしてください！』とお願いしたのだ。

今日は頭もハッキリとしている。

友だち作りは兎も角として、ガッツリと料理を楽しむつもりだった。

前方には、メジエール村の中央広場が見えていた。

メジエール村の中央広場では、幼児ーズがタケウマの技術を競い合っていた。

それはもうラヴィニア姫からすれば、とんでもなく奇妙で興味を惹かれる光景だった。

（アレはナニ……。あの子たちは、何をしているの……？）

年齢の近い友人同士で遊んだ経験がないラヴィニア姫は、幼児ーズのしていることを奇異に感じた。

夢中になって競争する楽しさを知らないのだから、それは仕方のないことだった。

三百年の歳月を生きても、知っているコトと言えばユリアーネに聞かせてもらった物語くらいで、本当の子供が何をして遊ぶかなど分かるはずもない。

そもそも身体を動かして楽しむと言う行為さえ、知らないのだ。

「あんた、ラヴィニア姫ね。このまえは、アイサツしそこねちゃったから……。今するね。ようこそ、メジエール村へ！」

タケウマを操ってラヴィニア姫の間近に立った女児が、ものすごく高い位置から、明らかに偉そうな態度で、見下すようにしながら言った。

事ここに至って、ラヴィニア姫もタケウマの効用に気づいた。

（これって、他人を見下す道具なの……？）

それは本来のタケウマを歪めて捉えた解釈だけれど、幼児ーズに限るなら否定できなかった。

何しろ、より高い位置からモノを申すのが、格好良いと考えているのだから……。

「あたしはタリサ。この子たちの面倒を見て上げてるの……。あんた……。髪の色がヘンテコだから、トモダチ出来ないんでしょ？」

「はぁー？」

「心配することないよ。あたしたちが、友だちになって上げるから！」

「そっ、それはどうも……」

ラヴィニア姫は身分など関係なく、天然自然に女王として振舞う女児がいる現実《リアル》を突きつけられた。

真夏の日差しを背にして、高みから初対面の挨拶を済ませたタリサは、悠然とタケウマを操って仲間たちの元へ戻っていった。

真の子供である。

ラヴィニア姫は、生の子供を体験した。

天真爛漫、傲岸不遜、キラキラと輝く生命力が眩しい。

「ユリアーネ……。わっ、わたくしも、アレに乗りたい！」

「頼んで貸してもらえば、良ろしいのでは……？」

ユリアーネは、ラヴィニア姫の目をジッと見つめながら答えた。

ラヴィニア姫と幼児ーズ

メジエール村の中央広場に生えている精霊樹は、驚くほどに立派な大樹である。

『中の集落』から離れた場所にポツンと建っている屋敷に居ても、ラヴィニア姫とユリアーネは精霊樹の姿を眺めることができた。

お日さまを浴びてサヤサヤと風にそよぐ精霊樹の先端が、ニョキリと集落から突きだして見える。

眺めているだけで、『あーっ。メジエール村は、この樹に守られているのね！』と言う、安心感が胸に込みあげて来る。

その有難い樹に、『メルの魔法料理店』と記された看板が張りつけられていた。

それどころか、幹の根元付近には受付窓口があり、お洒落な紅白縞模様の日よけまで設置されていた。

エーベルヴァイン城の精霊宮を統括するルーキエ祭祀長あたりが目にしたら、卒倒間違いなしの冒瀆《ぼうとく》行為であった。

何故なら精霊信仰に於ける精霊樹は、創造主に等しい意味合いを持つからだ。

ラヴィニア姫とユリアーネは、幹をくりぬいて造ったとしか思えない魔法料理店をジト目で見つめた。

「こうして眺めるのは、二度目ですが……。どうも私には、罰当たりに思えます」

ユリアーネが、小声で囁いた。

「こうして何事もなく調和しているのですから、考え過ぎではありませんか……？　わたくしは、とても可愛らしくて良いと思います」

「ですが……。精霊さまの宿る樹に、おっきな穴を穿《うが》つなんて……。もし枯れてしまったら、どうするつもりでしょう！」

そうユリアーネに言われると、心が揺れる。

「枯れてしまったら、大変ですね」

改めて精霊樹を見上げたラヴィニア姫も、些か不安な気持ちになった。

「おいっ、おまえら……。それは、ちゃうどぉー！」

タケウマに乗ったダヴィ坊やが、ラヴィニア姫とユリアーネを見下ろしながら罵った。

「その樹は、メルの樹だ。メジエール村の樹であるまえに、メル姉の樹なんだぞっ！　そんでもってなぁー。その店は、勝手にできたんだ。だぁーれも、穴なんぞあけとらんわ。なんも知らんヨソ者が、軽々しく枯れるとか言うな！」

その居丈高な態度は、これまたタリサに負けないほど偉そうだった。

「ダヴィ。他所《よそ》から訪れた方が、村のジジョウを知らないのは当然です。間違っていても、広い心で許してあげなくては……。もっと、やさしく教えて差し上げなさい」

ダヴィ坊やの横に現れたティナも、タケウマから降りずに上から目線で語った。

「わたくしが間違っていました。失礼な事を口にしてしまい、申し訳ありません！」

「うむっ。分かれば良いのだ」

ラヴィニア姫の謝罪を受けて、ダヴィ坊やは鷹揚《おうよう》に頷いて見せた。

ラヴィニア姫は不服そうに俯いて、頬を膨らませた。

「ププッ……。お叱りごもっともです。私が軽率でした。誠に申し訳ありません」

幼児たちに応じるユリアーネの声は、少しだけ震えていた。

大人と対等に振舞おうとするダヴィ坊やティナの姿はひどく可愛らしくて、笑いをこらえるのが難しかった。

でありながら、でたらめを口にしている訳でもなさそうだった。

（背伸びをしているけれど、とても良い子たちです。しかし大人に偉そうな態度を取ると、外の世界では揉め事を引き起こすでしょう。たとえ、この子たちが正しくても……）

大人は子供にやり込められるのを善しとしない。

生意気な子供に正論を突きつけられたら、実力で捻《ね》じ伏せて口を利けないようにする。

ユリアーネの身近にいた帝国貴族なら、殆どの者はそうするだろう。

教育のない市井《しせい》の者たちともなれば、推して知るべしである。

だけど、この子供たちに関しては、当りまえの展開と結末を予想しても無駄だ。

自分より格上の存在を実力で捻じ伏せるのは、誰にとっても容易くなかろうと思えたからだ。

（この子たちは妖精に愛されている）

ユリアーネには、妖精の気配を察することができた。

三人の幼児たちは、驚くほど多くの妖精から慕われていたのだ。

（尊きグラナックの霊峰に御座《おわ》す斎王さまがご覧になれば、この子らに付き従う妖精たちを数え上げて、さぞかし驚かれることでしょう）

斎王は精霊を祀《まつ》る斎女たちの頂点に立つ、優れた慧眼《けげん》の能力者だ。

よく妖精の姿を見極め、言葉を交わすと信じられている。

エルフ族を束ねる長でもあった。

（メルさまの御友人と言うコトで、特別なのかも知れませんが……。それにしても、これほどの妖精たちに愛されていたら……。斎王さまに見いだされた時点で、確実に精霊宮の祭祀候補ですね。それだけに、エルフ族でないことが惜しまれます）

能力だけで言えば、将来は大祭祀の座についてもおかしくない。

尤《もっと》もそれは、三人の幼児がエルフ族であればの話だ。

聖地グラナックの精霊宮は、人族の立ち入りを禁じていた。

（この子たちの存在は、ミッティア魔法王国の魔法軍でさえ扱いかねるでしょう）

軍隊組織が理想とするのは、可もなく不可もない平均的な兵である。

魔素量の基準単位をピクスと定め、捕獲した妖精たちを魔法具に封じて酷使するミッティア魔法王国では、当然のことながら魔法使いたちも規格化されている。

魔素量が多い順に、SSS級、SS級、S級、A、B、C、D、E、F級と……。

それでも、魔素量計測器の針を振り切ってしまうようなケースでは、所属させるべき等級《クラス》が用意されていない。

規格外の力を発見したとき、支配が難しいようであれば徹底的に封じるのが、魔法軍のやり方だった。

タリサ、ティナ、ダヴィ坊やの三人は、好き勝手に妖精たちを呼び集める。

このままメルと遊んでいれば、苦もなく大魔法使いを凌駕して、やがては世に名を馳せる伝説の魔法使いへと成長するだろう。

もし子供たちが邪悪な欲望に憑りつかれたなら、暗黒時代に魔王と呼ばれた存在の再来と成りかねない。

(聖地グラナックであれば、この子たちを導く術《すべ》もあるでしょうに……。不安です)

精霊魔法による精神防壁《メンタルガード》を揺るがされたのだ。

ユリアーネが感じたのは恐れであり、畏れでもある。

(はぁーっ。ここは調停者クリスタさまが、長い長い歳月を費やしてお育てになった妖精郷。間違いなど起こりようもなし。深く考えもせずに、精霊樹に穿たれた穴や子供たちの潜在能力を目にして、慌てふためくとは……。余りにも浅慮で、滑稽です。反省すべきかもしれませんね)

ユリアーネは、クリスタが何も考えていない事を知らなかった。

そもそもクリスタには、幼児ーズの行く末を心配するような余裕などなかった。

精霊の子に言うことを聞かせるだけで、手一杯だった。

手一杯と言うか……。

既に、完全に持て余していた。

精霊の子は、クリスタの想像を遥かに超えていたのだ。

精霊の創造主……。

何人もの天才魔法博士たちが、力を合わせて成し遂げた暗黒時代の奇跡。

新しい精霊の創造。

それをいとも容易く生みだして見せる、精霊の子。

何とかしろと言う方が無茶である。

サイは投げられてしまった。

もう後は、ひたすら祈るしかなかった。

メルがヨイ子であることを……。

精霊の子は世に放たれた、危険な幼児だった。

だが、その事実もまた、ユリアーネのあずかり知らぬところであった。

そしてユリアーネは、自分もラヴィニア姫という危険な幼児を抱えている事実に、気づいていなかった。

得てして崇高な使命とは、それと気づくことなく己が責務として引き受けているものだ。

そこはアビーでさえも、全くの無自覚であった。

ヨイ子を健やかに育てるのは、いつだって親の愛情である。

「メルちゃん……。コレッ、すごいね！」

「ウへへ……。セイエージュの果汁で、ムース作ったデス」

「ビックリするほど、オイシイよ。もうちょっと、ママに味見をさせてください」

「ダメェー。デザート、さきに食べゆ。アカンよ！」

「えーっ。ケチ！」

神経質なクリスタやユリアーネと違い、アビーは信じられないほどタフだった。


アビーは『酔いどれ亭』の卓子《テーブル》を並べ直して、皆で食事ができる席を用意した。

子供用の椅子が増えて、五脚になった。

卓子は大人席と子供席に別《わ》けた。

目も当てられない事態になるまでは、子供同士でワイワイさせておくのがよい。

大人の過干渉は、子供たちのコミュニケーションを阻害してしまうからだ。

『う〇こー、う〇こー！』とか叫び出したら止めさせるが、多少のマナー違反は見て見ぬ振りをする。

先ずは、冷たいドリンクで乾杯だ。

「ラヴィニア姫とユリアーネさんが、メジエール村で暮らすコトになりました。今日は、歓迎会でぇーす。乾杯しましょう。かんぱぁーい！」

アビーが乾杯の音頭を取った。

「カンパイじゃ！」

「おぉーっ！」

「ラヴィニア、あたしとカンパイ。コップをこうやって、そぉーっと持って……。コッツンさせるのよ」

「わたしも……」

「ありがとうございます」

メルはコーラが飲みたかった。

だけど、炭酸が苦手な幼児に合わせて、乾杯はバナナシェイクだ。

花丸ショップで材料を買えば、風の妖精がシュバッと混ぜ合わせてくれる。

材料はクラッシュアイスにバニラアイス、完熟バナナと牛乳にシロップである。

これらをクリスタから貰った魔法の鍋に入れて、風の妖精と水の妖精に攪拌《かくはん》してもらうだけ。

そこにホイップクリームを盛り付け、輪切りのバナナを飾って、チョコレートソースをかければ完成だ。

「カンパイって、難しいですね」

「ホントは、カンタンなのよ」

「ですね。タリサの言う通りです。この飲み物は、いつものと違うから……」

メルが気合を入れてデコレーションしたバナナシェイクは、まるでパフェのようだった。

容器の上に生クリームが盛り上がっているので、乾杯には適さない。

「メル姉。これ、どうやって飲むんだよ?」

「クリームは、スプーンを使うんじゃ。でもって、ストローをぶっ刺せ!」

「ムムッ。ストローって、これか……」

「このストロー、太いわよ。見て見て、ティナ」

「いつものと違いますね。確かに太い」

「そえでなぁーと、チュウチュウでけへん」

「なるほど……。重たくて、なかなか吸えない」

「うまぁー」

「冷たくて、うまぁー」

早速、幼児ーズは大騒ぎだ。

(いっつも思うんだけど……。チョットだけ、量が減ってるよね♪)

妖精だって、美味しいモノが大好きなのだ。

気に入った料理があれば、いそいそと仲間の元へ持って帰る。

メルが妖精の分を小皿に用意するときもある。

いつも助けてくれる妖精たちが喜んでくれるなら、料理をするメルも嬉しい。

「ラヴィニア……。ストローを使うのだ!」

「ストローを使わないと、口のまわりに白いワッカが出来ちゃうよ」

「はい。分かりました」

ダヴィ坊やとティナが、メルの代わりに説明してくれる。

ラヴィニア姫も、幼児ーズの干渉を嫌がらなかった。

友だちへの大切な第一歩だ。

「何ですか、これは……。すごく美味しい！」

バナナシェイクを吸ったユリアーネが、驚きの表情を浮かべた。

「…………」

ラヴィニア姫は、無言でチューチューしている。

気の利いた話題を思いつかないし、バナナシェイクが美味しいので、チューチューするしかない。

豚肉の冷製とは全く相性の悪いバナナシェイクだけれど、暑い中を歩いてきたのだから冷たくて美味しいに決まっていた。

アビーは皆がバナナシェイクを飲み終えた頃合いを見計らって立ち上がり、軽く手を打ち鳴らした。

「さて、お料理を並べましょうか……。次は冷たいコンソメスープを楽しんで頂きたいわ」

「アビー小母さん。あたしも手伝います！」

タリサが空になったグラスを集めて、アビーの後を追った。

タリサは仕切るのが大好きなので、率先して配膳係に名乗りを上げる。

どちらかと言えば、焼肉パーティーでも肉を焼きたい派だ。

メルは……。

タリサが上手になれば、全部やらせてしまいたい派だった。

メルが自分で肉を焼くのは、タリサに任せると微妙にナマだったりするからである。

真っ黒になった、コゲ肉を食べさせられたコトもある。

タリサは仕切るのが大好きだけれど、ちょっぴりガサツだった。

それでも食器を落として割ったりしないので、取り皿やカトラリーを運ぶ役が与えられる。

タリサが粗相をしても風の妖精がフォローしてくれるので、何も問題はない。

むしろタリサは要らない。

風の妖精が、タリサの仕事を引き受けてくれる。

だけどそれは、絶対に口にしてはいけないコトだった。

幼児のプライドを傷つけてはイケナイのだ。

ツルツル滑る肉料理

メルが作った豚肉の冷製は、食べるときに手間が掛かる料理だった。

肉を取り皿に載せたら野菜と大根おろしを肉に盛り、少量の七味唐辛子を振ってから醤油を垂らし、上手に巻いて食べなければいけない。

幼児には、難易度の高い料理であった。

（フンッ。わたくしを舐めたらいけません。箸ですか……？　もちろん知っています。東方の少数民族が使用している、風変わりなカトラリーですね。以前に行儀作法の勉強で、練習したことがありますわ。何しろ、三百才ですから……。それはもう、色々と経験していますとも……。わたくし、ちゃんとした淑女なんです！）

三百年の大半を寝たきりで過ごしたことは棚に上げて、自分を励ますラヴィニア姫だった。

美味しそうな料理をギリッと睨みつけて、使い慣れていない箸に手を伸ばす。

箸を持つ手が、プルプルと小刻みに震えていた。

正直に白状すれば、箸は苦手だ。

でも、幼児ーズの面々は戸惑いひとつ見せずに、ワイワイと食事会を楽しんでいた。

ここで自分だけ箸が使えないとは、自尊心が邪魔をして言いだせなかった。

ラヴィニア姫の自己認識に従うなら、その中身は成人した貴族令嬢と言う事になっていた。

幼児の姿になろうとも、淑女としてのアレコレを完ぺきにこなせるのが当りまえ。

であればこそ……。

食事会の一つや二つで、つまずく訳には行かない。

「くっ……！　中々に、難しいですわね」

たどたどしい手つきで箸を持ったラヴィニア姫は、まず片栗粉で滑りが良くなった豚肉に苦戦した。

上手く挟めなくて、ちゅるんと箸から肉が逃げていく。

その間にも、幼児ーズは器用に箸を使って豚肉の冷製を頬張っている。

「………そんな？」

ちいさな幼児の癖に、ツルツルと滑る豚肉をものともしない。

非常に箸使いが巧みである。

（この子たち、おハシに慣れてるじゃない！）

ラヴィニア姫の表情が、ピキンと凍りついた。

食事作法で幼児に負けるなんて、淑女としてあってはならないコトだった。

「おハシ、むずかしいんでしょ？」

ラヴィニア姫の右からタリサが声をかけ、取り皿に豚肉と野菜を載せてくれた。

「オロシもね。シチミは辛いから、ちょっとだけの方がいいぞ！」

左からダヴィ坊やがスプーンで大根おろしを盛り付け、七味唐辛子の容器を渡した。

「……………あっ、ありがとう」

悔しいけれど、ラヴィニア姫は感謝の言葉を口にした。

ここで子供たちの親切を突っぱねたら、それこそ淑女失格である。

上手くできないことは、練習すればよい。

そう考えなおし、醤油を垂らしてもらった豚肉を口に運ぶ。

「オイシイ……」

ラヴィニア姫が笑みを浮かべた。

つるりとした舌触りと冷たさに驚き、溢れだす大根の甘辛さと醤油の風味に味覚を翻弄され、緊張していた顔が綻んでいく。

嚙めば肉のプリッとした感触と、ピーマンやスライスオニオンのしゃっきりとした歯ごたえが楽しい。

片栗粉に閉じ込められた肉の旨味が、ラヴィニア姫の口中に広がった。

トンカツも美味しかったが、今日の料理も絶品だ。

(これは、食事にだけ集中しなければダメよ。見栄なんて張っていたら、絶対に後悔するわ！)

今だけ……。

今だけ淑女は、お休みだ。

初めて口にした醤油の香りと奥深い味わいが、ラヴィニア姫の頭から貴族令嬢に必須のお行儀を追い出した。

「んっ。からぁーい」

ピリッと舌を刺す辛味が、すこし遅れてやって来る。

暑い日でも、食欲をそそる肉料理だった。

冷たいコンソメスープも美味しい。

「はぁー。そっかぁー。なんか、忘れとぉー思ったわ。ラビーさんは、ハシ使わんデス」

今更ながら気がついたメルは、ガタンと椅子から立ち上がった。

「そぉー言うところが、メルだよね。心配しなくても……。ラヴィニアが食べるのは、あたしが巻くよ」

タリサは新しいトモダチを手伝うことができて、上機嫌である。

「メル姉、座っとけ……。オレも、食べるの助ける。メル姉が立ち上がっても、ジャマだぞ！」

「そう……？　そっかぁー」

「メルちゃんは、自分の面倒を見るのが先です。こんなに、こぼして……」

「ごめんよ、ティナ……」

メルはションボリと椅子に座りなおして、豚肉で野菜を巻く作業に戻った。

ティナに指摘されるまでもなく、幼児ーズの中では食べるのがトップクラスに下手くそなメルだった。

前世記憶にある成長した自己イメージに即して動こうとするために、本物の幼児たちより格段に習熟速度が遅いのだ。

箸にスプーン、ついには左手まで使って肉と格闘するメルを見て、ラヴィニア姫はなけなしの勇気を取り戻した。

（あの子にならば、負けないかも……。わたくし、頑張ります！）

そんなことを思うラヴィニア姫もまた、大人の身体感覚で手足を操ろうとするドン臭い幼児だった。

こうしてメルとラヴィニア姫の二人は、不器用な手つきで食べづらい料理との格闘を続けた。

口の周りや指をベトベトにして、卓子を食べこぼしで散らかし、それでも豚肉の冷製をモギュモギュと頬張る。

美味しいから……。

体裁など、どうでも良かった。

「ライスも、うまぁー」

「ウンウン……。暑い日のゴハンに、ピッタリのおかずだよね。ささっ、ユリアーネさんも、飲んで、飲んで……♪」

アビーはラガービールをジョッキに注ぎ、ユリアーネにも勧める。

「コレハ、この地方の料理なのでしょうか？」

「ちがうよ、ユリアーネさん。これは、メルちゃんが作ったんだよ」

「えっ？　メルさんが、お料理を……」

ユリアーネが、演技ではなく驚きの表情を浮かべた。

「精霊樹に『メルの魔法料理店』って、看板があったでしょう。この子が、お料理をしてるんだよ」

「えーっ。メルさんの、お店なんですかぁー。名義だけではなくて、メルさんが料理をしていらっしゃる？」

「はい。わらしがコック長のメユ、です」

自分の名前さえ正しく発音できないのは、お店の主人として問題だった。

ユリアーネは不器用な手つきで食事をするメルに、疑いの眼差しを向けた。

「随分と可愛らしいコックさんですね」

どこからどう見ても、料理長とは思えない。

「フッ。世辞はいらん。わらし、ピカピカの料理人デス！」

卓子に饗された繊細な味付けの料理と、豚肉を手づかみにしている幼児の姿が結びつかない。

「天才児……？」

「んーっ。便利な道具とか思いついたりするから、頭も良いのかな？　でもねぇー。言葉がダメだから、天才児と呼ぶのはビミョーです。お料理と魔法に関しては、明らかに優秀だよ。その魔法も……。なんか普通じゃなくて、怪しげなんだけどね」

「怪しげな魔法……？」

「この子さぁー。言葉が、アレでしょ。だから、正しい呪文を覚えようとしないのね。それなのに、すっごく難しい魔法を使うの……。術式プレートも無しで……！」

妖精女王陛下だから、妖精たちに忖度《そんたく》してもらえるのだ。

「それは……。わたしなどを相手に、話しても宜《よろ》しいのでしょうか？」

ユリアーネは、メルが精霊を召喚した現場に立ち会っていた。

精霊の子であることも、アーロンから聞かされて知っている。

けれど、それらの事実は口外しないように、クリスタやアーロンから釘を刺されていた。

メルの能力については、ラヴィニア姫にも伝えてはならないと……。

それなのに『酔いどれ亭』の女主人は、平気でメルの魔法について語る。

「あーっ。たぶんメジエール村は、特別なんだと思う。だって、メルってばさぁー。ウチの亭主が見つけたとき、精霊樹の枝に下がってたんだよ。もう村中が大騒ぎになって、それなのに隠すコトなんてできないでしょ？」

「精霊樹の枝に、下がっていたんですか……。そのような事情が……？」

「うん。木の実が生るみたいにね。そんで、ウチに拾われたの……！」

そう言ってアビーが、ケラケラと笑った。

ラヴィニア姫と幼児ーズは、お腹いっぱい豚肉の冷製を食べてから、精霊樹の果実を使ったムースに舌つづみを打った。

「うめぇー！」

「オイシイねぇー」

「メルちゃん、お土産はないのでしょうか……?」

「おーっ、ムース? ティナは、ムース欲しいデスネ!?」

「そそっ……」

「みんなの分、あゆ。帰ゆとき、持ってぇーけ!」

メルは太ましくなった下腹を撫でながら、鷹揚に請け負った。


食事会が終われば、幼児ーズはお昼寝タイムに突入する。

手と顔を洗い、歯を磨いたら精霊樹へと向かう。

「どこへ行くのかしら……?」

「午後の日差しはキケンだから、子どもはヒルネをする」

「メルの樹だよ。メッチャ涼しいんだから!」

「二階が、お部屋になってるの……」

「ネコとブタおるどぉー」

精霊樹の玄関脇にある階段を上り、取っ手がついた揚戸《あげど》を押し開けると、そこはメルの休憩室だった。

「ミケとトンキーは、ここにいたの……?」

「道理で、静かだと思った」

「タリサさん。昼メシの、ザイリョー。トンキーに、ナイショよ」

「なるほどぉー。あんたは、まだトンキーにエンリョしてるのね。このっ、ナンジャク者が……！」

タリサが、メルの頭をパシッと叩いた。

タリサはメルと違って、豚は家畜でしかないと考えていた。

「うわぁー、カワイイ。メルちゃんは、ネコとブタを飼っているの……？　わたくしの家にも、黒いネコが遊びに来るんです。ネコスケって言うのよ」

「おっ、おぅ……。黒いの？」

「そうよ。とってもヨイ子なの……♪」

知っていた。

ネコスケは三毛ネコの姿に戻って、メルのベッドで寝ていた。

トンキーも一緒だ。

「二匹とも、気持ち良さそうに寝ていますね」

ラヴィニア姫がトンキーの頭を指先で、優しく撫でた。

「フフッ。この二匹はブタとネコの癖して、ちょっと生意気だと思います」

ティナはメルと違って、豚やネコは床で寝るべきだと考えていた。

普通に考えて、トンキーが大きすぎる。

メルに精霊樹の実を与えられたトンキーは我儘放題に育ち、今もベッドの半分を占有している。

それでもベッドから追い出されないのは、トンキーに合わせてベッドもまた成長しているからだった。

「風呂入えとゆし、問題ないデショ！」

「清潔かどうかより、ブタと寝るのがイヤなのです」

「…………」

ときにティナの発言は、身も蓋もない。

だけどタリサとティナの反応は、メジエール村で暮らす人々の価値観を示していた。

「メル姉は、変わり者だからな」

ダヴィ坊やが、タリサとティナを諭《さと》す。

無駄だから諦めろと……。

メジエール村にペットの概念を定着させるのは、大変な仕事だった。

(トンキーは、カワイイと思うんだけどなぁー)

メルの休憩室は、幼児ーズが出入りするようになってから少しばかり広がった。

小さかったベッドも、全員で寝転がれるほど大きなモノに変わった。

不思議だけれど、魔法なので仕方がない。

何より便利で助かるのだから、魔法の仕組みなんてどうでもよかった。

「ベッドはひとつやけ、ごろ寝しマス」

「そう」

「そうそう」

「ラヴィニアちゃん、靴は脱いでくださいー」

「はい」

五人でベッドに上がっても、窮屈な状態にはならなかった。

「なんて心地の良いベッドかしら……」

「それねぇー。ここで横になると、いつの間にか寝ちゃう」

「ぐっすりです」

「魔法のベッドだな」

幼児ーズの面々は、ベッドが揺れても起きようとしないトンキーとミケ王子を指さした。

「ところで……。みなさんが使っていた棒は、何ですか？」

ベッドに寝転がったラヴィニア姫が、おずおずと訊ねた。

「あーっ、タケウマ。だよね、メル？」

「うむっ。タケウマれす。マホータケウマ」

「メル姉、どこがマホーなんだよ？」

「おまぁー。転んでも、ケガせんでしょ……？　フワッとタオれるデショ。気づけや、デブ！」

「あーっ。また、デブと呼ぶ」

ダヴィ坊やはデブと呼ばれて、不服そうだった。

「あのぉー。わたくしも、タケウマに乗りたいです。どなたか、貸しては頂けませんでしょうか

「……？」

ラヴィニア姫は勇気を振り絞って、お願いをしてみた。

「ラビーさんのタケウマ、ヨォーイしてあゆわ。帰ゆとき、持っていきんしゃい」

「あんなの……。持って帰っても、困るだけだろ！」

「ここに預けとくと良いよ。みんな、そうしてるし……」

「デスネ……。とくに最初は、広場で練習しないと乗れませんから」

ティナは自分の経験を思い出すようにして、ラヴィニア姫に説明した。

「分かりました。あとで、乗り方を教えてくださいませ」

「まかせろ。オレが教えてやる」

ダヴィ坊やが張り切っていた。

幼児ーズはラヴィニア姫をお姫さま扱いしないけれど、その方が友だちっぽく思えた。

ラヴィニア姫の本心

ラヴィニア姫は屋敷に帰ると、食事会で親しくなった幼児ーズの事ばかり考えていた。

それぞれに異なる顔があり、ちゃんとした名前を持つ、本物の子供たちだ。

（ダヴィ、タリサ、それにメルとティナね。覚えている。わたくし、あの子たちの顔と名前を忘れていない！）

『夢の中で追いかけた子供たちのように、幼児ーズが消えてしまったらどうしよう？』と、ラヴィニア姫は不安になる。

ラヴィニア姫の近くには、既にユリアーネや小間使いのメアリが居てくれる。

彼女たちはラヴィニア姫が眠りに落ちても、目を覚ませば必ずオハヨウの挨拶をしてくれる。

だからラヴィニア姫も、ようやく安心して寝られるようになったのだ。

だけど幼児ーズに対する気持ちは、まったくの別物だった。

人間関係のあれもこれもを含んだ問題なのだ。

「お友だちかぁー。でも……。わたくしは淑女。あの子たちは、オムツが取れたばかりの幼児です。わたくしも外見は幼児だけど、とてもとても同年代とは申せません」

ラヴィニア姫が、フゥーとため息を漏らす。

ついうっかりタケウマに興味を惹かれてしまったけれど、あのような子供のオモチャに心を動かされる年齢ではない。

何と言っても、ラヴィニア姫の年齢は三百才なのだ。

ちっちゃな子供とキャッキャウフフしているのは、流石《さすが》に可笑《おか》しいだろう。

そんな思い込みが、ラヴィニア姫の頭を占めていた。

だからこそ、幼児ーズに自分が拒まれる可能性を無視できない。

言うなれば世代間問題《ジェネレーションギャップ》である。

齢三百才のラヴィニア姫と幼児ーズの間を隔てる、感性や価値観の違いだ。

ラヴィニア姫にとって社会に貢献するところのない幼児とは、まさしく謎の存在だった。

そもそも幼少期に封印の巫女姫として選ばれたラヴィニア姫には、同世代の子供たちとはしゃぐ機会など与えられなかった。

子供っぽい遊びをした経験もなければ、ダヴィ坊やのように感情を隠さず、言いたい放題を口にした覚えもない。

特に怒りは、徹底的に抑圧された。

封印の巫女姫が世界の理不尽さに憤れば、屍呪之王《しじゅのおう》を徒《いたずら》に刺激し、封印魔法の弱体化を招いてしまうだろうと心配されたからだ。

封印の巫女姫は、正常な心の働きを徹底的に阻害されて育つ。

人形の如くあれと……。

幼児の癇癪は絶対に許されず、常に我慢が奨励された。

同時に、自由に生きたいと望むことさえ、悪しき心の働きであると頭から否定された。

そのせいでラヴィニア姫は、未だに素直な自己表現ができずにいる。

不愉快な状況に置かれたとき、『大声をあげて罵る！』と言う当りまえの行動が、とても難しい。

そんなラヴィニア姫にとって幼児ーズの粗暴さは、蔑むべきものでありながら活力に満ちて、キラキラと輝いているように思えた。

（メジエール村の子供たちは不思議。威張りん坊で嫌な子たちかと思ったら、とっても親切だったし……。こうして思い返すと、怒鳴ってばかりなところも嫌いになれない。何故なのかしら……？）

封印の巫女姫である務めから解放されたばかりのラヴィニア姫には、何が正しいのか分からなかった。

これまで守り続けてきた規範を是とするのか、己の内に生じた変化を受け入れるべきなのか。

「お役目から解き放たれたいま……。わたくしには、世界との関わりようが分かりません」

遅ればせながら、大人たちの都合で歪められた自我と真正面から向き合うラヴィニア姫であった。

誰であろうと、己の思考回路に仕込まれた歪みを発見するのは難しい。

反省には、なにがしかの苦痛が伴う。

ラヴィニア姫を束縛する強迫観念は根が深く、極めて悪質だった。

そんなラヴィニア姫にも、メジエール村は底抜けにやさしい。

しかもメルを含む幼児ーズは、とても分かりやすくてシンプルだ。

時間はたっぷりとあるのだ。

焦る必要はなかった。

やがてはラヴィニア姫も、あるべき己の姿を取り戻すだろう。

それはもう、約束された未来と言えた。

だが、その為には、ひとつの壁を乗り越える必要があった。

そう……。

ラヴィニア姫は、自分が幼児であることを認めなければいけなかった。

自我を再構築するには、まっさらな子供からやり直すのが正しい道筋なのだ。

障害となるのは、淑女としての自己イメージだった。

本心を明かせば、幼児ーズと一緒に遊びたい。

だけど、どうしても素直になれない。

ラヴィニア姫の乙女心は揺れる。


メルの一日は、アビーの起床と共に始まる。

「おはよぉー。メルちゃん」

「オハァー、まぁま。おテンコは……？」

「天気は晴れ。サイコォーの、お洗濯日和《びより》だよ」

「うはぁー。きょうも、あちぃーデスカ。もう、イヤァー！」

「朝から愚痴らない。さあ今日も一日、ガンバルよぉー！」

アビーはメルと一緒に顔を洗い、歯磨きを済ませてから、裏庭に出かけて色々な仕事を片づける。

それは畑の世話であったり、排水路のゴミ掃除であったり、汲《く》み取り式トイレの処理であったりして、実に忙しい。

で、一緒に起きたメルが何をしているかと言えば、まずはタブレットPCのチェックである。

それが済むと、つぎは日課の広域浄化だ。

これはメジエール村と帝都ウルリッヒの両方で行う。

皆が病魔に苦しめられたりせず健康でいることはメルの願いであるし、花丸ポイントの獲得量にも大きく影響する。

だから毎日のように、異界ゲートを使って封印の石室を訪れる。

メルがダヴィ坊やと朝起き隊の活動をするのは、広域浄化を終わらせてからだ。

このようにしてメルはメルなりに、とても忙しい朝の時間を過ごすのだった。

〈おはぁー、メル♪〉

〈ぶひ、ぶひ……〉

〈ミケ王子、トンキー、おはようございます。アビーによると、今日も暑いそうです。熱中症には気をつけて、ほどほどに頑張りましょう！〉

〈もう、ウンザリだよ。暑すぎて、なぁーんにもヤル気が起きない！〉

〈ブヒィー！〉

ミケ王子の台詞に、トンキーが強く同意を示した。

最近、何だかトンキーの意思が分かるようになった、メルだった。

トンキーの『ブーブー』に含まれた漠然とした気持ちとイメージが、そこはかとなく伝わってくる。

念話は魔法の一種だから、そういうことが起こり得るのかも知れなかった。

メルはミケ王子をネコスケに変身させて、ラヴィニア姫のもとへと送りだした。

未だミケ王子のスパイ活動は、続けられているのだ。

というか、ペットによるメンタルケアと捉えた方が正しかった。

メルにはラヴィニア姫やユリアーネから、こっそりと盗みだしたい情報などなかった。

ラヴィニア姫は中央広場まで歩いて来れる距離に屋敷を用意してもらい、そこで暮らし始めた。

知りたいことがあれば、面と向かって訊ねればよい。

きちんと言葉を交わすのは、メルにとって重要な訓練だった。

帝国公用語を学び始めて早一年。

バカだバカだと、冷たい目で蔑まれながら、それでも挫《くじ》けずに生きて参りました。

（だけど、転生して一年しか経っていないんだからさ。これだけ話せるようになれば充分でしょ。ネイティブの四才児と比較されてもねぇー）

だれも褒めてくれないから、自分で自分の努力を褒めたたえるメル（樹生）だった。

帝国公用語には日本語で使わない発音が頻出するので、なかなか馴染めない。

言葉を聞き取り、意味を把握できるようになっても、メルの発音は怪しいままである。

タリサとティナが親切に直してくれるのだが、そう簡単な話ではなかった。

（てか、帝国公用語。難しすぎだわ！）

フレッドとアビーが忙しすぎるのも問題だ。

兄弟姉妹の居ないメルは、両親から言葉を教わるしかないのだ。

だが言語に関する限り、メルの向上心は呆れるほど低く、アビーに至っては『カワイイから、そのままでヨシ！』と言い切る始末だ。

「ことばなんて、通じればエエのんちゃうか⁉　そもそも、るーとゆー《ゆ》の何がちがいますのん？」

そう嘯《うそぶ》くメルであるが、本当はかなり気にしていた。

普通に話していても、近くを通りかかった村人にクスクスと笑われるからだ。

「今は、まだエエ。じゃけん、わらしだって育つ。ちゃんと育つはずジャ。スクスクと育って、セクシーなムスメにセイチョーしたとき、今のままではアカンやろ！」

メルはカワイイで済まされない未来を確りと見据えていた。

「まぁまはカワイイですませよゆが、いつまでもそえでは通ゆまい」

メルが心配するのは、タリサやティナに愛想を尽かされることだった。

赤ちゃんっぽい喋り方で、可愛い子ぶっているとか罵られたら、憤死できそうな気がした。

それなのにメルのエルフ耳《イヤー》は、語学力の向上を助けてくれない。

感度の良さに驚くのは、忍び寄る虫どものカサカサ音を察知したときくらいである。

もっとも、メルの心配は杞憂《きゆう》であった。

若い男たちを誘うようなぶりっ子成分なんて、メルには一欠けらも含まれていない。

『アビーとフレッドのどちらに似ているか……?』と問われたなら、メルは間違いなくフレッドに似ていた。

粗暴な振る舞いと、酔っぱらいかチンピラのような言葉遣いは、伴侶を求める男たちにとって残念な要素でしかなかった。

メルは【赤ちゃんっぽい喋り方】だから笑われているのではなく、小さい癖して【偉そう】だから笑われていたのだ。

メルの性格は、何処からどう見ても男前であった。

そこに【ぶりっ子】の要素は存在しない。

その事実にメルが気づくのは、いつの日であろうか……?

〈それじゃトンキー、留守番をよろしくね。わたしは、帝都を浄化してくるから……〉

〈ぷぎぃー〉

〈うんうん……。帰ってきたら、ニガウリを上げるよ。それから散歩をしようね〉

〈ぶっ、ぶぅー?〉

〈そそっ……。散歩は、ダヴィも一緒だよ。それじゃ、行って来まぁーす♪〉

メルはトンキーを外に残し、精霊樹の異界ゲートへと向かった。
トンキーとの念話が、ちゃんとした会話になっていた。

幼児ーズの入団式

ラヴィニア姫が住む屋敷からメジエール村の中央広場までは、見晴らしの良い農道が続き、迷子になる心配など要らなかった。

『酔いどれ亭に行くなら同行しましょう！』と申し出たユリアーネは、ラヴィニア姫に断られた。

『タリサちゃんやティナちゃんも、大人の手を借りずに遠くから歩いて来るのです。わたくしも、自分の力を試してみたい』

そう言われてしまえば、ユリアーネとしても引っ込まざるを得ない。

ラヴィニア姫は自らが望むところへと向かい、最初の一歩を踏み出そうとしていた。

過保護、過干渉は、慎むべきであった。

「さてと、頑張らなくちゃ！」

ユリアーネや小間使いのメアリに見送られて屋敷を後にしたラヴィニア姫は、フンスと鼻息を荒くした。

とは言っても、精霊樹を目標にして、ひたすらまっすぐ歩くだけだ。

「なんだか不思議な気持ちです。ひとりで外を歩くなんて……。ちょっと不安で寂しいけれど、誇らしい？」

青空を見上げるラヴィニア姫の口元に、笑みが浮かんだ。

今日は青いリボンのついた麦わら帽子に、白いワンピース姿である。

タケウマで転べば土埃で汚れてしまうだろうに、ユリアーネと小間使いのメアリから気にするなと言われた。

「それにしても、お日さまが暑いです」

これもまた、封印の塔では経験し得なかった新しい感覚だ。

ジリジリと肌を焼く夏の日差し。

農道から外れて点在する雑木林からは、騒々しい蟬《せみ》たちの声が聞こえて来る。

疲れてイヤになっても前に進まなければ、目的地は近づいて来ない。

その事実さえ、ラヴィニア姫にとっては発見だった。

「わたくし、なぁーんにも知りませんのね。もしかして冒険の旅って、これのすっごく長い感じなのかしら……？」

麦畑の彼方に、ハンテンとよく似た雲が流れていく。

「この道を……。あなたと一緒に、散歩してみたかった。想像するだけでも、楽しそうね♪」

歩きやすいドタ靴を履いたラヴィニア姫は、ハンテンの姿を想像しながら簡単なダンスのステップを踏んでみた。

「おもっ……。靴が重たい！」

足元の違和感が半端なかった。

浮かれるラヴィニア姫から少し距離を置いて、ミケ王子がコッソリと追跡していた。

只今ネコスケに扮したミケ王子は、妖精女王陛下から与えられた秘密任務を遂行中だった。

ミケ王子のお仕事はラヴィニア姫の安全を影から見守り、可能な限り快適に過ごしてもらうことにあった。

（カワイイお姫さまを見守るのは、王子の役目さ。まさに、ボクが待ち望んでいた仕事……。ボクにピッタリ！）

ご褒美は、チーズだった。

最近……。

ミケ王子は、チーズに嵌っていた。

チーズは美味しい。

しかもメルは、色々なチーズを持っているのだ。

それを全て制覇するのが、ミケ王子の楽しみだった。

ラヴィニア姫は『中の集落』をテクテクと進んで、漸く中央広場に到着した。

だけどメジエール村の中央広場に、幼児ーズの姿はなかった。

「おかしいなぁー。毎日、ここで遊んでいるって言ってたのに……」

タケウマの練習にやって来たラヴィニア姫は、中央広場に幼児ーズが居ないので、『酔いどれ亭』を覗いてみることにした。

村の子供たちと遊ぶと言う、難易度が高い決意をしたばかりなので、ラヴィニア姫のヤル気ゲージはＭＡＸだった。

だが、そんなラヴィニア姫を待ち受けていたのは、想像を遥かに超える試練だった。

「おはようございます」

「あらっ、ラヴィニアちゃん。遊びに来たのね」

さすがはフレッドの妻。

そしてメルの母親。

ラヴィニア姫がメジエール村を訪れてから、数度しか顔を合わせていないにもかかわらず、既に帝国の貴族令嬢さまを『ちゃん』づけで呼ぶ。

傭兵隊の作戦行動時にしか上下関係を認めない、頑固なほどの平等主義を貫き通すブレない美人ママ。

それがアビーだった。

「あのぉー。メルちゃんは、何処にいるのでしょうか？　タケウマを教わりに来たのですけど……」

もう既に自分がウスベルク帝国と縁を切った腹づもりでいるラヴィニア姫は、アビーの砕けた態度に動じるところを見せず、知りたいことを訊ねた。

『この人は、やさしい人なのだ！』と、素直に思わせる温もりが、アビーには備わっていたからだ。

(わたくしの両親が、アビーさんみたいだったら良かったな)

ラヴィニア姫は、少しだけメルが羨ましくなった。

「みんなは、裏庭にいるよ。ラヴィニアちゃんもタケウマで遊びたいなら、もう少し早く来ないと……」

「えっ？　そうなんですか？」

「夏は暑いでしょ。あなたも、汗だくじゃない。だから朝方と夕方の涼しいときにしか、あの子たちはタケウマで遊ばないのね」

「それでは、裏庭で何をしているんですか？」

「自分の目で見ると良いわ。近道だから、こっちへいらっしゃい」

アビーはラヴィニア姫の手を引いて食堂を横切り、厨房へと向かった。

厨房の裏口を潜り抜けたラヴィニア姫は、目の前の光景に驚いて硬直した。

水を張った金盥に、日焼けした幼児たちが四人座り込んでいる。

楽しそうに水遊びだ。

いや、指摘すべきは其処じゃない。

「ハダカ……？」

なんと幼児ーズは、一糸まとわぬ姿だ。

ラヴィニア姫からしたら、あり得ない光景である。

戸外で衣類を脱ぎ捨てるなんて、正気とは思えなかった。

そもそもタライと言うものは洗濯道具であり、子供が遊びに使うなんて想像の埒外だった。

市井であれば湯浴みにタライを使用する家庭もあったが、残念ながらラヴィニア姫の知識には存在しない。

戸外での行水ともなれば、遊民保護区域を訪れなければお目に掛かれない習慣である。

遊民居住区域でさえ、それなりの生活レベルにある住民は戸外で全裸にならないのだ。

『人まえで肌を晒《さら》すのは、恥ずかしくてだらしのない行為だ！』と言うのが、ウスベルク帝国民に共通した認識だった。

「イナカ……」

そう……。

メジエール村は、とびっきりの田舎であった。


「みんなぁー。ラヴィニアちゃんが来たわよ！」

アビーが水遊びをしている幼児ーズに声をかけた。

「おーっ。ラヴィニアも、フクを脱げ」

「冷たくて気持ちいいよ！」

「早くおいでェー」

「………ッ」

ラヴィニア姫を誘う幼児ーズの陰に隠れて、メルは黙って視線を逸らした。

ラヴィニア姫の気持ちは、痛い程に理解できる。

最初はメルも、アビーとお風呂に入るのでさえ厳しかった。

裸を見られることに然したる抵抗を感じないメルであったが、オッパイの揺るぎない存在感に慣れるまで、かなりの時間を要した。

滅茶クチャ恥ずかしいのだ。

（いま思えば、アレは何だったのだろうか……？）

メルは自分の裸より、アビーの裸を見せられる方が恥ずかしかった。

そこはメルなりの事情でしかない。

ではあるモノの、ラヴィニア姫の気持ちは何となく理解できた。

（アビーだって、さすがに裏庭で行水はしない。大人の女性だから、色々と幼児とは違うんですよ。

そこはラヴィニア姫も自己イメージが大人だから、恥ずかしいのが当然でしょ！）

平気でプラプラさせているダヴィ坊やとか、ときおり脚を広げて丸見えになるタリサやティナから目を逸らし、メルはしみじみと羞恥心と言うモノについて考えた。

（そもそも……。自分がオトナだとか思うから、おかしな事になるんだ。幼児ーズなんか、マッパで広場を歩けるよ。どこが見えたって、誰に見られたって、隠そうともしない。僕だって、ヘッチャラさ。ツルペタの未成熟なんだもん。まあー。やると叱られるから、自重はしてるけど……）

そこまでメルが開き直れたのは、偏《ひとえ》にバッドステータスのお陰である。

幼児退行の恩恵を受けないラヴィニア姫ともなれば、それはもう身を捩《よじ》るような羞恥心と闘っているこことだろう。

しかも男より女の方が、ずっと恥ずかしいに決まっていた。

羞恥心とは、文明社会が植え付けるモノだから……。

今世もまた、女性に羞恥心を押し付ける社会だ。

そして無垢な乙女の恥じらいは、初々《ういうい》しさと美しさを演出する仕組みでもあった。

(ラヴィニア姫ってば、耳まで赤くなってるじゃん。涙目だよ。おーっ、それでも脱ぐのか……。ガッツあるなぁー!)

ここは助けたくても、何ひとつ出来るコトのないメルだった。

アビーはラヴィニア姫を手伝って、脱いだ衣装をキレイに畳んでからカゴに入れた。

ドタ靴もキチンと揃えて、近くに置いた。

全裸になったラヴィニア姫は、消え入りそうな風情で幼児ーズと肩を並べ、金盥に腰を下ろした。

「…………」

終始、無言である。

水が金盥のフチから溢れた。

ある意味コレは、幼児ーズの入団式であった。

文字通り洗礼なのだ。

『ラヴィニア姫が何とか乗り切ってくれますように……!』と、メルは心から祈った。

「よっし、新入りカンゲーのキス行くよ！」

タリサが宣言した。

生ぬるい水に浸かったら、つぎは仲良しのキスだった。

「えぇーっ？」

「オレも、オレも仲良しさんのチューだ」

幼児ーズの入団式は、容赦なく続いた。

「キス、いやぁー！」

ラヴィニア姫の口から、弱々しい抗議の声が漏れた。

「単なるアイサツですから、身構えなくても大丈夫ですよ」

ティナもラヴィニア姫の頰を両手で押さえ、チュッと唇を啄《ついば》む。

「ふぇぇぇぇーっ！」

全裸でのハグとキスは、半端なく精神的なダメージが深い。

自分が淑女だと思い込んでいるラヴィニア姫の場合は、特に……。

「どうどう、おちつけい。子ろものすゆことデス！」

幼児のキスに、大人が考えるような性的な意味など存在しなかった。

そんなもの、何度チューしたってノーカンだ。

（だけどさぁー。ラヴィニア姫にそれを言っても、救いにはならないよ！）

かつて自分も、ちびっ子たちの洗礼を受けたメルは、ニタリと薄く笑った。

メルが友情のキスに慣れるまで、ほぼ半年の期間を必要とした。

今ではダヴィ坊やとも、ブチューな関係である。

メジエール村の子供たちにとって、キスは仲間との結束を確認する大切な儀式だった。

親愛の情を表す、大切なコミュニケーション手段なので、やむを得ないのだ。

「チュッ！」

最後にメルも、フニャフニャになったラヴィニア姫の肩に手を置いて、唇が触れるだけの軽いキスをした。

ラヴィニア姫が壊れた

幼児ーズからキスをされたラヴィニア姫は、何故か思春期の娘みたいにボーッとしてしまった。

ダヴィ坊やはともかくとして、同性の女児にキスをされてボーッとしてしまうなんて、どうにも自分が許せない気持ちになった。

（信じられない。これではまるで、恋する乙女です。たかが幼児に、挨拶のキスをされたくらいで……。ええ……。それはまあ、わたくしも見た目は女児ですけれど……！）

他者との交流が一切ない軟禁状態から、いきなり激しいスキンシップに晒されて、ラヴィニア姫の頭は混乱していた。

何とか正常に戻ろうと頑張るのだけれど、直ぐにぼんやりとほうけてしまう。

胸の内がふわふわとして、意識を集中できない。

何もかもが、どうでも良くなってくる。

多幸感である。

相手も定かでないのに、キスのショックで恋愛スイッチが作動してしまったのだ。

ラヴィニア姫は女児だけれど、厳密に言えば人からかけ離れた存在である。

精霊樹の葉から造りだされた身体が、どこまでヒトを模したものなのか保証の限りではない。

そう考えてみると未成熟な女児なのに、モヤモヤしてしまうのもあり得る話だった。

実に難儀なコトである。

「ラビー。おーい。らびぃーさん！」

メルが声をかけても、返事をしない。

トロンとしている。

「こまった。ラビー、こわれた」

「えーっ。壊れたって、どういうコトよ？」

タリサが心配そうな様子で、ラヴィニア姫を覗き込む。

「しあわせそぉーな顔で、ヘンジせぇーへんヨ！」

「しっかりしろぉー、ラヴィニア！」

ダヴィ坊やが、ペチペチとラヴィニア姫の頬を叩いた。

「はえっ……!?　わたくし、なんで叩かれたのでしょう……？　ダヴィさんに何かしましたか……？」

一瞬、我に返ったかと思われたラヴィニア姫だが、タオルで身体を拭いている最中に再びフリーズ。

ラヴィニア姫が幼児ーズの入団式で恋愛ホルモン《オキシトシン》っぽいものを分泌させるとは、流石のメルも予想していなかった。

しかもプリティーな幼児ボディーには、恋愛ホルモンの効き目が強すぎたようである。

集中治療室（ＩＣＵ）の精霊に施術されたラヴィニア姫を普通の幼児と同じに考えてはいけないのかも知れなかった。

「アカーン。まぁまー。助けてくらはい！」

メルは素っ裸で、アビーを呼びに行った。

タイミング良く『酔いどれ亭』に到着したユリアーネとアビーに、必死で説明する。

「ラッ、ラビーさんが、サンケづきよった!!」

「はぁー!?　産気ですか……？」

「なわけないデショ。色気づいたの間違いです」

アビーはメルの言い間違いを冷静に訂正してから、ほうけてしまったラヴィニア姫の介抱に当たった。

「メル、いったい何があったの……？」

「わらし、知らんヨ」

メルはキョドリながら、しらばっくれた。

「何もないのに、小さな女の子が色気づいたりしないでしょ！」

「そんなん言わえたかて、わらしよぉー分かやんもん」

何となく思い当たる節があったけれど、それを口にするのは躊躇《ため》われた。

皆でキスしたら色気づいたとか、滅茶クチャ言いづらい。

前世記憶の男子高校生が、全力で嫌がっている。

「ウワァーッ。ウソつきの顔してる」

「ややっ、しとらんヨ。わらし……。いっつも、こんな顔デス！」

ちゃんとアビーの目を見て喋りたいのに、視線が泳ぐ。

「なんで腕組みをしているのかなぁー？　普段は、そんなポーズしないのに……」

「ややや……。オカシイですねェー。もしかしてハダカ、サムイかも……？」

「その言い訳の方が、寒いよ！」

腕組みをするのは、真実を隠そうとする心理的な防御の表れだった。

「アビーさん。メルさんを責めないでください。姫さまもほうけているだけで、別段これといって異常はありません。いきなり沢山の友だちができて、興奮したのではないでしょうか……。詳しい事情は、落ち着いてから姫さまに訊ねてみましょう」

「えーっ。でもさぁ。メルは、何か隠してる。嘘つきは悪い子だよ。コラッ、白状しなさい！」

「イヤッ！」

メルは走って逃げだした。

向かう先は、精霊樹の休憩室だ。

鍵をかけて籠城である。

その後アビーは、服を着て食堂に姿を見せた幼児ーズから、詳細を聞かされた。

タリサとティナの説明は実に理路整然としていて、時系列も明確で分かりやすかった。

ダヴィ坊やの説明でさえ、メルの話を聞くよりずっとマシだった。

メルが怪しい魔法を使ったのではないか……？　と言う、疑いは晴れた。

だがしかし、幼児ーズの話を信じるとなれば、小さな女児がキスで興奮してしまった事になる。

「そんなことが起こり得るの……？」

「はぁー。ラヴィニア姫の特殊な事情を考えるなら、無いとは言い切れません」

「トクシュ……？」

「姫さまは三百年も、封印の巫女姫を務めていらっしゃったのです」

「えーっ！」

アビーはひっくり返りそうになった。

ユリアーネはポーッとしたラヴィニア姫を抱っこして、帰路についた。


メルが引きこもってしまったので、幼児ーズはアビーにお昼ゴハンを出してもらった。

一見して何の変哲もないハンバーガーだが、バンズの間に挟まっているのは柔らかい薄切りカルビ肉とレタスである。

幼児ーズでも食べやすいように、子供サイズで小さめなハンバーガー。

マヨと甘辛い焼肉のたれが、メインの味つけだった。

「これっ、美味しいねェー」

「肉がたくさんだぁー。ソースが、うめぇー！」

「パンにお肉と野菜を挟んで食べるの、初めてかも……」

「それ、メルちゃんが用意してたの……。あたしは、挟んだだけだよ」

アビーが焼肉バーガーを齧りながら、精霊樹の方を眺めた。

「あの子。どうして本当のことを言わなかったのかしら……？　何も悪いことをしてないのに……」

アビーはメルが逃げだした真意を図りかねた。

メルの正体を知っていれば、答えは簡単。

中身が男子高校生のメルは、アビーと話をしている内に己の卑劣さが許せなくなったのだ。

(僕は何てことをしてしまったんだ。幼児ーズの入団式にかこつけ、不意打ちのようにラヴィニア姫の唇を奪うなんて……。これはもう、ＴＳ転生幼女としてあるまじき行為だろ……!?)

おませなラヴィニア姫に、意識させられてしまったとも言える。

不意打ちでカウンターを食らったのは、メルの方だった。


ハンテンはチビを連れて、ペテルス丘陵地帯を進んでいた。

ハンテンの治癒魔法で傷が癒えたチビは、兄貴分の後ろから離れようとしない。

チビに懐かれたハンテンは、とても満足だった。

「わんわんわん、わん……！」

「きゅっ、きゅっ、きゅぃーっ♪」

二匹そろって楽しそうだ。

目的地は遠いけれど、仲間がいれば寂しくない。

タルブ川に沿って進む二匹は、飲み水に困ることがなかった。

お腹が空けば自生している芋《イモ》を掘ったり、木の実を食べたりして満腹になる。

暑い日中は岩陰などに隠れて休息し、涼しい夜になると西を目指してタッタカと走った。

そして縄張りを主張する強敵と出会えば、けだもの王を決めるバトルの開始だ。

退屈する暇などない。

ハンテンは向かうところ敵なしだった。

大蜘蛛《ぐも》だろうが、凶暴な鎧グマだろうが、ヘッドバットの一撃で黙らせた。

屍呪之王《しじゅのおう》であったときの殺戮衝動は、キレイに消え失せていた。

だからハンテンが、意図して敵を殺すことはなかった。

飽くまでもバトルは、優劣をつける勝負である。

「わぉーん！」

「ブヒヒィーン。ブルルルルゥーッ！」

その日もまたバイコーンの巨体に頭突きをかまして、草原に転がした。

二本角の黒い馬が、恨めしそうにハンテンを睨んでいたけれど、まったく気にしない。

売られたケンカは買う。

それがハンテンの、けだものライフだった。

敗者に異議を唱える権利など、ある筈もなかった。


だが楽しい時間は、あっという間に過ぎ去っていく。

苦あれば楽あり、楽あれば苦ありが、この世の常であった。

それは草原を吹き抜ける風が、何とも言えず心地良い昼下がりのこと……。

ハンテンたちのイケイケな日々に終止符を打つべく、千切れ雲が流れゆく丘を越えて、黒いヤツは現れた。

「ピーッ、ピーッ。ターゲット発見、ターゲット発見。コチラ、探索機八号。ペテルス丘陵地帯の外れにて、ピンク色の肉塊を捕捉！」

黒いヤツが、ハンテンの頭上で騒ぎ立てた。

撃墜すべく飛び跳ねてみるが、黒いヤツは素早く身を躱《かわ》すのでどうにもならない。

ピーピー騒ぎながら付きまとう黒いヤツに、ハンテンはストレスを感じた。

だから隙を見てやっつけようと考えた。

ハンテンと黒いヤツの追いかけっこが始まった。

ハンテンは昼夜を問わずに、黒いヤツを追い回した。

疲れさせてから仕留める作戦だった。

移動速度が、これまでの倍に跳ね上がった。

チビはハンテンの背中に乗せられて、必死にしがみついた。

だが先に疲れて倒れ込んだのは、ハンテンの方だった。

いくら付け回しても、黒いヤツは平然としていた。

少しも体力の衰えを見せない。

それどころかハンテンとチビが疲れ切って動けなくなるまで、黒いヤツは挑発を止めなかった。

食べて休んで目を覚ませば、又もや頭上でピーピーと騒ぎ立てる。

低空を飛び回り、誘うように身体を揺らす。

そして襲い掛かると、牙が届く寸前を見切り、飛び去ってしまう。

もう旅は楽しくなかった。

怒りで頭に血が上ったハンテンは、息を切らせながら走り続けた。

「ハァハァハァ……。わん、うぉーん！」

「ピーッ、ピーッ。ばぁーか。バカ犬。のろまぁー」

「グルルル……。ワンワン、ワンワンワン！」

ハンテンは、勝てない勝負が面白くないコトを学んだ。

付き合わされたチビも、ヘトヘトになっていた。

ペテルス丘陵地帯の魔獣たちから、ピンク色の悪魔と恐れられたハンテンは、メルが生みだしたカメラマンの精霊に敗北を喫した。

「ピーッ、ピーッ。おまえ、雑魚。雑魚ドッグ。悔しい？　ふぅーん。ザコのクセして、悔しいんだぁー」

「わんわん！」

「おらっ、もっと急げよ。走れ、犬っころ。メジエール村まで、休むんじゃねぇぞ！」

疲れ切ったハンテンに、情け容赦なく言葉のムチが振り下ろされる。

カメラマンの精霊は、うら若き乙女にしか優しくなかった。

中身がグラビアカメラマンなので、仕方なかった。

ラヴィニア姫の努力

キス事件があってから、ラヴィニア姫は幼児ーズと再会する勇気を取り戻せずにいた。

それほどまでに、あの日の出来事はラヴィニア姫を打ちのめしたのだ。

だったら、友だちづくりをあきらめたのかと言えば、そんなことは全くなかった。

過去の失敗から多くを学び、より高みを目指すのがラヴィニア姫の理想とする処《ところ》だった。

『二度と再び、あのような醜態をさらさぬためにも……。深い反省が必要です！』

ラヴィニア姫の自己憐憫《れんびん》を排した分析は、容赦なく彼我の相違点を浮き彫りにする。

詰まるところ、どれほどラヴィニア姫が淑女であろうとしても、現実には緑色の髪をした女児なのだ。

人は見た目で判断される。

そこは抗ってみても、如何ともしがたいところである。

田舎の女児は、田舎の女児らしく振る舞うことを求められているのだ。

『わたくしは、お姫さま気分でいるのを今すぐに止めるべきです。淑女であることに拘《こだわ》っていたら、いつまで経ってもメジエール村に融け込めません。何とかして、田舎の子供にならなければ……。

裸くらいで恥ずかしがっているようでは、駄目なのです』

この難題を克服すべく、毎日のようにラヴィニア姫は努力を続けた。

積み重ねた努力は、やがて揺るぎない自信となり、勇気を奮い立たせてくれる筈だった。

飽くまでも、ラヴィニア姫の計算では……。

ラヴィニア姫はクローゼットから取りだした衣類をソファーに並べて、真面目な顔で頷いた。

どれもユリアーネとアーロンが用意した、新しい服である。

「とってもシンプルね！」

遠い昔を思い起こすに、ラヴィニア姫のドレスは小間使いの助けを借りなければ着られないような凝った品ばかりだった。

今でもウスベルク帝国の貴族令嬢が身に纏うドレスは、驚くほど着付けに時間が掛かる。

当然のことながら、幼児のラヴィニア姫が自分でドレスを着るコトなどできない。

だけど新しい衣類は、頭から被って袖に手を通すだけ。

下着からワンピース迄《まで》、どれも身につけるのが難しいような品はない。

あえて問題を挙げるとすれば、幼児の不器用な指先では靴ヒモがキレイに結べない事くらいだろう。

「ちゃんと五本の指が付いているのに、どぉーして大人みたいに出来ないのかしら……」

ボタンは留められるようになったが、靴ヒモに苦戦していた。

ラヴィニア姫の口から、ボヤキが漏れる。

ラヴィニア姫の着替えは、メルと変わらなかった。

何が変わらないのかというと、衣類を身に纏う順序がゴッチャなのだ。

いまラヴィニア姫は、かぼちゃパンツと太もも丈の黒い靴下を穿いた状態で、必死になって靴ヒモと格闘していた。

上半身がスッポンポンなので、妙にちぐはぐな格好に見える。

その姿で大きな鏡のまえに立つと、ラヴィニア姫はかぼちゃパンツのフチに指をかけて引っ張り、隙間から下腹部を覗き込んだ。

「ふむふむ……。こうして確認するのが馬鹿らしいくらい、どこもかしこも幼児ですわ」

姿見に映るラヴィニア姫の姿は、白い肌のヌルヒョンとした幼児体形だ。

メルと同様に、ポッコリと下腹が膨らんでいる。

腹筋が無いのだから仕方ない。

「恥ずかしがって隠すような箇所は、何処にもありません。わたくしは紛れもなく女児であって、乙女の恥じらいとは無縁なはず。こんな幼児のわたくしが、キスなどで逆上《のぼ》せあがるなど……。それこそが、笑止千万と言うモノです！」

頬を赤らめながら憤るラヴィニア姫は、先日の醜態を思い起こして、モジモジと身を捩った。

だけど、そんなことで恥ずかしがっていたら、幼児ーズとの友情を育てられない。

「何であろうと……。タケウマを教わらないでは、終われません。デスガ……。『酔いどれ亭』に出向けば、金盥のプールが待っています。また……。またもや戸外で、裸にならないといけません！」

ラヴィニア姫は小さな手をきつく握りしめて、『グヌヌヌッ……！』と唸った。

前回はアビーに手伝ってもらって服を脱いだけれど、今回は全て自分でやる。

何だって、自分で出来るのだ。

出来なければいけない。

ラヴィニア姫は大人だから……。

見た目が幼児でも、中身は三百才だから……。

幼児ーズが平然とこなすことくらい、自分もやれて当然なのだ。

それなのに出来ないなんて、許せるはずがなかった。

「取り敢えず、服くらいは自分で着れないと……」

そのためにラヴィニア姫は、コッソリと自室で厳しい特訓を重ねてきた。

小間使いのメアリに頼み込んで、脱いだ衣類の畳み方も教わった。

長い靴下をクシュクシュとたるませてから穿く方法も身につけた。

厄介な靴ひもを除けば、脱ぐのも着るのもバッチリだった。

それだけでなく、ラヴィニア姫は自室の姿見に向かい全裸になってみたりして、恥ずかしがりな性格を直そうと頑張ったのだ。

「わたくしは、田舎のちみっ子です。鼻を垂らしたガキです。服なんか着ていなくたって、一向に恥ずかしくありません！」

仕上げに姿見の向こうに立つ己の像を指さし、自己暗示の台詞をなんども繰り返す。

「田舎が一番。子供、バンザイ！　裸族、上等。ねぇ、そうでしょ……？　ネコスケも服なんて着ないのだから、そう思いますよね？」

「みゃぁ……」

どれだけ負けず嫌いなのか……？

どれだけタケウマがしたいのか……？

ミケ王子は呆れかえって、ラヴィニア姫から視線を逸らした。

早く、シュミーズとワンピースを着てもらいたかった。

女児の裸体がちらついて、ドギマギする。

秘密の護衛役としては、非常に居心地が悪い。

(ボクとしては、さぁー。ヒト族の幼児には、恥じらいを持って欲しいよ。とくに、女の子にはね！)

ミケ王子の嘆きを他所に、ラヴィニア姫の見当はずれな修行は、今日も続くのだった。

ラヴィニア姫とタケウマ

コッコさんが朝の訪れを告げると、アビーは太股《ふともも》に張り付いていたメルを引っぺがして、ベッドから起き上がった。

「ムムッ?」

眠い目をこすりながら布団を剝がすと、いつだってメルがアビーの身体に抱きついている。

それは脚だったり腰だったりと、色々だけれど……。

とにかく両腕で、ガッツリと抱きついている。

暑苦しいのに……。

普段は背伸びをして生意気な幼児だけれど、寝ているときには甘えん坊だ。

「カワイイ……♪」

アビーはメルの寝姿を堪能し、作業服に着替えてからコッソリと部屋を出た。

朝の畑仕事や裏庭の整備は、アビーにとって楽しい日課だった。

作物の生長を見て回り、適切と思われる手当てを施す。

効果があれば、小さな達成感も味わえる。

「ここら辺は雨に濡れちゃったから、収穫してしまいましょう」

誰に強要されるでもなく、アビーが好きで続けている日課なのだ。

メルに早起きを無理強いして、付き合わせるつもりはない。

子供は良く寝て、思いっきり遊んで、たくさん食べるのが良い。

そうしている内に自分の仕事を見つけだす。

メルだって、もう自分の仕事をしていた。

メルはメジエール村のために、毎朝欠かすことなく『浄化』を行なっている。

朝起き隊も、たぶん仕事と言えるのだろう。

評判は微妙だけれど……。

アビーはメルがこっそりと頑張っているのを知っていた。

「あらっ、トンキー。おはよう」

「ぷぎぃー」

「キミは察しが良いねェー。夜間に雨が降ったから、今日はクズ野菜が多いよ。トンキーの取り分だね」

「ぶっ、ぶっ……♪」

雨に濡れて傷みそうな葉野菜は、トンキーが貰えることになっていた。

捨てるわけではないので、アビーも気前が良くなる。

トンキーの嬉しそうな顔を見ると、傷みそうな野菜を見つけるのも楽しくなる。

ただ……。

以前であればピクルスにしていた野菜なので、メルの機嫌が悪い。

アビーが作る酸っぱすぎるピクルスは、メルにとって大切なおやつだった。

メルとトンキーは野菜の所有権について、意見を戦わせていた。

今のところ早いモノ勝ちである。


その日。

メルが朝起き隊の活動を終えて一旦ダヴィ坊やと別れたところに、ラヴィニア姫が姿を見せた。

「おはよう。メルちゃん」

「うはっ、はやぁー」

「タケウマしたくて、急いで来ちゃった」

朝飯前である。

どう考えても早すぎだった。

「ラビーさんは、朝ゴハン食べた？」

「ちょこっと……。パンとスープだけ」

「そえではダメです。ちゃんと食べないと、タケウマでけへんよ。お腹すいてまう」

「なるほどぉー。メルちゃんの意見が正しいかも……」

「わらし、ゴハンよ。いっしょ、すゆ？」

「うん。実を言うと……。ここまで歩いてきたら、お腹が減っちゃった」

ラヴィニア姫がニパァーと笑った。

とても晴れやかな、愛らしい笑顔だった。

どちらかと言えば、表情に乏しいラヴィニア姫である。

『良いモノを見たな』と、メルは思った。

それに身体を動かしてお腹が減るのは、良い兆候だ。

集中治療室（ＩＣＵ）の精霊は完璧でないまでも、最善の処置をしてくれたのだろう。

健康でさえあれば、少しばかり生理現象がズレていても問題ない。

そこはメルが気を使えば良いだけの話だった。

過度のスキンシップに……。

「わかった。ゴハン、しよう。ちょっと、待って……」

「まだ、お店を開けていないのに、ごめんね」

「んっ？」

「ユリアーネからお小遣いを貰ってきたから、お料理の代金は払えるよ」

「店あけとらんで、無料デス。わらし、守銭奴ちゃいます。もてなす、大好きデス」

「あらあら……。メルちゃんは難しい言葉を使うのね」

「ウムッ。守銭奴な。タリサが……。タリサが守銭奴とか吝嗇《りんしょく》いうて、わらしをなじるんよ。何のことか分からんで、近所の小母ちゃんから意味を教わりました」

「すごい」

「ほんなん。ラビーさんこそ、言葉を練習しましたね？」

「えへへ、分るぅー？　村の子みたいになりたくて、頑張ったんだよぉー」

「とっても偉いです」

メルにとってラヴィニア姫は特別だ。

メルは前世で病弱だったこともあって、『三百年近くも寝たきりだった』と言うか、木乃伊化《ミイラ》していたラヴィニア姫に強い仲間意識を持っていた。

ラヴィニア姫を助けた経験はメルの自信となったし、これからもずっと仲良しでいたかった。

所謂《いわゆる》、ズッ友である。

（樹生として生きてた時は、病人同士の友だちって難しかった。なんか互いに気を遣って踏み込めないし、モヤモヤした気分で上手く行かなかった。年が近い程、踏み込んだところで、どす黒い恨み言や嫉妬しかなかったし……。仕方がないと分かっていても、なんだか割り切れなかったなぁー）

メルだって、病院で友だちを作ろうとしたことはあった。

だけど、それは望むようなモノと違った。

簡単に言うと、相手が自分より元気になれば、どうしても妬ましい。

どちらかが退院すれば、縁は切れる。

見舞いになど行きたくない。

来ても欲しくない。

病院が嫌いだからだ。

正直に言えば、病人は病院以上に嫌いだった。

どうしようもない自己嫌悪である。

(つらつらと思い起こしてみるに……。自分を含めて、みぃーんな冷酷非情な偽善者だったよな！)

心のゆとりなど欠片もない。

そもそも、不健康で自由の利かない自分に不満があるのだ。

他人との関係が思う通りにならないのは、最初から織り込み済みである。

だからこそ、ハンディキャップと言う単語が存在する。

だが、それを子供に納得しろと言うのは無理だ。

大人でさえ、不安や不満でバクハツしそうになるのだ。

もし文句や泣きごとを言わなくなったら、気力が失せて死にかけていると察して頂きたい。

難病を抱えた子供なんて、本当に痛ましい。

泣きたいほどに……。

(僕とラヴィニア姫には、無邪気で活力に溢れた幼少期の経験が欠落してる。ラヴィニア姫も妙なこだわりを捨てれば、幼児からやり直せるのになぁー！)

メルはラヴィニア姫に、子供っぽく遊んで欲しかった。

頭でっかちなのは仕方がない。

三百才なのだから……。

ちょっと風変わりで歪かもしれないけれど、中身が三百才の幼児で構わない。

泣いたり怒ったり笑ったり、走り回って泥だらけになって、大いにはしゃぎまくって欲しい。

子供じみて意味がないように思えても、どれだけバカらしくても、活力は感動を生みだす。

生きる喜びそのものだ。

何より、思いきり動けば腹ペコになって、ゴハンが美味しい。

それだけでも良いじゃないか。

(僕たちは、ただ虚無の中に居たのだから……)

メルは珍しくしんみりとした気分で、ベーコンエッグを作った。

「あらっ、ラヴィニアちゃん。早いわね」

「おはようございます。朝からお邪魔して、申し訳ありません」

「いいのよ。気にしないで遊びに来てね」

「ありがとうございます」

一仕事終えたアビーとラヴィニア姫が挨拶を交わしている間に、朝ゴハンが完成した。

ベーコンエッグに、ほうれん草のバター炒め。

ほうれん草のバター炒めは、少量の醤油とコショウで味を調えた。

作り置きしてあった焼きタラコのおにぎりを皿に載せ、大根と油揚げを具にした赤だし味噌汁を添える。

花丸ショップで購入した黄色いタクアンは、オニギリのお供だ。

パリパリの食感を楽しんで貰いたい。

お膳の上に全てを並べたら、食堂の卓子へと運ぶ。

「なんでオニギリ？」

「まぁま……。炊き立てゴハンは、アチィーでしょ」

「あっ、そう……。ママは炊き立てが、好きだけどなぁー」

「夏は、アチィーでしょ！」

意見が割れる母と娘であった。


ラヴィニア姫は、食べ慣れたベーコンエッグから手をつけた。

卵の黄身が半熟なので少しだけ抵抗を感じたけれど、メルを真似してベーコンと一緒に食べると美味しかった。

それだけだと強すぎるベーコンの塩味が、マイルドになって食べやすい。

（メジエール村のベーコンは、ちょっとしょっぱすぎると思ってたけど……。こうすれば、美味しく食べれるのね）

ラヴィニア姫にとっては発見だった。

横に添えられた葉野菜の炒め物も、バターの匂いがして馴染みを感じる。

手を伸ばしやすい料理だった。

口にしてみると、豚肉の冷製を食べたときにも感じた独特な味の広がりに気づいた。

(コショウは分かる。でもこれは、何だろう……?)

ラヴィニア姫が味わっているのは、微かな醤油の香りと旨味だった。

食べ慣れたバター炒めが、思っていたモノと違った。

コチラの方が、ずっと美味しい。

「この奇妙な匂いがするスープは、何ですか……?」

「みそ汁」

メルがラヴィニア姫を窺うようにしながら答えた。

「ミソシル……?」

「最初はアレだけど……。慣れると癖になるよ。オニギリと合うの」

アビーはオニギリをパクつき、味噌汁を啜る。

すっかり和食に慣らされていた。

ラヴィニア姫も、恐るおそる味噌汁を飲んでみた。

「あっ、想像したのと違う。匂いから、酸っぱいのかと思ってた」

「そうそう、コンソメより塩味が強いでしょ!」

「うん。だけど、これは好きかも……」

食文化の壁は、想像する以上に厚い。

美味しいを伝えるには、幾つもの段階を踏まなければならない。
いきなり欧米人に納豆を食べさせることは、出来ないのだ。
黄色いタクアンも、食文化の違いを考慮した上でのチョイスだった。
子供が好きそうな色と、はっきりとした透明感のある塩味。
古漬けと違って、人が嫌うような匂いもしない。
楽しい歯ごたえに、ついつい食が進む。
メルがラヴィニア姫のために用意した、食べやすい料理である。
(オニギリって、手づかみで食べるんだ。なんだか楽しい……♪)
結果として、ラヴィニア姫はオニギリと味噌汁の組み合わせを気に入ったようだ。
豚肉の冷製と違って、食べやすいところが高評価だった。
それでも……。
頻りと焼きタラコに首を傾げていた。
メルはタラコが魚卵であることをラヴィニア姫に伝えなかった。
前世でも魚卵を好んで食すのは日本人くらいで、外国には苦手とする人々が多かった。
『コンブにしておけば良かった』と後悔する、メルだった。
「これっ、ラビーさんのタケウマ」
「…………ちがう」

「なにが……？」

「足を置くところ。メルちゃんのと、高さが違う！」

いきなりの不満バクハツである。

「それなぁー。高さ、変えれゆ。レンシューしたら、高くせぇー」

「えーっ。こんなんじゃ、ぜんぜん高くないよ」

「文句ダメ……。レンシューしましょ」

「分かりました！」

こうして何とかラヴィニア姫を説得し、タケウマの練習が始まった。

「ラビーさん、歩く！」

「イヤ。立てないのに、歩けるはずないでしょ」

「それはぁー、間違いヨ。うごかんは、歩くよりムズイ。ホハバ、開かんと倒れゆ！」

「おい、メル姉。何で、オレを呼ばん！」

そこにダヴィ坊やが現れた。

「ラヴィニア……。メル姉は言ってること分からんから、オレに教われ！」

「うん、お願いします」

「あーた。あとから来て、なにすんの……!?」

そして、あっという間にメルから、ラヴィニア姫を奪ってしまった。

「グヌヌヌッ……。でぶ。ほんまムカつくわ！」

仲良さげにタケウマで遊ぶダヴィ坊やとラヴィニア姫に、嫉妬の焔を燃やすメルであった。

前世の前世を思い出す

ラヴィニア姫と遊んでいる最中に前世での辛い日々を思い出したメルは、精霊樹の自室に戻ってベッドに倒れ込むと、睡魔に襲われて意識を失った。

そうして気がつけば、グラナックの霊峰に根を下ろす朽ちかけた大樹となっていた。

(蝕《むしば》まれている)

世界樹《ユグドラシル》となったメルは、自分が置かれた状況を理解した。

メルが育んできた世界は、いまや虚無に呑み込まれる寸前にあった。

そこら中に穴が開き、連続性は無惨に断ち切られ、幸福を約束するはずの因果サイクルは絶望的に破損していた。

世界樹と妖精たちから崇められてきたメルの身体も、ボロボロに食い荒らされていた。

樹皮は剝げ落ち、木の葉も枯れてしまい、幹のあちらこちらに洞が生じていた。

そこに生えた腐食性の苔《こけ》が、世界樹の崩壊を加速させている。

もう、朽ちて滅びるしかなかった。

(蟲どもめ。忌まわしいガジガジ蟲どもが……！)

理想の世界を夢見た結果は、惨めな敗北に終わった。

醜悪なるものたちは、排除しても排除しても果てしなく生まれて来た。

それらは、メルが望んだ美しいモノの影だから。

メルは世界の解釈を間違ってしまったのだ。

余りにも、楽天的に過ぎた。

浅はかで傲慢だった。

(世界の可用性は、連環し、重なり合う多様な解釈に支えられている。現象界との関係を閉鎖系として扱うこと自体が、間違っていた。自分自身も常に他の界と連結し、開放されているべきなのだ。未知なる外部を認めなければ、システム自体が壊れてしまう。シッパイしちゃった。失敗デス。モウ、テオクレ……!)

どこからともなく、メルの頭に思考が去来する。

手に負えない巨大な力は、そっとしておくべきである。

己を過信せず、未知を畏れる謙虚な姿勢は、コトバが齎すギフトであるから……。

より良き明日は、それぞれが祈願して待つべきモノなのだ。

コトバを操るモノは、信じるコトでしか生きられない。

未来は管理支配できない。

してはならない。

〈オマエヲ喰ラッテ、新シイ世界ヲ造ル。ソシテ……。私ハ、オ母サマヲ超エル女王トナルノデス。

世界ヲ産ミ落トス、聖母ニ……。サア、オマエハ私ノ糧トナリナサイ！〉

蟲の女王が囁く。

世界樹を喰い荒らし、世界に死をまき散らした蟲の女王が、ギチギチと顎《あぎと》を鳴らしながら嘲笑する。

メルは蟲の女王に寄生されて、全てを乗っ取られようとしていた。

完成を夢見た妖精郷は、バラバラになって消え失せた。

いや、現象界に断片となって散らばった。

〈お笑い草デアル。絶対者を夢見る愚かな女王よ。キサマが造ろうとしている未来にも、絶望しか用意されてない。それは、わたしの望みをひっくり返した世界でしかない。見苦しくて粗悪な、模造品だ〉

〈ナントデモ言ウガ良イ。所詮ハ、敗者ノ戯言ヨ。私ノ望ミハ、愚昧ナル全テヲ管理下ニ置クコト……。必要トアラバ、時モトメヨウ。サスレバ世界ニ、永遠ノ平和ト幸セガ訪レル。ソレコソガ、私ニ約束サレタ未来ジャ！〉

何を伝えようとしても無駄だった。

蟲は虫でしかない。

自己愛に偏重して、途轍もなく頑迷なのだ。

もはや世界を己の延長としてしか捉えようとしない。

自己愛の粘性と重力に囚われた思考は、変化やアクシデントを嫌う。

イレギュラーが削られて、命の活力が弱まれば、徐々に石化していくだろう。

どれだけの刻《とき》が経過しただろうか……？

意識もハッキリとしないメルのもとに、黒ずくめの女が訪れた。

世界樹が知っている女だった。

かつてエルフの魔法王国を繁栄させた女王である。

メルにも覚えがあるように思えたけれど、確信には至らない。

何となれば、世界樹は生気《オド》の質から個体を判別していた。

メルが記憶している視覚データーと生気の質は、逆立ちしても照らし合わせることが出来なかった。

メルには、女が黒いフード付きの長衣を纏っていることさえ分からなかった。

(これは不便だ。樹で生きるって、移動できないから逃げられないし、蟲けら共に反撃もできないじゃないか……。自衛するためにも、動き回れる身体が必要だろ!?)

メルは他人事のように考えた。

『サツマイモに足が生えて、逃げ回ったらイヤだな！』と……。

〈とうとう倒れてしまわれたか……〉

メルは幹の根元からへし折られていた。

中身は喰い尽くされてグズグズだ。

ほぼほぼ蟲の糞である。

務めを果たしたガジガジ蟲どもは、既に撤退していた。

メルは打ち捨てられた屍《しかばね》だった。

だけど未《ま》だ辛うじて、一欠けらの命を内包していた。

どの時点を世界樹の死とするのか、何とも分かりづらい。

(何だか僕は、惨めに死んでばかりいる。こんな悪夢を見るなんて、僕がナニをしたって言うのさ。

フレッドに意地悪な態度ばかり取っていたから、罰が当たったのかな……?)

痛覚が無いので、死の恐怖を紛らわせることが出来ない。

迫りくる消滅のときは、何とも言えず恐ろしい。

焦燥感に思考がばらけて消えていく。

悪夢にしては生々しすぎた。

〈世界樹さま。ワガ娘の暴挙、誠に申し訳ありませぬ。だが今は、魂だけでも異界に落ち延びてく
だされ。やがて時が至れば、お迎えに参じましょう〉

黒ずくめの女が生気を使い果たして、魔法紋を練り上げた。

異界ゲートが開かれた。

未知へと繋がる通路だった。

その先が何処へ向かっているのか分からない。

分からぬものは怖い。

だけど、真の希望は恐怖の先にしかない。

何かを手放さずに得られるモノなど、存在しないのだ。

それこそは失敗から学んだ真理だった。

〈アリガトウ……〉

メルは礼を伝えると、異界ゲートに吸い込まれた。


メルの意識は時空を飛び、白くて明るい部屋に座っていた。

それは記憶に焼き付いた場面だった。

イヤな記憶だ。

『息子サンハ、○×△□症デスネ……。○○ノ覚悟ガ必要デショウ……。楽観ハ、出来マセン』

白衣の男性が静かに告げた。

お医者さまだった。

診察室で椅子に座らされた樹生は、両親の顔色を窺った。

合成皮革の座面が、やけに冷たく感じられた。

幼い樹生には、難しい病名など分からなかった。

それでも両親の様子から、ただならぬ気配を感じ取って怯えた。

(あーっ。僕の身体は、原因不明の重い病に蝕まれている。そんな顔をしないで……。母さんのせいではないヨ。僕はツイてなかったんだ。前世から、ずっとハズレだったのさ)

仄暗《ほのぐら》い絶望感が、虚無を呼び寄せる。
仕方がない。
何もかも、力が及ばぬ、どうにもならぬコト。
であるなら、どうしろというのか……？
期待などせずに、あきらめるしかないではないか……！
（ソレハ、悪イコトナノカシラ……？）
あきらめるだって……？
そんなの、悪いに決まっていた。
あきらめは、全てを虚無で塗りつぶす。
家族の善意や苦悩も……。
自分自身の楽しかった記憶も……。
コトバを持つヒトは……。
何があろうと、より良き明日を祈願すべきなのだ。
自分が存在しない明日であっても、より良きものでありますようにと……。
困難だった。
何もかも難しすぎる。
「ふざけゆナシ！」
メルは憤慨して叫んだ。

そして……。

パッチリと目を覚ました。


アラーム音が頭の中で鳴り響いていた。

メルは精霊樹の二階で、むっくりと身体を起こした。

〈ダイジョーブかい、メル?〉

心配そうにミケ王子が訊ねた。

「ブヒッ、ブヒィー!」

涙で濡れたメルの頬に、トンキーが鼻を押し付けて来る。

「だいじょぉーぶ。ちょっと、頭がバグったダケヨ」

メルの視界がチカチカした。

気のせいではなかった。

見慣れた自室の様子に被さって、青白く光る文字が点滅していた。

『おめでとうございます。失われた記憶を取り戻したので、レベルアップしました♪』

視界にいきなりのポップアップである。

「失われたキオク……? ほんなら、わらしの前世の前世は、樹ぃーですかぃ!?」

どうやら悪夢の内容は、遠い前世の記憶だったらしい。

「ちょ、ナンらこえは……?」

これまではタブレットPCを開かなければ調べられなかったナビゲーション画面が、突然メルの視界に重ねて表示された。

こんなレイヤーを眺めていたら、一日中ゲームをプレイしているような気分になってしまう。

便利に思えて、意外と煩わしいシステムの変更だった。

（タブレットPCがアップデートされたんで、僕の脳ミソまで書き換えられちゃったのかな……？）

先ほどの悪夢は、脳を弄られたせいかも知れなかった。

（こんな事を繰り返されたら、僕が僕でなくなっちゃうよ！）

不安で、不安で仕方がない。

だけどメルは、どこまでも前向きだった。

現実にある不快感を看過できない性格なのだ。

小さなことからひとつずつが、メルの方針であった。

（とっ、取り敢えず。アラームを解除して、この目障りなナビゲーション表示を視界の隅っこに移動させたい。タッチパネルディスプレイも無いのに、どうしたら良いんだ？　いいや、意地でも移動させてやるぞっ！）

幼児の強固な意志により、喧しいアラーム音は即座に解除された。

（こうか……？　こう念じれば良いのか……？）

メルは試行錯誤を経てナビゲーション画面もアイコンに収納し、視界の端へと移動させた。

「スッキリ……♪」

こうして全ての作業が終わったときには、幼児化のバッドステータスにより不安を忘れていた。何もかもが、無かったことにされた。

「わらし、勝ったどぉー！」

達成感に胸を張る幼児は、ハッピーな笑顔で勝利宣言をした。

〈なんだかメルって、逞しいよね〉

ミケ王子がボソリと呟いた。

どことなく呆れ顔だ。

〈そう……？　五才になって、レベルもぐんと上がったしね。それで、ちょっと逞しくなったかなぁー？〉

〈ぜんぜん違うけど……。そもそも、レベルって何さ？〉

〈単純に説明するなら、強さを数字で表したモノです。因みに……。寝る前はレベル22だったけど、目が覚めたら25に上がっていたのだぁー♪〉

日々の浄化やら、メジエール村に対する貢献で、二十から二十二に上がっていたレベルが更に二十五へと跳ねあがった。

『それでどうした？』と問われたなら、何かが変わった感触なんて何処にもない。

ＲＰＧと違い、力試しをする相手もなし。

レベルの上昇は、数値でしか分からなかった。

それでもメルは上機嫌で、精霊樹の扉を開けて外へ出た。

「うほぉー。でっかいお日さまジャ！　お空が真っ赤デス!!」

見事なまでの夕焼け空である。

メルがベッドに倒れていたのは、ほんの短い時間だった。

どれほど嫌な夢にうなされようと、幼児の活力は損なわれたりしない。

「つぎは負けへんどぉー。あほんだらぁー!!」

妖精女王陛下は、夕日に向かって叫んだ。

衣はカリッと、お肉はプリプリ

メルは花丸ショップで鶏肉を購入した。

アビーと一緒に作った沢山の片栗粉を思いだして、唐揚げが食べたくなったのだ。

『中の集落』ではブルーノ精肉店で色々な肉を売っていたけれど、そちらはアビーにお任せしている。

調理スキルを使えばブルーノ精肉店に並んでいる肉だって問題なく使えそうだけれど、アビーが作ってくれるのだから美味しく頂くのみである。

メルはアビーに作って貰えない料理だけを作る。

前世記憶に残る忘れられない味だ。

幸いにも花丸ショップには、メルの知っている食材がズラリと並んでいた。

食材だけでなく、調味料や調理器具だって、日本語表記でリストアップされていた。

ときどき『魔法の〇〇』とか表示されているけれど、その内容はメルの想像を裏切らない。

(食べ物でホームシックに罹《かか》らないのは、とっても嬉しい♪)

唐突に欲しくなる、材料が何かも分からない加工食品などは、花丸ショップが無ければ永久に食べられなかっただろう。

口の中でパチパチ爆《は》ぜる飴《あめ》とか、コーラや化学調味料バリバリの袋ラーメンなんかは、メルにとって欠かすことが出来ないソウルフードだ。

(食べられないとかなったら、悲しすぎて泣いてしまうよ！)

同様に、思い出の味としてメルが食べたいのは、森川家の母に作ってもらった『あの唐揚げ』なのだ。

ブルーノ精肉店で売られている、名前さえ知らない鳥の肉を材料に使おうとは思わない。

ブロイラーのもも肉、一択である。

地鶏なんて使いません。

もし単純に美味しいものが食べたいのなら、フレッドやアビーに作って貰えばよい。

帝都ウルリッヒまで行けば、アーロンが出資した高級料理店の料理長さまにご馳走してもらうのもありだ。

それで充分に、美味しい喜びを堪能できる。

そもそも他人に用意して貰えるだけで、料理の美味しさは増す。

それでもメルが自分で料理をしようとするのは、記憶に残る味を再現するためだった。

メルにとって重要なのは、『あの味』が再現されていることであった。

詰まるところ『美味しい』とは、メルが病床でしがみついた生きる理由である。

健康な身体に転生したからと言って、切り捨てるコトなど出来るはずがなかった。

魔法料理は精霊樹がメルに贈った、最高のギフトなのだ。
メルは愛用の子供フォークを構えて、鶏のもも肉に狙いを定めた。
「えいえい、えい……。ウリャァー！」
気合いを入れるほどの事ではない。
味が滲み込みやすくなるように、もも肉を子供フォークで突くだけだ。
もも肉にブスブスと穴を開け、食べやすい一口サイズに切り分ける。
細かく刻んだローズマリーを塩コショウしたもも肉に揉み込む。
ハーブの爽やかな香りが鼻を擽《くすぐ》る。
ローズマリーと鶏肉の相性は、バッグンだ。
「エエ匂いやねェー♪」
そのまままもも肉を冷所に保管して、醤油だれを作る。
醤油にミリンを加えて、菜箸でカシャカシャ混ぜ合わせる。
ミリンは醤油に、風味と甘味を足してくれる。
漬けだれの味が、まろやかになるのだ。
メルはいつだって、目分量である。
計量スプーンとかカップを使わない。
完成品を想像しながら、指先に付けたたれを舐めてみる。
醤油とミリンは、殆ど同量だ。

塩コショウをしないなら、少し醬油を強めにするかも知れない。

だけど仕上がりの味に、大きな違いはない。

「よい、よい♪」

醬油が強すぎると味が尖ってしまうので、たれの味見は欠かせない。

醬油だれに、おろしニンニクを加えてパンチを利かせる。

ニンニクより生姜が好きな人のために、代わりにおろし生姜を入れたモノも作る。

メルはどちらも好きなので、二種類の醬油だれを用意しても面倒くさいと思わなかった。

ボウルに入れたもも肉を醬油だれと混ぜ合わせる。

あとは味が滲みるのを待つ。

「ちゃぁーでも、飲むか……」

メルはべたつく手を洗浄してから、アビーと一緒にお茶を飲んだ。

「メルちゃん。キャベツは、たぁーくさん刻んでおいたよ」

「まぁま、おつかぇさまデス」

メルはアビーが皿に盛ってくれたバターケーキを食べながら、お礼を言った。

キャベツを刻むのは、アビーが引き受けてくれた。

メルが刻むと、アビーより時間が掛かる。

何しろ幼児である。

大きなキャベツを切るのは難しい。

包丁からして安心安全な、幼児用の道具なのだ。

どういうことかと言えば、大きなキャベツに対して包丁が小さすぎた。

アニメのお侍ではないので、『エイヤ！』とばかりに包丁を振り回しても刃が届かなければ切れない。

だからメルは、キャベツの葉を剥がしてから折り畳んで切る。

一方、アビーはキャベツを丸のままで刻んでしまう。

半分にカットしてから刻むこともあるけれど、その速さはメルと比較にならない。

『わたしが刻んであげるよぉー♪』とアビーに言われたら、断るコトなど出来ない。

作業が遅いのに意地を張っていると思われるのは、気遣ってもらうより遥かに悔しい。

トンカツ定食のときに、アビーはキャベツと格闘するメルの様子をニヨニヨしながら眺めていた。

天才幼女シェフの限界に気づいて、ホッコリしていたのは明らかだ。

だから負けず嫌いのメルは、アビーにキャベツの作業を譲って上げた。

飽くまでも、手伝わせて上げているのだ。

断じて負けた訳ではない！

只今、風の妖精たちとキャベツの千切りを特訓中であるが、結果の方は芳《かんば》しくない。

刻むのは何とかなるのだけれど、そこら中にキャベツが飛び散るのだ。

半分近くが、床に散らばる。

（床に落ちた千切りキャベツは、お客さまに出せません！）

いくら清潔にしてあっても、落ちた食材は拾って使えない。

洗ったってダメだ。

それをされたら、食べさせられる方は気分が悪かろう。

メルが気にしなくても、客は気にする。

そして、フレッドであれば、絶対に突っ込みを入れて来るはずだ。

(そんな格好の悪い真似はできん！)

フレッドの嫌味を想像しただけで、フンスと鼻息が荒くなるメルであった。

メルの子供じみた対抗心は、幼い男児が父親に向けるモノと何も変わらなかった。

どれだけ苦手だろうと、フレッドの背中を見つめてメルは育つ。

責任感が強く、部下から慕われるフレッドは、メルにとって越えがたい壁だった。

「けど……。わらし、やっと五才ヨ！」

未だ、慌てる時刻ではなかった。


メルは最初の唐揚げと言うことで、鶏もも肉を用意した。

だけど『魔法料理店』で売り出すのなら、鶏手羽元を使うチューリップ揚げが良いかも知れないと思いついた。

幼児ーズのオヤツなら、断然チューリップ揚げだろう。

骨の部分をつかんで食べられるのだから、喜ぶに決まっていた。

然したる手間でもないので、花丸ショップから手羽元を購入して加工する。

ハサミでスジを切り、骨から肉を剝がしながら根元へとずらす。

ロリポップキャンディのような状態に、持っていくのだ。

スティックが骨で、飴玉の部分が肉になる。

それから、もも肉が漬けてあったたれに放り込む。

もも肉を揚げ終わるころには、手羽元にも味が滲みている計算だ。

「うっし……！」

メルは鶏もも肉を金網に並べて、余分なタレを落とした。

肉がビショビショのままで、衣の粉を塗してはいけない。

何となれば、粉が肉につかないで、ネバネバの塊を形成してしまうからだ。

それだけでなく、完成した唐揚げにまでベタベタ感が残ってしまう。

（衣はカリッと、お肉はプリプリが、唐揚げの基本だよ！）

豚肉の冷製と違って、唐揚げ用に準備した衣は小麦粉と片栗粉の混合物だ。

小麦粉で鶏肉の水分と旨味を閉じ込め、片栗粉でサクサクとした食感を演出する。

「カリカリもモッチリも、大好きよぉー。どちらかなんて選べないー。二股だって、エエじゃないー♪」

それが正解だった。

メルはせっせともも肉に白い粉を塗し、バットに並べていった。

後はフライヤーで、こんがりと美味しく揚げるだけだ。

「できたぁー！」

中温と高温の油で二度揚げした唐揚げが、大皿に盛りつけられたキャベツを土台にして山となった。

ニンニク風味と生姜風味を半分ずつだ。

唐揚げの横には、カットしたレモンが添えられた。

さっと茹でたアスパラガスも、唐揚げを囲むようにしてキレイに盛りつけた。

更に練り辛子とマヨネーズをそれぞれ別の小鉢に用意する。

チューリップ揚げは、幼児ーズのために魔法の保存庫へ収納した。

さて、試食である。

「ゴハン。やまもい！」

「うんうん……。美味しそうな匂いだねぇー。ショーユだっけ？」

「そそっ。ガーリックとジンジャーの、つくったデス。キホンは、ショーユ味ね！」

お椀によそったスープは、鶏ガラベースのわかめスープだ。

ごま油の香りが食欲をそそる。

天高く馬肥ゆる秋。

堪《こら》え性のない母娘はダイエットなど気にもせず、昼から唐揚げをパクつくのであった。

「うまぁー！」

「うんうん。滅茶クチャ美味しいよ。そんでもって……。ママはメルちゃんのラガーが欲しいかな……」

「まぁま……。ヒユからビーユ、飲むんか？」

「だって、絶対に美味しいって……。ラガービールと、このお料理の取り合わせ……。サイコーじゃない？」

「こえ、カラアゲな。トリのカラアゲ。ゴハンの、おかずヨ！」

鶏の唐揚げは、どう考えてもビールのツマミだった。

メルはブツブツと言いながら、アビーが突きだしたカップに花丸酒造の缶ビールを注いだ。

「チョットだけよ」

「もぉー、メルちゃん。分かってるってばぁー♪」

こんな事をいつまでも許していてはダメ母になってしまうと心配しながら、ついつい嬉しそうなアビーに迎合してしまうメルだった。

きっと多分、フレッドが帰ってくれば止めさせるに違いなかった。

ラヴィニア姫と記憶

ラヴィニア姫は夜が嫌いだった。

日が落ちてベッドに入る時刻を迎えると、憂鬱な気分になった。

そもそも暗い部屋が苦手だった。

ひとりボッチで寝室に引き上げベッドに腰を下ろすと、三百年分のイヤな記憶が蘇《よみがえ》る。

封印の巫女姫として過ごした長い歳月が、ラヴィニア姫の心を容赦なく拉《ひし》ぐ。

最初に何があったのか……？

それはもう記憶の彼方だ。

夢で人形と化した両親の顔や声は、どう頑張っても思いだせない。

幼い頃に暮らしていた屋敷の様子や、兄弟姉妹が居たことさえ、すっかり忘れてしまった。

風化した石碑の文字みたいに、ラヴィニア姫の記憶は欠け落ちていた。

その一方で、苦痛に満ちた記憶だけは、今もなお鮮明であった。

闇の中で目をつぶると、殺風景な石の部屋が瞼《まぶた》の裏に映し出される。

薄暗く、窓のない、封じられた地下室。

耳鳴りがしそうな静寂。

己の身体が朽ちていく死臭と、魔法薬の独特なニオイ……。

ついでユリアーネの憂い顔やアーロンの愛想笑いが、頭をよぎる。

『同情されて、不自然に気遣われるのはイヤ。無理やり雰囲気を明るくされたって、ついて行けるはずがないもの……！』

かつてはユリアーネやアーロンが機嫌を取ろうとする度に、強い嫌悪と反発感を覚えたモノだ。

二人にはどうしようもないと分かっていながら、不愉快な顔ツキになるのを抑えられなかった。

我慢できなくなると、乱暴に当たり散らしたりもした。

『失われてしまったものは何か……？』

それは素直な気持ちだ。

他者の存在を受け入れて、喜びを分かち合う寛容さだと思う。

没落しかけた家を建て直すために、ラヴィニア姫の両親は娘を生贄に差しだした。

ラヴィニア姫は市場で売り払われる家畜のように、封印の巫女姫として精霊宮に引き渡された。

忘れてしまいたいのに、そこだけは記憶にこびりついて消えない。

ラヴィニア姫は不信感と失望を人生のスタートラインとし、ただ絶望に向かって歩き続けてきた。

そこには苦い思いしかない。

ウスベルク帝国の役人や精霊宮の祭祀長から賜った言葉は、『名誉なことデアル！』と言うモノだった。

ラヴィニア姫は、名誉など必要としなかった。

人々のために犠牲となるなんて、まっぴらごめんだった。

『名誉が、わたくしに何をしてくれるのですか?』

だれもが、『名誉は誇らしいモノだ』と言う。

嘘っぱちに用はなかった。

それでも帝国貴族としての責務を果たすのだと、そのことだけに意識を向けて何もかもあきらめた。

ラヴィニア姫にも、責任と義務だけは理解できたから……。

また、そこにしがみつかなければ、あっという間に正気を失ってしまいそうだった。

世界を滅ぼそうとする忌まわしい邪霊は、誰かが封じなければいけないのだ。

その誰かが、たまたまラヴィニア姫であった。

そう信じようとした。

ところが、これまた嘘っぱちであった。

『屍呪之王《しじゅのおう》は苦しんでいた!』

何となれば……。

人々から邪霊として恐れられ、一身に憎悪を向けられた屍呪之王《しじゅのおう》に、世界を滅ぼすつもりなど欠片もなかったからだ。

単に屍呪之王《しじゅのおう》は、邪悪な魔法博士の手で世界を滅ぼすように造られた邪精霊に過ぎなかった。

とても可哀想な事に、忌まわしいモノとして創造《クリエイト》されてしまったのだ。

そして人々から向けられる憎悪をとても恐れていた。

孤独で悲しい存在だった。

『ウソつきな大人たち！』

嘘に嘘を重ね、裏切られ続けたラヴィニア姫に、他者を受け入れる余地などない。

いまメジエール村で幼児ーズと楽しい日々を過ごしながら、ラヴィニア姫は疎外感に苦しんでいた。

何も虐《いじ》められている訳ではない。

疎外感の原因は、ラヴィニア姫の内面的な問題だった。

現実との間に、突破できない頑丈な壁があった。

その壁によって、ラヴィニア姫は幸せと隔てられていた。

（子供を演じることは、幾らだって出来ます。でも、わたくしには、素直な心が欠けている。何もかもが、嘘っぱちのゴッコでしかありません。仲良しゴッコ！）

それでは子供時代からやり直したところで、幸せになれる筈がなかった。

虚ろな心で友だちの振りをしても、ラヴィニア姫は救われない。

（ハンテンがいないから……？）

ラヴィニア姫は、最後の一欠けらを夢のなかで少女に託した。

信頼の一欠けらだ。

少女との約束は果たされず、ハンテンは消えてしまった。

ラヴィニア姫の希望と共に……。

もはや他人に託す望みなど、何ひとつ残されていなかった。

(偉大なる絶対者が……。それが何であるかは分からないけれど、この世界を創りあげた誰かがハンテンを返してくれるまでは、何かを期待することなんて出来ない！)

こうした反抗的な思い込みは、何も生みださない。

むしろラヴィニア姫に、際限のない苦しみをもたらすだけだ。

それでも恨みは消えない。

ラヴィニア姫は、己に用意された運命を呪っていた。

「あれは……。意味のない夢だったの……。少女の約束も、わたくしの願望が生みだした夢。そんなことに拘って、折角のやり直しを台無しにするのは馬鹿げている。何としても、忘れなければいけない。ハンテンは失われてしまった。もう一緒には、歩いて行けない。わたくしは独りでも、前に進むべきなんです。ハンテンの分まで……」

理性では分かっている。

だけど……。

たとえ分かっていても、従えないコトがある。

ラヴィニア姫はネコスケ（ミケ王子）を抱きしめて、シクシクと啜り泣いた。

夜を乗り越えれば、また楽しい明日がやって来る。

そうすれば中央広場でタケウマに乗って、皆とワイワイ騒ぐのだ。

夜だけの我慢である。

お日さまが世界を照らしていて、陽気な幼児ーズと一緒なら、嘘を吐くのもずっと簡単だ。

(ナサケナイ……)

夜を怖がる弱虫なんて、イヤだった。

「ネコスケ。わたくしは……。過去を笑い飛ばせるほど、強くなりたい!」

それがラヴィニア姫の切なる願いだった。


「ラヴィニアってさぁー。いっつも、オシャレだよね!」

中央広場でチューリップ揚げを手にしたタリサが、羨ましそうに言った。

「ウスベルク帝国のお姫さまでしょ。お姫さまなら、毎日のように新しい服を着ていても、おかしくないよ」

ティナもチューリップ揚げを齧りながら、タリサの台詞に頷いた。

「親が貴族さまだと、オシャレ出来るんだねぇー。ミブンとか、ちっとも分かんないけど、お金持ちは少し憧れるかも……」

タリサはプリプリの鶏肉をカプリと噛み千切り、口をモグモグさせた。

三人が囲むテーブルには、大きな皿が置いてあった。

だけど山ほど盛られていたチューリップ揚げは、殆ど骨に変わっていた。

唐揚げのオヤツは、幼児ーズに大好評だった。

ラヴィニア姫が二本食べる間に、タリサとティナは五本も食べていた。

合計して十二本だ。

遠慮なんてしていたら、全て食べられてしまう。

早い者勝ちが、幼児ーズのルールなのだ。

ちょっとばかり出遅れてしまった、ラヴィニア姫であった。

「わたくしに、実の両親はおりません。家名だって継いでいないので、貴族でもありません。ただのラヴィニアです」

ラヴィニア姫はタリサとティナに、帝国貴族でないことを告げた。

ラヴィニア姫にとってウスベルク帝国との関係は、何も自慢にならなかった。

むしろ無関係だと主張したかった。

「えーっ。ラヴィニアには、お父さんとお母さんが居ないの？」

「はい。とっくの昔に、亡くなりました」

「かわいそう……。寂しいデショ？」

「いいえ。もう二百年以上も、昔の話ですから……」

「「……………!?」」

タリサとティナは、目を丸くして黙り込んだ。

残念ながら突っ込み役のダヴィ坊やは、メルにチューリップ揚げをねだりに行っていたので、この話を聞いていなかった。

そこでラヴィニア姫が口にした二百という数字は、タリサとティナの常識に従って速やかに書き換えられた。

ゼロを二つ削って、二百年は二年に短縮された。

「二年前なら、ラヴィニアは二才くらい？」

「小さいのに大変でしたね」

「両親の死を知らされた頃には、わたくしも大人でした。それと二年前ではなく、二百年以上前デス！」

ラヴィニア姫は、タリサの間違いを正した。

「はぁーっ。あのさぁ、ウソは良くないよ」

「ウフフ……。ラヴィニアちゃん。アナタは、幾つですか……？」

タリサとティナが、ラヴィニア姫を胡乱《うろん》な目ツキで眺めた。

背伸びするにしても、二百才は盛りすぎだった。

森の魔女さまならまだしも、ラヴィニア姫は幼児にしか見えないのだ。

「わたくし、こう見えても三百才ですから……。アナタたちとは違って、大人の淑女《レディー》なんです」

「うひゃぁー。三才ですかぁー。三才児が見栄を張って、三百才ですか……？」

「そう言うデマカセは、嫌われるよ」

「嘘じゃありません！」

お姉さんぶりたいタリサとティナは、ラヴィニア姫の主張を鼻で笑って蹴とばした。

『年齢詐称にも程がある！』と、二人の表情が語っていた。

「ラヴィニアちゃんが三百才なら、竹籠屋のお爺《じい》ちゃんなんか一万才だよ」

「うんうん。ミルコお爺さん、ヨボヨボだもんね」

「わたくしの外見は幼児ですけれど、中身は三百才なんです。嘘でも冗談でもありません！」

そう言われて信じるほど、幼児ーズは甘くなかった。

「わかった。ラヴィニアは三百才です♪」

「……ッ！」

タリサはチューリップ揚げの軟骨をコリコリと齧りながら、ラヴィニア姫を笑った。

完全に上から目線で、小さな子をあやしているような雰囲気だった。

「あたしは、五百才だけどねぇー♪」

「なに？　タリサが五百才なら、オレは千才だ！」

遅ればせながら、ダヴィ坊やも年齢トークに参入だ。

「おまーら、何を言い合ってるの……？」

メルは沢山あった唐揚げを串に刺し終えると、幼児ーズの会話に首を突っ込んだ。

そしてティナから言い争いの内容を教わり、ピクリと肩をすくめた。

そこまでの経緯が手に取るように分かる理路整然とした説明に、驚きを隠せなかったのだ。

(幼児の癖して、説明が完璧じゃん。幼児って、もっとメチャクチャだと思うんだけど……。ちょっと、賢くなりすぎじゃない!?)

多分おそらく、デザートに使用した精霊樹の実が能力を底上げしているに違いない。

精霊樹の実によるドーピング効果は、何よりトンキーに顕著であった。

トンキーは仔豚のくせに、かなり高度な会話でも理解できた。

パワーだって半端ない。

アレのせいで幼児ーズの脳がおかしなことになっているとしたら、由々しき事態であった。

(僕だけ賢くなっていないのは、理不尽だよ。こんなことなら、幼児ーズに食べさせるんじゃなかった)

今さら、手遅れであった。

毎日のように摂取してきた精霊樹の実は、幼児ーズの精神活動を活性化させ、身体もまた頑丈に作り変えていた。

体内に漲《みなぎ》る霊力は、幼児ーズをスーパーな幼児へと進化させていたのだ。

(あれは美味しいからなぁー。もう食べさせないとか言ったら、タリサたちが暴動を起こしそうだ)

取り敢えずは様子見である。

「んっ。追加を持って来マシタ」

ラヴィニア姫はメルが差しだしたチューリップ揚げを受け取り、唐突に夢のシーンを思いだした。

「ラビーさん、コレ食べて……。ボーッとしてると、デブにゼェーンブ食べらえてまうど」

ピンク色のワンピースを着た幼女。

金色の目に、銀の髪で、耳が尖っていた。

そして、あの奇妙な喋り方。

「アリガトウ……」

夢の中では、こうして不思議な果実を受け取った。

（なんで、今まで思いだせなかったんだろう……？）

ラヴィニア姫はチューリップ揚げを齧りながら、じっとメルを見つめた。

ウジウジ悩んでいても、美味しい料理がじんわりとラヴィニア姫の心を癒していく。

特にガーリック味が良かった。

ラヴィニア姫の苦悩

ラヴィニア姫は困惑していた。

幼児ーズと別れて家路につくと、ラヴィニア姫の口もとから笑みが消え失せ、今にも泣きだしそうな顔つきになった。

ラヴィニア姫は不安と恐怖と自己嫌悪で、グチャグチャになった心を持て余していた。

（わたくし、弱くなっちゃった）

夕日に照らされた農道をトボトボと歩く幼女の姿は、頼りなく寂しげだった。

ラヴィニア姫が築き上げた堅牢《けんろう》な心の防壁を叩き壊したのは、夢のなかで出会った一人の少女だった。

血のつながった両親に裏切られてより、ラヴィニア姫は幸運や奇跡を望んだ覚えが無かった。

救済を夢見て裏切られたら、自我が軋んで壊れてしまうから……。

何も期待しなければ、運命に裏切られて泣き叫んだりしなくてもよい。

祈りの言葉を紡いでも、どこかラヴィニア姫の心は空虚であった。

『ダレノ助ケモ要ラナイ。何モ信ジナイ……！』

封印の巫女姫に選ばれたとき、幼かったラヴィニア姫は強い拒絶の意思を込めて、分厚い心の壁を築いた。

援軍など欠片も期待していない。

死を覚悟しての籠城である。

皮肉にも、ラヴィニア姫の同志はハンテンだった。

ハンテンさえ居てくれたなら、どれほど辛くても耐えきれると信じられた。

あの日。

色を失ったラヴィニア姫の世界に、鮮烈な存在感を纏った少女が降り立った。

（メルは、わたくしの救世主……！）

ラヴィニア姫はメルの助けによって、現世に生還した。

緑の髪を持つ、愛らしい幼女として……。

だが、ハンテンは居なかった。

（あの子は、ハンテンも助けるって言った！）

ちいさな子供が出来もしない約束をしてしまうのは、良くある事だった。

助けてもらったラヴィニア姫がすべきなのは、感謝であった。

約束の不履行を詰ることではない。

それでもラヴィニア姫は、『ありがとう』と素直に言えなかった。

言わなければいけないと分かっているのに、視線が合うとメルから顔を逸らせてしまう。

メルの用意してくれたおやつに感動し、タケウマで片足立ちができた達成感に笑みを浮かべたのに、『また明日……！』と別れの挨拶を口にすることさえ出来なかった。

メルをまえにすると、意固地になった幼い子供みたいに、唇を噛んで俯いてしまう。

ハンテンがどうなったのか、教えて欲しい。

エーベルヴァイン城の地下に封じられていた屍呪之王《しじゅのおう》は、メルに滅ぼされてしまったのだろうか……？

(メルがハンテンを殺してしまったの……？)

だとしたところで、メルを責めるのは間違いだ。

屍呪之王《しじゅのおう》は存在するだけで、大勢の人々を不幸にする。

ラヴィニア姫にとっては大切なハンテンだけれど、屍呪之王《しじゅのおう》が世界を滅ぼす邪霊である事もまた真実だった。

ラヴィニア姫は心の折り合いが付けられずに、打ちひしがれていた。

(ハンテンは、どうなったの……？)

どうしても知りたいのに、怖くて訊けなかった。

『恐怖……？』

ラヴィニア姫は奇跡を知ってしまった。

幸せを味わってしまった。

そして今、明日に希望を抱いてしまった。

ハンテンに生きていて欲しいと願ってしまった。

ラヴィニア姫はカヨワイ幼児だった。

失望の痛みには、とうてい耐え切れそうにないと思った。

「中途半端に、助けて……。本当に……。余計な、お節介ですわ」

ハンテンを忘れることなど不可能だが、幼児ーズとの楽しい日々だって手放せない。

「ありがとうって、言いたいのに……」

だけど感謝の言葉を伝えるのが、とても難しかった。


ユリアーネは帰宅したラヴィニア姫の様子を目にして、心配そうな顔になった。

「お帰りなさいませ、姫さま。なにか困ったコトでも、ありましたか？」

「ただいま、ユリアーネ。ちょっと疲れただけです」

「そうですか……」

その場はラヴィニア姫の言葉に頷いて見せたユリアーネであったが、納得など出来るはずもない。

表情筋が死んでしまったような顔で自室へと逃げ去る幼児は、誰が見たって不具合の塊でしかなかった。

「にゃぁー！」

ラヴィニア姫の後をネコスケ（ミケ王子）が、トコトコと追いかけて行った。

ラヴィニア姫を慰めるのは、ネコスケ（ミケ王子）の務めだった。

「ユリアーネさま。ヒメさまは、今朝からあんなでございますヨ。村の子供たちに、イジワルでもされたんでしょうか……？」

「うーん。メアリが心配しているような事であれば、良いんですけど……。たぶん、それはないですね」

「あたしは、ケンカでもしたんだと思いますよ。メジエール村にも、乱暴な子は居ますから……！」

小間使いのメアリは、夕食の支度をしながら不愉快そうな口調になった。

可愛らしいラヴィニア姫が、村の洟垂《はなた》れ小僧に虐められているなら看過などできない。

明日はコッソリとラヴィニア姫を尾行して、何が起きているのか確認しようと決意するメアリだった。

一方……。

ラヴィニア姫の本性を知るユリアーネは、小間使いのメアリよりずっと深刻だった。

三百年も生きたラヴィニア姫が、子供相手のトラブルで憂鬱そうな顔を見せるとは思えなかったからだ。

だからと言って原因を推理しようにも、手掛かりが少なすぎた。

（この土地には、姫さまを憂鬱にさせるようなしがらみなど……。何もないはずです！）

ユリアーネは、ハンテンを知らなかった。

ラヴィニア姫が夢のなかでメルと交わした約束も、聞かされていない。

だからラヴィニア姫を苦しめている原因が、メルにあるとは露ほども考えなかった。

「ふぅー。こうなれば……。折を見て、問い質《ただ》すしかありませんね」

ユリアーネはラヴィニア姫が悩みを打ち明けてくれないので、とても悲しい気持ちになった。


カメラマンの精霊が放った探索機八号はハンテンを誘導して森と草原を抜け、タルブ川からメジエール村へと続く一本道に到着した。

それは長く苦しい道のりであった。

探索機八号のボディーは、薄汚れてボロボロになっていた。

殆どの傷痕は、ハンテンの攻撃を避《よ》けきれずに負わされたダメージだった。

ときおり派手に火花を放ち、白煙を上げる。

空中での姿勢も安定していない。

深刻なダメージだ。

「よく頑張った。偉いぞ、犬っころ。俺は感心した。やれば出来るじゃないか！」

探索機八号は感無量の面持ちで、ハンテンを労《ねぎら》った。

「わんわんわん、わんわん。わぉーん！」

「相変わらず意思の疎通は難しいが、こっからオマエのご主人さまが住む村まで、まっすぐに進めばいい。分かるか、おい？」

「ウーッ。わんわんわん……」

「不安だ……。ちっとも、分かってねぇだろ？」

探索機八号は心配で心配で仕方なかったけれど、もう時間が残されていなかった。

「最後まで案内できないのが、心残りだ。だけどよー。オマエが到着すれば、きっとご主人さまは泣いて喜ぶぞ。あと、ちょっとだ。ちょっとだけ頑張れ、なっ！」

「わんわんわん……！」

「ハンテン……。気張って、男になれや！」

そう言い残すと、探索機八号は空中で爆散した。

ハンテンとチビは、地面に墜落した探索機八号に駆け寄った。

鼻先で突いてみるが、反応はない。

ピクリとも動かなかった。

「わう……!?」

「キュィー！」

「わうっ……。うぉぉぉおぉぉーん！」

ハンテンは好敵手《ライバル》の死を悼み、夕焼け空に向かって遠吠えした。

そしてラヴィニア姫の匂いがする方角へ、迷うことなく歩き始めた。

プルリと尻尾を振って……。

ピンク色の丸い身体が、周囲を照らす紅い光に溶けていった。

メジエール村は、もう目と鼻の先だった。

感動の再会

幼児ーズと別れた後、メルはラヴィニア姫の素っ気ない態度に打ちひしがれていた。

何が拙《まず》かったのかを考えてみれば、昨日までと違うコトなんてひとつも思いつかなかった。

「とうとう……。この日が、やって来てしまいましたか……?」

そう。

夢の話である。

(ラヴィニア姫が夢を思いだしたなら……。もしかして……。僕がハンテンを滅ぼした、と考えているのなら……。あの冷たい態度も、何となく理解できるよ!)

要するに……。

何もかも、ハンテンのせいだった。

バカ犬が封印の石室でおとなしくしていれば、もうとっくにラヴィニア姫と再会できていただろう。

そうすれば、夢での約束なんて結果オーライで、どうでも良くなったはずだ。

バカ犬がバカなせいで、メルはラヴィニア姫に憎まれてしまった。

これ以上の時間稼ぎは、正直に言ってしんどかった。

「どうしてくれよう……？」

メルはグヌヌヌヌッと、握りこぶしを噛んだ。

メルにしては珍しく、はらわたが煮えくり返るほど憤っていた。

『酔いどれ亭』に集まりかけていた客たちが、ドン引きするような表情だった。

まさに悪鬼の形相であった。

看板娘が店先で、お客さまに見せる顔ではなかった。

この最悪のタイミングでお知らせチャイムが鳴り響き、メルは視界のスミに表示されたメッセージを読んだ。

『間もなく、メジエール村にハンテンが到着する予定……。探索機八号は、任務途上にて全損。度重なるハンテンの攻撃によりダメージが蓄積され、ただいま機能停止しました。以降の追跡報告は、不可能となります』

探索機八号は消滅した。

とても悲しいお知らせだった。

燃え盛るメルの怒りに、ドボドボと油が注がれた。

「ガォーッ！」

メルは夕焼け空に叫んだ。

メルの近くを通り掛かった労働者風の男が、びくりと身を震わせてから『酔いどれ亭』に駆け込んでいった。

不機嫌そうな幼児に、覚悟もなく触れようとしてはいけない。

もし泣きだしでもしたら、傍に居た者が犯人にされてしまうから……。

触らぬ幼児に祟りなしである。

〈妖精さん。妖精さん。バカ犬の誘導をお願い致します〉

〈心得たぁー♪〉

〈合点だぁー♪〉

〈ヒャッハアー!〉

妖精母艦メルから、無数のオーブが飛び立った。

妖精たちに、制限事項ナシのミッションが与えられた。

どれだけ荒っぽく誘導しても、司令官から叱られる心配はなかった。

普段は我慢ばかりさせられている火の妖精たちが、チカチカと火花をまき散らしながらタルブ川の方角に向けて飛び去った。

ハンテン一匹に、とんでもない大編隊である。


メジエール村を目指すハンテンとチビは、お腹を空かせて脇道へそれた。

樹々が生い茂る森へと踏み込んで、食べられそうなモノを探す。

虫が居た。

丸々と肥え太ったカブト虫が、幹に集っていた。

チビが木の実を齧る横で、ハンテンは大木に頭突きをかました。

樹上から、硬直したカブト虫が降ってきた。

これを拾っては、シャクシャクと咀嚼して呑み込む。

メルが目撃したら卒倒モノの光景であった。

更にハンテンは、腐葉土を掘り返して芋虫を拾い食いする。

ハンテンとしては、成虫より幼虫の方が好きだった。

滋養たっぷりで美味しいと思う。

掘っては食べ、掘っては食べ……。

ハンテンは口から垂れた怪しい液をペロリと舌で舐め取った。

「はっ、はっはっ……。ウォーン♪」

なかなかに豪勢なディナーだ。

探索機八号に邪魔されなければ、お腹いっぱいになるまで食べられる。

ゆったり、のんびりだ。

ラヴィニア姫のところへ到着すれば、食べたいだけ美味しいゴハンを貰えるだろう。

だけど、ハンテンにはそんなことが分かる訳もなく、この期に及んでもマイペースで寄り道をする。

お腹がいっぱいになれば、ぐっすりと眠るつもりだった。
旅の続きは、また明日にすればよい。
だが、そんな自儘《じまま》が許される筈もなかった。
ラヴィニア姫は泣いていたし、メルの我慢も限界だった。
〈屍呪之王《しじゅのおう》を発見……！〉
〈こちらも、左下方に視認した。これより、急降下爆撃を開始する〉
〈妖精さんたち。ターゲットを中央広場まで、誘導してね〉
〈心得ました、妖精女王さま……！〉
〈ラジャー♪〉
日没まぢかの森に……。
『ドカーン！』と耳をつんざく爆発音が、響き渡った。
呑気なハンテンに、妖精部隊の絨毯爆撃が開始されたのだ。
「きゃうーん！」
「キュイーッ！」
ハンテンは猛ダッシュで走った。
その後ろを追いかけて、チビも走った。
「キュッ？」
ハンテンが遅れそうになるチビをパクっと口に咥《くわ》えた。

旅の仲間を置いていくことなんて出来ない。

仲良しなのだ。

次々と周囲に爆炎が上がり、ハンテンの尻に火が付いた。

冗談ではなく、尻尾が燃えていた。

妖精部隊の爆撃は、ハンテンたちを巧妙に誘導した。

メジエール村がある方角に向かって、森の中を最短距離で……。


樹木を避けながら森を全力疾走させられたハンテンは、口にチビを咥えていることもあって酸欠状態に陥った。

馬より早く走ってメジエール村の中央広場に到着したときには、もう意識が朦朧《もうろう》としていて、メルの足もとにパタリと倒れ伏した。

憤怒の形相で待ち構えていたメルも、その姿を見ると手にしていた棒切れを捨てた。

それを使って、目一杯ぶん殴ろうと思っていたのだ。

「なんか拍子抜けだけぇーど、致し方なし……」

メルは弱っている犬を打ち据えるほど、冷酷になれなかった。

ムカつくけれど、なんだか可哀想だった。

それに、これ以上ボロボロにすると、ラヴィニア姫に言い訳するのが難しくなる。

だから深く溜息を吐いて、バカ犬に対する怒りを引っ込めた。

「トンキー。行くどぉー！」

メルは花丸ショップで用意した捕獲用ネットでハンテンをくるむと、トンキーの背に跨《また》がった。

すっかり成長したトンキーは、最近メルを乗せて走れるようになったのだ。

「ぶぃぶぃ……？」

「そそっ……。ラビーさんの家まで、オネガイ」

「ブヒィー♪」

どうしてそれで通じているのか分からないけれど、メルとトンキーの会話はちゃんと成立していた。

トタトタと走りだしたトンキーは、とっぷりと日が暮れた農道をラヴィニア姫の家に向かって急いだ。

ハンテンのヨダレでベトベトになったチビは、律義にもトンキーの後ろからついてくる。

（へぇー。コイツにも友だちがいるんだ。ラヴィニア姫のお気に入りだし、ハンテンは案外いいヤツなのかも……？）

ハンテンが虫喰らいである事を知らないメルは、ピンク色の喉元を指先で撫でた。

メルの指にベタベタとした汚れが付着した。

「うはぁー、バッチイわ。ヨダレは、アカンでしょ！」

「クゥー♪」

ハンテンは気持ち良さそうな、寝息を立てた。

何処までも自分勝手な犬だった。

そしてメルの指には、芋虫の汁が付いていた。


ラヴィニア姫の家は、綺麗な花壇のある立派なお屋敷だった。

畑ではなくて、ちゃんとした花壇だ。

何度見ても、お金持ちの家だった。

「ふぅー」

メルはお金持ちの家を見ると、少しだけ委縮する。

なんだか、自分が場違いに思えてくるのだ。

お城ならぜんぜん平気なのに、おかしな話だった。

お屋敷のドアノッカーには、グリフォンの頭部があしらわれていた。

メルは手を伸ばして、ドアノッカーをコンコンと鳴らした。

「はぁーい。どなたですかぁー?」

程なくして若い小間使いの女性が、玄関のドアを開けた。

メアリだった。

「あらあら……。こんな日が暮れてから外を歩いては、ダメでしょ」

「うむ。いそぎのヨウジよ」

「アビーさんは知ってるのかしら……?」

「フッ……。ナイショよ」

夜だから、黙って来たに決まっていた。

そして多分、『酔いどれ亭』に帰ったら叱られるのだ。

「ヒメさまに用事？」

「そそっ……。わらし、ラビーさんに話あるヨ」

「それじゃ、ヒメさまをお呼びしましょう。ちょっと、待っててね」

メアリはラヴィニア姫の不機嫌が、メルとの揉め事にあったのかも知れないと考えて、取り急ぎ事情を伝えに行った。

待つこと暫し、ネコスケ（ミケ王子）を抱いたラヴィニア姫とユリアーネが、玄関に姿を見せた。

「どうなさいましたか、メルさん？」

「ラビーさんに、おとろけモノよ」

「お届けものかしら……？」

「そそっ……。おとろけモノね」

そう言ってメルは、寝こけているピンク色の肉塊をラヴィニア姫に突きつけた。

「こぇー、受け取ってください！」

「えっ……。ええっ……？」

「ちと薄汚えとゆけど、問題なぁーヨ」

「ハ・ン・テ・ン……？」

ラヴィニア姫はポトリとネコスケ（ミケ王子）を落とし、ハンテンを抱きとった。

「したっけ……。わらし、帰りマシュ！」

「ハンテンなの……？」

「またねぇー。おやすみなさい！」

メルはミケ王子の首っ玉を攫むと、逃げるようにして走り去った。

あーだらこーだらと、難しくて繊細な部分を突っ込まれ、説明させられるのは避けたかった。

それに急いで帰れば、もしかするとアビーに不在を気づかれないで済むかも知れない。

「行くど、トンキー！」

「ぶぃぶぃ！」


月明かりの下、トンキーに跨ったメルが遠ざかって行った。

ラヴィニア姫はハンテンを抱きしめて、フルフルと肩を震わせた。

「あっ……。アリガトォー、メル！」

ラヴィニア姫が泣きながら声を張り上げた。


豚に跨ったラヴィニア姫の王子さまが、夜道の向こうで手を振っていた。

白馬ではないので、ちょっと格好が悪かった。

エピローグ　後日……

帝都ウルリッヒから逃げるようにしてメジエール村へやって来たラヴィニア姫は、ハンテンと再会して元気を取り戻した。

「メルちゃん。わたし、過去のことは忘れようと思うの……。ここで皆と遊ぶ毎日が、楽しくて仕方ないんだもん」

「ウムッ。それは良かったデス！」

　メルも肩の荷が下りて、一安心だ。

　ラヴィニア姫と魔法料理店でお店屋さんゴッコをするのは、ひとりでやるよりグンと楽しい。

　だけどユリアーネがポロリと漏らした言葉から、ウスベルク帝国の貴族どもがラヴィニア姫にした仕打ちを知ったメルは、割り切れない気持ちになった。

（ウスベルク帝国の貴族どもは、何様のつもりだ!?）

　義憤である。

「ラビーさんが忘れる言うても、わらしはユユさへんで……」

　笑顔でラヴィニア姫とお店屋さんゴッコをしながら、メルの心はグツグツと煮えたぎっていた。

収穫祭の日。

フレッドたちは、エーベルヴァイン城で催される夜会に招かれた。

帝都ウルリッヒから悪党どもを駆除したご褒美だ。

その宴席でフレッドは、愛娘の乱心ぶりを目撃することとなる。

宴席は盛り上がり、豪奢《ごうしゃ》に着飾ったご婦人方や紳士たちが歓談していた。

「さすがは皇帝陛下主催の夜会だ。料理が美味い」

「フレッド。酒も上等だぞ」

「ああっ。うちの店では、とうてい扱えない高級品だ」

「オレは場違いな気がして、落ち着かねぇ」

「ワレンさん。ここでは蓮《はす》っ葉《ぱ》な口調を控えましょう。せっかく服まで用意して頂いたのですから、気取ってみるのも良いでしょ？」

「ケッ。レアンドロとヨルグは、よく平気だな」

「暗殺者は、色々とな。装わねばならん場面が多いからな」

「ウドはオレの仲間だ」

「おう。ワレンの気持ちは理解できるぞ。だが出されたものは遠慮せず、よく味わって食え。貴族どもの不快な視線など、無視しろ！」

「いいことを言うぜ」

「その通り。料理に罪はない」

ワレンとフレッドが頷いた。

傭兵隊の面々は、会場の端っこで酒と料理に意識を集中させた。

そのような状況下での出来事だった。

「おっ!?」

「ありゃ、なんだ……」

「小さな女の子だな。軽業芸人の見世物でも始まるんだろ」

「いや……。アレはぁー、メルと違うか!?」

遠くを見るように、目を細めたワレンが呟いた。

「確かに……」

「うちの娘じゃん！」

フレッドが食べようとしてフォークに刺した肉をポロリと落とした。

余りの驚きに、言葉が続かない。

「やい、おまぁーら。よぉーく、耳の穴かっぽじって聞けや！」

タケウマに乗ってパーティー会場に乱入したメルが、大きな声を張り上げた。

貴族たちを睥睨するメルは、肩からタスキをかけていた。

タスキには『ユグドラシル王国親善大使』と、汚い字で記されていた。

「わらしは、ヨォーセイ女王である」

パーティー会場が一気に静まり返った。

「コーテイからは、ショータイさえへんかったけぇー。勝手に罷りこした」

ウィルヘルム皇帝陛下は席から腰を浮かし、オロオロとしている。

シナリオには無かったイベントが、進行しているのだ。

「われは、高貴なるものの責務を果たそうとせぬクソ貴族どもに、鉄槌を下す!!」

メルなのに、噛まずに言い切った。

どれだけ練習したのか……?

フレッドは娘の口上に感心した。

だが問題とすべきは、そこじゃない。

「恐ろしかぁー、呪いじゃ。おまぁーらは、今宵から震えて眠ゆがよい」

パーティー会場にざわめきが戻ったとき、既にメルの姿はなかった。

「どうしてメルが帝都に……?　アビーは何をしているんだ」

「これは、アビーのせいじゃないだろ」

「それもそうか……。メルを見張るのは、オレでも無理だ」

「おい、フレッド。皇帝陛下が、こっちを見てるぞ」

「ヤベェー。撤収だな」

ヨルグとワレンが、さっそく脱出コースの状態を確認した。

「チッ!　メルー。なんてことをしやがる。家に帰ったら説教だ」

「いやいや。メルちゃんの事ですし、よほど腹に据えかねることがあったのでしょう」

「そぉーだぞ、フレッド。頭ごなしに叱るのは、やめておけ。呪われる」

「せめて、クリスタさまと相談しろ」

「そういうのは後にしろ。逃げ遅れたら面倒だぞ!!」

フレッドを筆頭とする傭兵隊の面々は、救いを求めるウィルヘルム皇帝陛下の視線を避け、そそくさと逃げ出した。


その後、帝国貴族たちの間に【水虫】が蔓延《まんえん》した。

己の態度を反省し、悔い改めぬ限りは解かれることのない、怖ろしい呪いだった。

あとがき

こんにちは夜塊織夢です。
エルフさんの魔法料理店3巻を手に取ってくださった方、ありがとうございます。
お買い求めの上、最後まで読んでくださった方、心から感謝であります。
取り敢えず書籍版は、これにて完結とさせて頂きます。

ありがとうございました。

『アリアトォー。ばいばーい！』（メル談）

ところで……。
もっと、メルや幼児ーズの活躍を楽しみたい。
伏線っぽいものが気になる。
まだ読み足りない。

そう思われた読者さまは、ネット上で【エルフさんの魔法料理店】を検索してください。

小説サイトに投稿されているWEB版が、簡単に見つかるはずです。

興味を持たれた方は、そちらで3巻から先を読んでください。


最後になりますが、今回も可愛らしいイラストを描いてくださった沖史慈宴さまに感謝の言葉を。

ありがとうございました。

また、書籍化に際しまして、尽力してくださった編集さま、その他の方々に感謝の言葉を。

ありがとうございました。


そして読者の皆さま、ご縁があれば、またお会いしましょう。

EARTH STAR
LUNA

エルフさんの魔法料理店 ③
妖精女王として転生したけれど、まずはのんびりお料理作りまくります！

発行 ―――― 2024年6月3日　初版第1刷発行

著者 ―――― 夜塊織夢

イラストレーター ―――― 沖史慈宴

装丁デザイン ―――― 村田慧太朗（VOLARE inc.）

発行者 ―――― 幕内和博

編集 ―――― 児玉みなみ

発行所 ―――― 株式会社アース・スター エンターテイメント
〒141-0021　東京都品川区上大崎 3-1-1
目黒セントラルスクエア　7F
TEL ：03-5561-7630
FAX：03-5561-7632

印刷・製本 ―――― 図書印刷株式会社

ISBN 978-4-8030-1954-4